南書房

徐风散文选

徐 风 著

世界知识出版社

图书在版编目（CIP）数据

南书房：徐风散文选 / 徐风著.
一北京：世界知识出版社，2014.6
ISBN 978-7-5012-4669-4

Ⅰ.①南… Ⅱ.①徐… Ⅲ.①散文集—中国—当代
Ⅳ.①I267

中国版本图书馆CIP数据核字（2014）第097294号

书　　名	**南书房：徐风散文选** Nan Shufang:Xufeng Sanwen Xuan
作　　者	徐　风
责任编辑	胡孝文
文字编辑	胡孝文　贾丽红
责任出版	刘　喆
责任校对	丁洁琼
出版发行	世界知识出版社
地址邮编	北京市东城区干面胡同51号（100010）
网　　址	www.wap1934.com
联系电话	010-65265923（发行）　010-85119023（邮购）
经　　销	新华书店
印　　刷	北京新华印刷有限公司
开本印张	787*1092毫米　1/16　20印张
字　　数	283千字
版次印次	2014年7月第一版　2014年7月第一次印刷
标准书号	ISBN 978-7-5012-4669-4
定　　价	42.00元

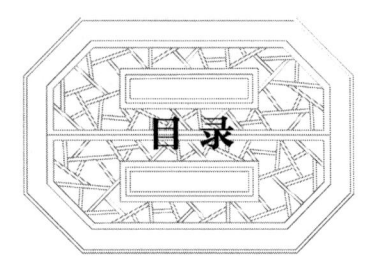

目 录

第
一
辑

行与思

南洋的脚印

乙酉年冬天的一个下午，我走进了马六甲。夕阳下的圣安德鲁教堂响起了袅袅不绝的钟声，栖息在福莫沙广场巨大的荷兰风车上的一些聒噪的白鸽正在徐徐起飞。行囊里的地图告诉我，这里是马来西亚西海岸的一个古城。我有感觉。许多地方走过了，我没有感觉；我一直以为风景是一种灵性的呼唤，让我有感觉的地方必定与我的性情、气脉有着某种暗合。在马六甲小城的一条唐人街上我走得惶惑，是因为我固执地要在这里寻找一位故人的足迹。66年前，一个名叫徐悲鸿的宜兴人悄悄从新加坡来到这里，他只带了一卷宣纸和几支毛笔，他不是来旅游的，他没有闲情逸致；他一天画十几个小时，他卖画，从新加坡卖到马来西亚，每天把一口袋一口袋的钱寄回国内，支持抗战。他的祖国已经沦陷，大上海已经变成一座孤岛，炮火正在更广阔的国土上燃烧；他的婚姻也已经破裂，南京傅厚岗的家里已经放不下他一张平静的画桌。国已破，家亦亡；人生聚散无常，这是一个让男人血脉贲张、枕戈待旦的年代。各路名士凄凄惶惶作鸟兽散，每一个男人都面临着各种选择。就徐悲鸿而言，当时他已名满天下，只要他愿意，可以去做官，老蒋一直喜欢他的才情与禀赋；他可以去发财，当时发国难财的君子小人何其多矣。他还可以躲到象牙塔里去搞他的艺术，或者干脆颓废或者沉沦；在女人和麻将里排遣苦闷忧愁。的确，1939年的徐悲鸿决心换一种活法，这个心灵上正在受伤的男人决心离开那个圈子，去南洋闯荡，依然是用他的一支画笔。他在新加坡的赈灾画展极其成功，《田横五百士》、《九方皋》、《巴人汲水》、《琴课》、《碧云寺》、《德京旧梦》……172幅代表作品简直横扫千军。川流不息的参观人群中有汤姆斯总督，这位葡萄牙籍的新加坡统治者对徐悲鸿那四蹄生风的水墨奔马赞不绝口。有一张照片记录了徐悲鸿难得一见的笑容。展览结束时，已赈得国币15398元9角5分。这笔钱迅速寄到国内，作为第五路军抗日阵亡将士遗孤抚养之用。

琼州会馆。侨生客栈。黄麻子蛇馆。鑫记百货。福贵金店。剥落的繁体汉字招牌点缀着马六甲的汉唐遗韵。但一路走来的我显然已找不到66年前那位宜兴前辈在此留下的任何踪迹。是的，现存的史料对徐悲鸿在马六甲小城卖画只是一笔带过。他一生走过的地方实在太多了。而我一走进这个城市就能感受到他的气息。那是一种冥冥之中无法用言语表达的会心的默契。导游也坚持说她听年迈的居民说过当年徐悲鸿在这里卖画的情景。那是非常炎热的天气，徐悲鸿依然穿着中山装，口袋里插着一支粗大的自来水画笔。脸上则荡漾着江南人特有的自信的微笑。据说，捐款100元即可得到他的一幅画，捐款200元还可以指定他另画一幅。他画得汗流浃背，宜兴人吃不消那样闷热的桑拿天。这里的榴莲也不合江南人的口味。他日夜地画，他一生中从来没有这样卖命地挣钱，多卖一幅画，也许就可以多买一箱子弹。一个心里有伤的男人就是这样来报效他的祖国。心在流血，他笔下的苍鹰却依然雄健，烈马依然奔腾，雄鸡依然高亢，想到这里，我的眼里突然有热乎乎的东西。天下兴亡在一个爱国的文人心里，永远是最重要的。从屈原到范仲淹，莫不如此。徐悲鸿凭海临风，日夜挥洒着他的如椽画笔，"小我"早已抛却一边，大写着一个顶天立地的男人。

1939年的徐悲鸿在这里或许还会与一个朋友见面，郁达夫，中国现代文学史上一位绕不过的重要人物。其时他已躲到新加坡，在一份华文报纸做编辑。战争不需要小说，已经不写小说的郁达夫同样经受着婚姻破裂的痛苦。他懂日语，但恨日本人。徐悲鸿来办赈灾画展，他连篇累牍地写文章捧场，称悲鸿的名字"已经与世界各国的大画师共垂宇宙"。因此我想，他们的见面应该有着共同的话题。他们或许会选一家能做江南菜的酒楼。这里不会有绍兴的黄酒，达夫是酒仙，身上有名士气，喝酒若喝不痛快，他会用富阳话骂娘；悲鸿则不善饮，但他会不断替达夫斟酒。他们说得最多的当然还是国事，女人则也是必不可少的重大课题。蒋碧微和王映霞，都因为她们的男人出名而出名。如今她们却成了两个男人身后的两座围城。不幸福的家庭总是各有各的不幸，剪不断理还乱的东西，就让它退却一边吧。两个心里有伤的男人在这里彼此舔血，又相互勉励。早年郁达夫曾写下两句著名的诗句："曾因酒醉鞭名马，生怕情多累美人"。但女人和国家比，毕竟是小事。他们对局势的分析都不乐观。日本人已经嚣张得要与全世界为敌。悲鸿却还要在东南亚走下去，他还要去印度见泰戈尔。他还要继续用他的1000多幅画去宣传抗日、赈济灾民。而达夫恐怕在新加坡也呆不下去了，谁不知道他是个有抗日倾向的大文豪呢？他悄悄地告诉悲鸿，他将去一个偏僻的地方，在那里开一个酒厂，自己可以天天喝酒，而且他还会娶一个土著女人做老婆，一定要不识字的……从一个极端走到另一个极端并不是文人的本性，而是用最后的方式对一个世道作最后的抗争。

天色渐渐晚了，马六甲的风也是烤炉般的热。1939年的蝉如今依然鸣唱。我的故乡江南宜兴据说这几天已经滴水成冰，但没有冬天的马六甲仍然是无边无际的湿热。我爱这湿热难耐的气候，因为这是徐悲鸿曾经感受过的。他穿着中山装作画的时候衣服一定是湿透湿透的。我穿过鳞次栉比的荷兰红屋小街，我相信徐悲鸿也在这里走过，他喜欢戴一顶南洋草帽，穿白皮鞋。他的翩翩风度和他的画一样让人倾倒。他喜欢这里，因为这个不足20万人的小城不仅居住着黄皮肤黑眼睛的华裔，还有热情奔放的印度人和阿拉伯人，各种文化可以在这里交融碰撞。人们会用槟榔和椰子来招待他，戴头巾的马来西亚妇女会鼓起勇气希望得到他的签名。在举办画展的间隙，他还会抽空去著名的三保亭上一炷香，这里供奉着郑和的泥塑像，据说香火很盛。1405年，这位明代的三保太监率领他庞大的船队，乘着强劲的东北季风，劈波斩浪驶进马六甲港，给这里的居民带来了中国人的文化以及精美的陶器和丝绸。总之，宜兴人徐悲鸿操一口脆生生的江南方言夹杂着不很标准的英语，在最短的时间里与马六甲古城的人们实现了心灵的沟通。这个城市因了徐悲鸿的到来，而凭添了别样的魅力。

在导游的指点下，我终于登上全城最高的圣保罗山，这里有一座圣地亚哥城堡的废墟，据说是古老的阿法摩萨城的最后遗迹。就像中国的圆明园一样，

这里只剩下一些残垣断壁了。我想，当年徐悲鸿和郁达夫也许就在这里道别。毕竟是战乱年代，此一别何时重逢呢？这样的别离是伤感的。郁达夫后来写了一首诗，记录了他当时的心情："飘零琴剑下巴东，未必蓬山有路通；乱世桃源非乐土，炎荒草泽尽英雄。"

我又想，按徐悲鸿的性格，他会送郁达夫一幅画。或许他会送他一幅马。踏花归去马蹄香。总之他希望这位有些颓伤的好朋友振作起来，他会久久地站在那里，目送着郁达夫渐渐远去，直到他的身影消失在茂密葱郁的椰林深处。

看见了吗，那里就是苏门答腊岛。导游指着不远的马六甲海峡对岸的一处岛屿说。我心里一紧，那影影绰绰的所在，就是郁达夫最后的蒙难之地。他和徐悲鸿告别之后真的去了那里，开了一个酒厂，化名赵廉，娶了一个当地的不识字的土著女人。在抗战胜利的前夜，被日军杀害了。徐悲鸿得到消息，难过得久久不能言语。马六甲竟是他们的永诀之城。

夜幕降临的时候，我要离开这里去吉隆坡了。万家灯火的马六甲并没有依依惜别的意思。但我还是有感觉。我相信这里的许多条街巷里有悲鸿的脚印，相信一些油漆剥落的门楣或樟木箱里深藏着与悲鸿有关的故事，那是一定的。那些老故事就像老酒，一百年两百年后，依然会弥漫着清冽的芬芳。

春风沉醉的夜晚

遥想那1131年春天的油菜花一定黄灿灿地开得好浪漫。一个名叫岳飞的大将军带着他的抗金大军，在江南宜兴的丘陵地带与金兀术所部激战犹酣。山清水秀的宜兴在金兵的作战地图上就好像一只黑色的蜘蛛。金兀术大人已经被这只黑蜘蛛蜇得遍体鳞伤，惨烈的战争总是让太多的女人哭坏她们美丽的眼睛。天下人都知道，一个小小的宜兴，竟然成了岳家军的发祥地。假想这时候有一个宜兴人不适时宜地前往大金国访问，他一定会被愤怒的金人撕成碎片。

时间飞越了800多个春秋，是2006年的一个春风沉醉的夜晚，一个来自江南宜兴的游客，悠闲地坐在大金古都——阿城的一个弥漫着乡情的小剧院里看二人转。当晚的本地电视新闻，正在播出"中国作家看阿城"活动的消息。大家都知道来访的作家采风团里有一个人来自江南宜兴。宜兴一定很美吧？热情的阿城朋友都这么问我，接下来的话题，总是要说一说金兀术老爷子的，想当年他在宜兴与岳飞打得好苦啊。岳飞和宜兴是什么关系呢？哦，原来岳飞还是宜兴人的女婿，怪不得他打起仗来那么卖力。按照今天的逻辑，如果金兀术首先给宜兴人的网上发一个帖子，说他也喜欢宜兴的美女，然后给宜兴人磕头，做女婿；那仗还能打得起来吗？岳飞不抗金，也成不了大英雄了。这个损失大得谁也担当不起。如此混账的推理无非让大家开怀大笑而已，我突然觉得，这笑声箭镞一般穿越了800年历史隧洞，它的碎片弥漫在北方浓烈的白酒、热气腾腾的猪肉炖粉条、风味独特的俺家杀猪菜里，弥漫在血肠子、粘豆包、大白菜鲜肉馅饺子的气息里，弥漫在东北二人转的悠扬顿挫与应接不暇的笑料里。

阿城的夜晚月明星稀，五月的风被温柔的白杨林过滤了一遍，散发着丝丝缕缕的清香。这一片雄性的土地给我的第一感受，竟是温柔与缠绵的重奏。离此不远，有萧红的故居，旁边流淌着蜿蜒、清澈的呼兰河水，我能感觉到那一片独特的气场，清爽而恬淡。是月光的恍惚，在助长我的遐想，在那街灯的阑珊处，闪烁着萧红幽怨的眼波。月光婆娑的白杨树影里，隐隐地，是梦呓般的箫声，仿佛是一个罗裙少女在悄吟着《呼兰河传》里的某个章节。北国阿城的温柔部分正在夜色里悄然放大，心，已然似一只扶摇直上的风筝，冲向那深邃的天际。而我的耳边不断被告知的，则是大金古国说不完的辉煌历史。夜色中的女真部落遗址一片模糊，岁月在那些遗址上追加的情感部分，想必早已超出它的原始意义。以我们今天的眼光，五十六个民族早已是亲密无间的大家庭了。雄性罡烈的大金古国则匍伏在公元十世纪初的金色晨阳里向我们深沉地诉说着它的往事。完颜阿骨打，这位女真族的传奇英雄，能征善射的金太祖，以蔑辽、抗辽的胆识而挥写出一部历史的华章。如果与当时繁华的汴京城相比，这个位于偏僻的东北一隅会宁府的金国大都确实是个地老天荒之地，既无锦帷绣幄、香草美人，亦无楼台水榭、巍峨宫宇；但就是在这样一片"不毛之地"上升起的火焰，一直烧到了大宋的版图，烧毁了宋徽宗赵佶佳丽如云、粉黛如山的好日子。当时这位曾经创造了"瘦金体"的昏皇帝，身边聚集了太多的文人、词家、书家、画师、道士以及青楼里的尤物，这些性情男女好不容易挨近了皇上，哪里肯放松半步？各种名义的"笔会"和"演唱会"想必是白天连着黑夜，一个接着一个。连皇城根下引车卖浆的平头百姓都知道，皇帝最宠爱的名妓叫李师师。而"行幸局"竟然是官方下属的安排皇帝嫖娼的专职机构。汴京城正在纸醉金迷、春光乍短，会宁府这边却金戈铁马、杀机正涨。攻灭辽国的胜利助长了完颜氏族入驻中原的野心，对于宋徽宗这样不理朝政的银样镴枪头，此刻不打，更待何时？金国人所觊觎的，不仅仅是大宋的金银珠宝，更是大宋的膏腴疆土。对于习惯了渔猎游牧的金人来说，只有战争才能让他们血脉贲张，只有在奔腾的马背上，他们才能用矛戈写出荡气回肠的史诗。

于是1125年12月，金兵分东西两路向北宋统治的中原发起了进攻。

完颜阿骨打的四儿子完颜宗弼，就是在江淮及中原地区人们心目中几近于恶魔的金兀术。史载，少年金兀术勇锐悍烈，在征辽的中后期即以雄威英武扬名军中。一次，他率百骑追袭辽天帝，箭断骑尽而全无惧色，乃奋力冲进敌营，连杀八人，生获五人，辽兵惊悚溃退，金兀术则声名鹊起。他出任南下攻宋的统帅，追撵宋帝逃至江浙入海，江南百姓则饱受涂炭。史志与演义在描绘这位一代雄主的时候，没有忽略记录他那长长的阴影。《说岳全传》里的金兀术，则已是被妖魔化了的四狼主。但无论如何，我愿意用想象去走近他。我想他在率兵开进宜兴时的心态可能会比较轻松。南京留守杜充已向金兵投降，常州也轻易拿下，宜兴不过弹丸小城，他想象不出在这里还会有酷烈的战斗。阳光将他的铠甲擦拭得新鲜光亮，他的骏马迎风飞扬着长长的鬃毛，我能隐约听到他身后那些兵器相撞的声响。这里的空气像水果一样甜蜜多汁，铜峰叠翠、太湖漫漫，古阳羡的百里山川一定令他心旷神怡；江南的米酒纵然太甜，但畅饮之后那种晕晕乎乎的感觉甚合于进入极乐梦乡。但是金兀术的宜兴战役实在打得太差，湿热的淤泥里到处都是金兵留下的盔甲，岳家军简直无处不在，所有的湖光山色都成了可疑的美丽圈套。这年四月，岳飞在宜兴西部的太华山区摆了一个口袋阵，一向精于山地战的金兀术竟然大败。据说岳飞打了胜仗就喜欢写诗遣兴，他在张渚山镇附近的金沙寺泼墨题壁，抒发其光复山河的壮志宏愿。我想，那诗词应该是"靖康耻，犹未雪。臣子恨，何时灭？"的姊妹篇，史载当地有一位宋神宗元丰八年的进士张大年，家中有一座清幽宜人的"桃溪园"，传说这位张进士诗词俱佳，与岳大将军颇多唱和之作，后人将其凿成诗碑，供万世敬仰。

而金兀术则相反。那个曾经与岳飞大战一百回合的一个丘陵地带，后来被宜兴人称为百合场的地方，终于成为金兀术败战宜兴的伤心之地。虽然在他一生的战史上，宜兴之败只是个案，但他终于明白了，岳飞之所以所向披靡，是因为得到了宜兴人的支持，这里的每一座丘垄，每一条河流，每一片芦苇，仿佛都是岳家军的庇荫之所。大金国部队的兵员得不到补充，可靠的情报告诉他，大量的青壮年都去投了岳家军了。城南门外那条军民共筑抗击金兵筹运军粮的"岳堤"，就是宜兴人支持岳飞最好的佐证。

宜兴到底是个什么东西？在金兀术大人感伤的视野里，那飞絮般的扬花里、那纵横的绿色阡陌上一片迷茫。如果可能，他愿意与岳飞对话，他真不希望岳飞为一个腐败的皇帝而战。

江南飞来的捷报或许会让焦虑的宋帝松一口气。其实，在历代君王心目中，宜兴决不是地理意义上的一个江南小邑。这里地处苏浙皖三省交界，东临上海，西接南京，南望杭州。自古以来就是沪宁杭的后花园，所谓兵家必争之地、天赋生态之乡。逆长江，可直上巴蜀；沿运河，可贯通京杭。这里的洞潭湖溪、茶竹林草；寺院楼台、亭院水榭，交相辉映而美不胜收。水作精神山为骨，得天独厚的自然禀赋，丰厚博大的文化底蕴，让宜兴向世界展示的，不仅仅是一幅幅空灵壮阔的风物长卷，数千年的制陶史，更是让宜兴在泥与焰、水与火的图腾中锻就了刚柔并济的性格。

当时，宜兴县令钱湛资助岳家军军粮十万石。岳家军大胜金兀术后，便在宜兴周铁小镇的唐门里驻扎防守。建炎四年，岳飞与宜兴女子李娃在张渚山镇结婚，当年冬月，三子岳霖便降生在唐门军营。这个太湖边的平静村落，因了岳三少爷的降生，连日杀猪宰羊、笙歌燕舞。应该说岳飞在宜兴不仅找到了当英雄的滋味，还找到了大丈夫的感觉。此间河网宽广密布，村风温厚敦良。离太湖仅一箭之地。入太湖南下，可直指京都杭州；向北向东，可直入无锡、苏州。沿河北上，又可快抵常州。岳飞作为一代兵家大才，熟谙地理。选唐门做军营，进可攻退可守。又兼鱼虾兼备、稻米飘香，实在是个安营扎寨的好场所。如此有山有水的温柔之乡，必然为天下文人所青睐。截止至唐宋，到过宜兴并在这里留下诗文的文人骚客，已是一份长长的名单。如王昌龄、李白、白居易、卢仝、陆羽、杜牧、李商隐、陆龟蒙、苏轼、陆游、朱熹等。他们在这里吟风踏月、采茶品茗而流连忘返。而宜兴本土不仅盛产文人，也出武将；西晋时代"浪子回头除三害"的周处，改邪归正后即成为栋梁之才，作为朝廷敕封的平西大将军，他英勇善战，打起仗来十分了得。他最后报国捐躯，战死在陕西干县，成为万代师表。在宜兴人支持岳家军这件事上，颇见周处那种忠勇刚烈、义重如山的精神。

由于携手抗金，一位南宋的民族英雄和一个江南小邑联手写下了一段难忘的历史，成为宜兴人世世代代的美谈。其实，以我们今天的眼光看，那场血腥战争的核心，不过是南北两种文化的冲突，具体地说，是一种健康的、硬朗的、平民式的帝王文化与一种腐朽的、堕落的、贵族化的帝王文化之间的殊死搏斗。谁胜谁负，史家是一目了然的。据史料记载，大金国前期的皇帝们非常亲民，君臣之间、臣民之间几乎没有尊卑贵贱之分。皇帝可以与百姓分享一只鸡，百姓们可以为了一个难解的问题直闯皇宫与皇上论理。国家是大家的，所以人人都愿意为它卖命；而大宋这一边已经腐败得不行，皇帝几乎被美女珍馐、丝竹弦管包围了。对于一个执政者来说，那些应接不暇的诱惑，那些令人心旌摇荡的气象，等于是一帖迷乱心志的毒药；体制的腐败已经让一个金玉其外的王朝摇摇欲坠，它的覆灭是必然的。金兀术在出征前大约很读了一番大宋江南的历史。但一旦打到了江南地带他又想不通，为什么北方人一到南方，就变得软弱起来？这里湿润的空气和太多的燕舞莺歌会让一些潜伏在人心底的胡思乱想像胡子一样疯长。那种叫乡愁的东西，本不应该在军营里滋长，但这里的吴侬软语和少女流盼的眼波，是矛戈难以抵抗的。而江南人呢，在南来北往的碰撞中卷着舌头说北方话，便制造出一种很怪的杂交方言，让大金国的士兵笑掉了大牙，但他们最后才知道，这里真正厉害的，还不仅是下了蒙汗药的甜米酒，而是杏花秋雨般到处飘飞的诗词散曲背后，那种水一般漫漫无边秘而不宣的合力。一个不容忽视的事实是，大宋的朝廷虽然腐败不堪，但是汉文化在民间的力量却是无法估量的。即便金兵的长矛枪擦得再亮，也打不过漫天而来的洪水波涛啊。

不过，金兀术在另一个战场上还是笑到了最后。南北停战，是以杀岳飞作为帷幕后的交易的。可惜岳飞到死，也没有读得懂政治家们的权术逻辑。岳飞屈死风波亭后，岳家被抄，家眷发配岭南充军。唐门村人冒死去岭南接回岳氏后裔，帮他们在太湖边安家，并赠以田产家财。数百年后，岳飞后裔已繁衍成宜兴大族。至今，在周铁唐门村，岳飞衣冠冢和岳霖墓保存完好，成为宜兴历史上的一段佳话。

那金兀术呢，他一生征战而得以善终，这个结局是他自己也没有想到的。在他生命的最后时刻，他写下了《临终遗行府四帅书》，文中对他失败的江南战役依然耿耿于怀：

> 吾天命寿短，恨不能与国同休……江南人心奸狡，即扰乱非理，其人情风物必然有诈而不可轻信。汝等应一心选用精骑，备具水陆，谋用才略，取江南如拾芥，何为难耳？尔等切记吾嘱，吾者南征，见宋用军器大妙者，不过神臂弓，次者重斧，外无所畏，今付样造之。

说金兀术把一生都献给了他的女真民族，一点也不过分。他去世后，大定五年谥忠烈，十八年配享太宗庙，算是备极了哀荣。

　　800年后金兀术的后裔们在谈论这位老爷子时，感情多少有些复杂。无论如何，最后的金兀术还是主张南北讲和的，一个民族总是要推出自己的杰出人物，但经得起时间淘洗的英雄却实在不多，坚硬的石头腐烂了，就是一堆粉末；真正的英雄却是千秋万代不死的。人什么都能经得住，就是经不住时间。敌乎？友乎？胜乎？败乎？再过800年，又是怎样的一番结论呢？亘古不变的是苍茫大地，是斗转星移。渡尽了劫波，兄弟还在；我们终于知道，大中国的历史不仅仅是汉人的历史，远古时代的匈奴人、契丹人、蒙古人、女真人……都是我们的骨肉兄弟。在中华民族这棵参天大树上，谁是枝，谁是叶，谁是根，谁是须，你或许能分得清，但奔流在彼此血管里的，都是母亲身上的血啊！

　　阿城的月亮抚慰着一个江南游客的乡愁。主人的盛情则完全让我们忘记了东南西北。在一条弥漫着酒香的巷子里，我和几位作家朋友海阔天空一路逛去。谈笑间不知是谁又说到了江南的米酒，散文家卞毓方原籍江苏，他早年喝过不少江南的米酒，说那玩意口感非常不错，但确有一种不动声色的力量，不知不觉就被放倒了；评论家何镇邦数次到过江南，他觉得江南这地方，能打败人的东西太多了，区区米酒算什么？东北作家阿成肯定地说，当年在宜兴打败金兀术的，决不是什么岳飞，而是喝了让人发晕的米酒。而女作家迟子建则有些感叹，啊，那是一种什么样的酒呢？能让人晕晕乎乎，不知不觉就放下了，是一种多么美妙的境界啊。下次我若去宜兴，真想这样醉一回。

　　那些云霄里终年不化的雪山，天际线上盘旋的苍鹰，青天白云下招展的经幡，纯净、明亮的奶茶和歌声，马，羊，牛，草原；晶莹剔透的青稞酒，黧黑雄健的康巴汉子，再次汇聚成无声的激流，从我心头缓缓淌过。

有一种气场叫信仰

七月里，溽热的光景，江南已然被蒸煮得滚烫。在离开玉树的许多个安静的夜晚，我在江南一隅的书房里谛听它的呼吸。我走不出它的强大气场而夜不成寐。原本以为，记叙一次行走并非难事。然而，几番动笔，我却无法再次抵达那一座精神的高原，我只能以一种仰望的姿态向它致意。那些云霄里终年不化的雪山，天际线上盘旋的苍鹰，青天白云下招展的经幡，纯净、明亮的奶茶和歌声，马，羊，牛，草原；晶莹剔透的青稞酒，黧黑雄健的康巴汉子，再次汇聚成无声的激流，从我心头缓缓淌过。

玉树在青海。一场惨烈的地震让它闻名世界。从那以后，每天有许多人从世界的各个地方奔赴那里，在一个美丽遭到严重伤害的地方重建美丽。于是在去玉树的路上我被反复告知，很艰苦，没有舒适的宾馆，空气稀薄，开水只能烧到八十度，缺氧，会有高原反应。而我简易的行囊里始终夹带着一个私人的提问，各地都捐款了，钱应该不是问题。"灾后重建"已经变成一支神圣的号角，吹遍了玉树的角角落落。人气把玉树变成了一个浩大的工地，从废墟里站起来的人们在重建家园的时候，他们被重创的精神得到了疗救吗？

玉树予我的第一次震撼，是一座高耸入云的格萨尔王骑像。地震让玉树的建筑几乎无一幸免，唯有这座雕像岿然不动。说起这一点，玉树的朋友个个表情诡秘而又庄重。有关格萨尔王的传说与故事，可以是一部厚厚的书。我从这部织锦般的厚书里抽出一根绵柔的丝来，在高原刚烈的阳光下它诉说着一个伟大民族和她的英雄的缕缕往事。在扑面凌厉的风中我若有所悟，不由地用心去贴近这块雄奇的土地。

似乎玉树的一切都可以从格萨尔王出发。刚烈坚韧、桀骜不驯、勇敢尚武、生猛彪悍。这些元素构成了玉树藏人性格的基本色调。我想解读的是，支撑他们精神纬度的，是怎样的一种东西呢？

在经历了最初的高原反应之后，我厌食，无法入睡；浑浑噩噩，打不起精神。以我不够强健的躯体来感知高原的艰苦，也许是以卵击石。但我无比珍惜这些契入生命深处的感受。在漫漫的唐蕃古道上我不断见到满面风霜、衣衫褴褛、用身体丈量生命的朝圣者或曰信徒，我默默向他们行注目礼，我无法不动容，佛教把大千世界万世千载归结为"苦"，是为警喻世人，要对现世人生有恐惧和厌离之心，这样才可以有决心不贪恋生命物欲，立志脱度苦海。我不能肯定血肉之痛与精神之累，到底哪个更苦呢？

尼玛江才，玉树本土的第一个硕士研究生告诉我，如果没有来自信仰的支撑，人是很难在高原上生存下去的。

我终于知道，是一种叫信仰的东西贯穿于他们生活的全部。它像天地一样广袤辽阔，像江河一样永不干涸。也许我一时还无法解读那种信仰的内核，但我知道，它上接天脉，下通地气，他们的呼吸连接着大自然的心跳，由此，高寒缺氧、气候恶劣、物质匮乏皆不再被理解为苦难。因为，在他们眼里，大自然的一切，包括风霜雨雪、飞禽走兽，都是人类的朋友。人是不能征服自然的，人可以做的，就是认读自然，亲近自然，把自己融入自然，从而找到生存的契合点。朗朗乾坤，天地分明；鸟有鸟道，虫有虫道。人是最后才来到世界的。人来到这个世界的时候，鸟虫豸兽都有自己的路了，人的路会不会阻挡它们的路呢？哪怕对一条草虫，人也应该心生敬畏。万物有灵。这是玉树的朋友以虔诚的口气告诉我的一句话。后来我知道，这也是藏地本土的古老宗教——本教最核心的教义。在玉树，随处可见供奉于山巅、湖畔的牛头与羊头，堆垒于路旁或垭口的玛尼石，插在屋顶或门楣之上的松柏与艾草，寺院前飘着青烟的煨桑，连天而起的印满祷文的五彩经幡，等等。这些带有强烈地域色彩和民族气质的、独属于藏传佛教的图腾与信仰，汇聚成一种巨大的气场。它滋养一个民族，让每一个感知、参透它的人心智清明、精神爽朗、体魄健壮。

如同一条奔流的大河，它的每一朵浪花都具有山川草泽的本性。在藏地先民有限的认知体系里，他们把大自然的一草一木按照自身的感受，拟人或者拟物，赋予灵魂、思想、感情和意志，于是在玉树我常常见到这样的情景，各种自然神灵，遍布在人们日常生活的各个方面。在一条哈达、一件藏袍、一首歌、一碗酒、一场祭祀里，你都能感受到诸如日月星辰、风雨雷电、大山巨川、古树怪石、飞禽走兽等等无所不在的神之灵性。

我是一个从寸土寸金的江南来的汉人，我只知道周围的人都在拼命挣钱。就是农民，他一锄头挖下去必须有一锄头的效益。否则，锄头一扔，坚决不干。方言里说，打来骂来，蚀本不来；没法干的事，就叫没交易。约定俗成的民间价值规范，从容地操纵着老百姓的日常生活。物质的丰腴和精神的干瘪，像我们周边不太干净的空气和水一样无处不在。所以我在玉树的嘉那玛尼城见到用26亿块玛尼石垒起的"圣山"，顿时生起无限的感慨。26亿块，只是一个约数。每一块玛尼石上，都刻着六字真言。一个老百姓的一生，如果能在这无上的圣地捐一块玛尼石，那他就圆满了最大的一件功德，相当于吾乡的大伯在锄地的时候挖到了一麻袋黄金。而黄金与玛尼石放在一个玉树的藏人面前，他会毫不犹豫地选择后者。钱财是身外之物，玛尼石却关乎人的今生来世。一个风尘仆仆的藏族老人从我面前走过，当他把一块刻满经文的玛尼石轻轻安放到玛尼堆上的时候，已然是泪流满面。陪同人员说，看见了吗，他在玛尼石上刻了一百张嘴。意思是他的家人遭到了口舌的诽谤，让别人去说吧，那些口舌不过是风刮过而已。

给远方的亲人祈福，有平安经；亲人亡故了，有度亡经；送给老人的，是长寿经；献给那些误入迷途的朋友的，有解脱经。等等等等。

　　想来人的幸福是一件很主观的事情。来捐过玛尼石的人们，当他们离开的时候，无不脚底生风，步履矫健。那些石头上想必刻满了他们对生活的感恩，对岁月的追忆，对真爱的铭心，对苦难的排遣、对罪孽的悔过。精神被提升了，身体就格外轻快，通向天堂的道路一片明亮。

　　而勒巴沟的水玛尼，更是让人震撼心魄。那是一条水流清澈的十里长溪，两旁的山岗缀以异香扑鼻的花草，让人感到熟悉而陌生，恍惚如前世的一个驿站。但见那所有的石头上，都刻了满满的经文。溪水从山上流下，一路汹涌澎湃。有的怪石嵌在河道中央，任水流冲击。声音响亮如万众诵经。漫山遍野的玛尼石大如车斗、小若篮球。大多刻着字体洒脱的六字真言，而更多的，是密密麻麻的各式经文、颂词、咒语。2010年的地震把山顶的巨石滚到山下，藏民们认为这是天赐之石，分别刻上六字真言，祸石变成了吉祥之石。即便是陡峭的山崖绝壁上，藏民们依然可以借助冬天的寒冷，将速冻的牛粪垒砌梯子，艰难地爬上去刻字。一份功课，用一生去做，无怨无悔。勒巴沟应该是地球上的一大奇迹，连天蔽日的石头，都刻满了藏人的虔诚！人置身于这样一个偌大的气场，心灵会忘记一切杂念，仿佛有一种与天地接脉的感觉。此生必将记住，有一条神圣的流淌着虔诚文字的溪流，曾经与我相遇；灵魂亦在此得到了短暂的洗涤，获得过片刻的宁静。一个未谙藏传佛教的汉人依然可以在这里流下真诚的泪水，因为我想到了，是无数双手，托举着无数颗赤诚之心，天老地荒，世世代代在这里留下永不磨灭的印迹。每一个文字，都留下了他们生命的温度，在清澈的流水中，成全了一部永恒的史诗。

　　这就够了。

　　团队里流传着这样一个笑话，一个藏族老人拉住一个北京作家的手说，北京好啊，就是太偏僻了。

　　北京偏僻，肯定是以玉树的不偏僻作为前提的。其间有一种精神的自豪被无限放大。老人也许还会担心，北京那么偏僻，生活在那里的人们一定非常寂寞吧。他不能想象，如果没有雪山草原、没有青稞酒和六弦琴、没有转经筒和玛尼石，人还怎么活下去？由此我终于释然了，玉树地震毁坏了人们的家园，夺走了人们的生命，但是丝毫没有损伤活下来的人们的精神。家园需要重建，但他们的精神却不存在重建的问题。在玉树的采访中，我听到了许多生命毁伤、家破人亡的故事。但人们在述说的时候表情淡定，那种平静中的达观让我感叹不已。在他们看来，宇宙中的有情生命皆处在一个生生死死、流转不息的轮回之中，如同一个上下转动的水车，生命就是水车里的斗子，在不断的转动中变换位置。在世积德的人，他们去天堂之前把肉身交给上苍了，干干净净、坦坦荡荡；今生作恶的人，来世则会坠入地狱。而亲人上路的时候，他们不能呼唤他的名字，他不回头，就可以顺利抵达天堂。

离开玉树的前夜我睡得非常香甜。所有的高原反应奇迹般地从我身上消失了。精神大爽的我和同行的作家们一起，搜集着灾后重建的许多动人故事，在我密密麻麻的笔记本上，分明流淌着一种瀑布般的精神，我收拾起它们，感觉到了精神的重量。

精神的重量，我们还称得起吗？当物欲的沧海快要没过我们的头顶的时候，我们还剩下几多精神的稻草？当物质文明的方舟并不能把我们送往精神的高地，那我们用什么来扯起一杆精神的大旗？如果说，精神上的缺钙比高原上的缺氧更可怕，那我们又用什么来拯救？

在与玉树惜别的转身里有我深深的眷恋。在无数次回望玉树的时候，我的目光一直在搜寻着一种路径与方向，我知道有许许多多的人跟我一样在搜寻的路上，也许我们终无所得，但一定不会由此而放弃。

一个作家的永生

那一刻特别安静。风停了，没有鸟鸣，总之，什么声音也听不到。在这样一个闷热的初秋的下午，我们从四面八方赶来，为了拜谒一位故人。周克芹。一位作家，一位写出过《许茂和他的女儿们》的作家。滔滔俗世早已将他忘却了吧，二十年了，在四川的简阳，在简阳农村一个寂寞的山岗上，周克芹在这里安卧着，他不能再写作了，他只能给乡亲们守着山，守着地。要是可能，他会为他的乡亲们祈祷。一辈子，他都是这样的，用他的笔，为他的父老乡亲书写、祈祷，一直写到了死。他死的时候才五十四岁，像一根坚强而脆弱的芦苇，轻轻地，就被折断。翻开他的书，总是乡场，乡亲，乡音；总是热腾腾的红薯气息，还有苞米、南瓜。周克芹就是用乡土中国最常见的生活场景、最普通的世态人情，加进自己的血肉，熔铸成不朽的传世之作，一部书创造了几百万册的发行量，也创造了当代文学的传奇与尊严。他的文字曾经深入到中国大地的每个角落，让每一个阅读者感受到追求幸福、公平、正义、理想的力量。

去简阳的路上作家们一直在谈论周克芹。一路的山，水，树，苞米，土地，仿佛都浸透了周克芹的气息。生与死，贫困与奋斗，光荣与梦想。这块厚土养育了周克芹，最后又过早地埋葬了周克芹，冥冥之中，这就是命运的力量？你能想到吗，早年周克芹最穷的时候， 妻子坐月，食无肉。屋里连柴棒都没一根多的。怎么办？心一横：卖门板！既然家无长物，夜间何须闭户？周克芹不去近处的简阳城，而从山间绕远道去石桥镇，怕撞见熟人。谷草挽圈，门板上一插，做出售标志。这辛酸的情节，后来在《许茂和他的女儿们》里，演化成金东水卖毛衣。试想在一个没有门板的寒宅里，一个胃里连红薯也填不满的乡土作家，陋室青灯，长年累月地书写着一部部关于中国农民的大书，这是何等的中国特色。

忽然想到，春秋的时候，申包胥曾对伍子胥说："子能覆楚，我必复之"。江山也好，天下也罢，颠覆或被反颠覆，小说都是不能的。但是，小说从来是一个社会的寒暑表，小说还可以是历史的见证人，是一个世道的正义与良心。所以，真正的小说肯定是永生的。

这些，周克芹都做到了。许多年，那一片山水恩养了他的心性与气脉。于是他蘸着自己的心血写字，至情与大爱，永远地留在了他作品的字里行间。

于是，墓地四周的常青树，都变作了他伟岸的身躯，清甜的风在山岗上轻轻吹拂，都是他绵长的呼吸。对于这样一片山水来说，克芹大默如雷而无处不在。

我们把手执的黄菊轻轻放在他的墓前，俯身，谛听，那来自天国的呓语。作家阿来与他生前交往甚多，知道他爱抽烟，便把一支刚燃着的烟，轻轻放在他的墓前。然后，焚化了他写于多年前的一篇祭文。那火焰跳跃着，灼烫着我们的心。祭拜的队列里有轻轻的啜泣，像风一样游弋，那是一群作家的灵魂在悲鸣。"做人应该淡泊一些，甘于寂寞，潜心于工作和事业……"墓前的碑文，是周克芹当年说过的话语，字字如钉，更让人感受到作家对写作的至诚。周克芹的夫人，一位土生土长的农家老妇，她淡定而慈爱的目光一直看着我们，她轻轻地叮嘱，不要那么贪命地写，要保重身体；她的克芹，当年就是那样，三更青灯五更鸡，不要命地写，写，写。那么早，人就写没了。"他今天若还活着，才七十四岁，可是，他已经死了二十年。"她深深叹息又深深摇头。"重大题材只好带回天上，纯真理想依然留在人间"，这副周克芹墓前的挽联，集聚着人们对作家不尽的叹惋。

一个作家死了，还有许多人读他的作品；或者说，他的作品还在影响着一代又一代的人们。那样的死，莫如永生。

一个作家活着，他只写一些不痛不痒的文字，或者说，那些文字飞快地速朽，如同扑火之飞蛾。那样的活着，充其量是活着。

克芹先生，可以安息，足够安息。

　　我们离开的时候已然是黄昏，四周林木萧萧，肃然无语。周克芹的乡亲们全都站在村道的两旁，仿佛今天，是这个平素寂寞的村庄难得的节日。他们的脸上表情淡然，但与我们怅然相望的时候他们身体前倾，这是他们与我们作别的朴实姿态。我看到女作家徐坤的眼里有薄薄的泪光，我看到作家何立伟，还有裘山山、葛水平，他们都在用相机记录这感人的一刻。汽车发动了，轮胎却陷在低洼地里拔不出来，乡亲们便蜂拥而上，一时数不清有多少肩膀在拼力相帮，当肩膀和钢绳的力量终于举起了沉重的车体，人们才发出一声如释重负的长嘘，而汽车终于长吼着驰离村庄的时候，腾起的黄尘里，"周克芹故里"的门匾大字，正在夕阳下向我们发出欣慰的微笑。

"做人应该淡泊一些，甘于寂寞，潜心于工作和事业……"

龙泉青瓷的每一个造型都是一个美丽故事。

那一片青色的传奇

去龙泉的念头在我心里至少潜伏了十年。一种秘而不宣的冲动，在一个不太容易冲动的中年人心中潜伏十年，这几乎是个奇迹。那片斑驳版图上奇异的山水，温润如玉的瓷器，剑，英雄，大师，质朴如泥土一般的能工巧匠，一直在我的内心深处熠熠发光。以至于任何有关它的想象都变得甜蜜而美好。

关于龙泉的各种话题，终于在2009年的夏天转换成一次龙泉之行。缘分让我走进了龙泉，我将此看作是生活对我的某种馈赠。一直以来我钟情于紫砂的质朴内敛，觉得手执一壶可以看开人生与世界，但我知道这世界上有一个地方叫龙泉，那里出一种叫青瓷的宝贝，和紫砂一样，它缘于泥，来自大地母亲的胸膛深处。龙泉的泥土、甘露与火焰，几千年来一直在编织着一个诡谲离奇的梦的交响，一把寻常的泥土就在这交响的升腾处得道成仙。它的每一个表情、每一处细节都让我着迷，包括一位名叫叶放的龙泉朋友。他缓缓的叙述一样地充满乡野与纯朴的意味。由此，龙泉的一部活辞典渐渐打开，叶放先生饱经风霜的脸庞让我想起博物馆里陈列的某一件古老瓷器。南宋。临安。徽宗皇帝。我看见这些关键词在每一件古老的瓷器背后翩然起舞。青如天，明如镜，薄如纸，声如磬。你可以说那是上苍的恩赐，和我家乡宜兴的紫砂一样，但又何尝不是人间的鬼斧神工？一个王朝的纸醉金迷和一个皇帝的昏庸无能却导致了那个时代艺术上的张扬与繁丽，但见那瓯江两岸瓷窑林立，烟火相望，江上运瓷船只往来如织。徽宗皇帝的瘦金书挥洒之处，国土沦亡而青瓷靓丽婆娑起舞，粉青，翠青，灰青，梅子青，单是那一种青色，就将天地间千山苍翠收入怀中。宋词抑扬顿挫的节奏与气势，宋画出神入化的笔墨与意境，宋曲凭栏怀古的咏叹与低吟，都被融入到那一片青瓷之中。

在我看来，龙泉青瓷的每一个造型都是一个美丽故事。虽然人人传诵，却没有人可以将它的真相讲述清楚，这正是它的魅力所在。就像故事里的伏笔，它牵引着我向它的深处走去。大窑古村，一片充沛的气场，我惊异于它的静穆散淡，没有一处烜赫的招牌，淡定了千年，魂魄依然像空气一样清洁。有人说它是龙泉青瓷的乳母，青瓷所有的华采都来自它的孕育。史书的口气则正襟危坐，记载中的每一个汉字，铜钩铁钉不可动摇。有关哥窑与弟窑的故事，就像村前那条流淌不完的溪流一样永不枯竭。抬头仰望大窑的天空，清亮纯粹得让人隐隐生疼。青瓷的精魂想来就从这里出发，它日夜滋养着无尽的创造的激情，这样的激情与千百年的时光周旋，结果是诞生了无数青瓷的传奇。在这里，一伸手，一投足，一不小心，都可能与一个久远的朝代相遇，那些沉默了千年的残片，在澄澈无瑕的碧空下讲述前生，铁马金戈，风清月白，尘世的硝烟过后，只剩下一份传世的静美。

不知过了多少时候，叶放先生在一片废墟里捡起一块哥窑的残片，说要送我做个纪念。这是北宋时期一件盘具的底托，茶褐色、厚釉薄胎，金丝铁线，纹片曲折而婉转，似记录了一个繁华家世的浮沉历程。我于是看见那朱门粉墙里笙歌夜夜，优柔佳人独坐月楼，愁肠寸结；杏花疏影里，鸣笳声断。那些穿越孤独的忠贞，那些痛彻肺腑的哭笑，都流星一般地消遁了，只留下这块残片。它像飞碟一样来到我的眼前，让我相信世事的无常和人生的迅疾。可以触摸的，除了那个时代的余温，还有太多的沧海桑田。而离此不远的喧闹的青瓷市场里，那些新出窑的瓷器，仿佛刚出道的明星，一个个晶莹丰润、如冰似玉。眼角眉梢掩饰不住靓丽的光彩。妩媚的，通体的山清水秀；端庄的，气质里凝重大方。我知道那是青瓷的今生在一个盛世里绽放的真切的欢颜。不知为什么，我突然感到一种陌生和遥远。而那已逝的一切反倒显得贴切而清晰。久久地冥想之后我明白了，我们总是不由自主地抵触时尚的衣架，喜欢触摸岁月的根脉，崇尚原始的本真，那是我们的本性使然。但无论如何龙泉的青瓷还是那样地令我欣喜，因为它那沉静温润的品性与紫砂同出一辙，在漫长的岁月里它们风雨同肩，足称一对知心换命的孪生兄弟。

那一道清澈的目光

去西安参加冰心散文奖的颁奖活动，见到了冰心老人的女儿吴青。她其实也是一位老人了，72岁，满头银丝，慈祥地站在那里，像一株雪中的老梅。她在会上的发言真挚感人，说到母亲时她一度声音哽咽，她回忆道："母亲当初在时局不稳的时候，依然坚持讲真话，母亲说作家一定要讲内心真实的感受，'即使让我坐牢，我也会誉满全球'。所以我们做儿女的现在立了一条规定，就是任何人不允许随便删改母亲的作品，否则我们宁愿不登、不出版。一个作家的作品应该来自他的良知。代表人民心声的文字，哪能随便删改？"

也许，大家觉得有很多年没听到这样的话了，那天的大会现场，很多人流泪，持久地鼓掌。

她又说，你们写点东西不容易，比过去更不容易。在自己的作品里讲真话，一切从心灵出发，你们做到了吗？

特别静。山一样的沉默。是啊，我们做到了吗？我们能做到吗？

　　她管巴金叫"舅舅"。她母亲和巴金舅舅都认为，一个作家最重要的是社会责任，是为人民讲真话。她说，当年母亲写小说，曾有读者说她写得太悲观。母亲回答，我没有悲观，之所以写得惨烈，困苦，是为了促进改良。母亲因为有这份责任心，在上世纪80年代，又有了一次创作高峰。

　　她的目光清澈，声音洪亮，像极了晚年的冰心。她站在讲台上，是那样坦诚，那样圣洁。

　　可是，滚滚红尘、世风日下，还有多少人在读冰心的散文？不知什么时候开始，比起某些所谓的强势和显赫门面，文学显得边缘而式微，似乎变成了我们这个社会的弱势群体。不过，天道有情，时间往往轻易而极快地摧毁、遗忘前者，却对后者手下留情，并且让其中的精华大放光彩。比如，冰心的《小桔灯》，100年后还将明亮如初。

　　好文章永远跟心灵在一起。一个写作的人如果不是写他内心的东西，他凭什么写？虽然，写作的人也是凡夫俗子、素面素心，谁也不能避免柴米油盐的日子。但活出什么境界，是可以选择的。折腾了许多年我们终于知道，原来文学不再是别的，它就是在那琐碎生活中被寻找到了的诗意，它就是从纯粹心灵发出的人生终极追问，它就是对更广阔人世的深情关注，它就是地老天荒永不放弃的高尚情感与精神。

　　有生命的投入，有精神的苏醒，有自我的觉悟，有清澈的心灵。但凡好的文学作品，无不是从这条路上绝尘而来。作品的后面是人，是一颗无法掩饰的心。懂得忠诚，才有了文学的胸襟；懂得珍惜，才有了文学的慈悲；懂得干净，才有了文学的雅洁，懂得爱，才有了文学的荡气回肠。这才知道，虽然搞文学艰难，但时代对文学的要求一点没有放松，时间的戒尺一直在敲打着懈怠的人们；这才知道，吴青老人的一番话，原来包含着一代文学前辈的希望。说真话，写真情，怎一个真字了得啊！善良流过胸膛，真心温暖世道。那一盏小桔灯，那一道清澈的目光，会亮在我们的心田，一生一世，不离不弃。

文学与环境

——在韩国「第八届李炳注国际文学节」的演讲

感谢主办方，这个题目出得很好。我想，对于居住在这个地球上的人们来说，通常意义上的环境，就是他们日常生活的现场，是大众生活的一种存在方式，人与环境的密切关系，组成了世界的自然秩序。

那么，对于作家来说，什么是环境？它和普通人的环境有区别吗？我的感受是，其实作家也是普通人，稻饭羹渔、生老病死。比如我今天出门，见到阳光灿烂、风和日丽，我的心情想必和大家一样，如同蓝天一般纯净；而到了明天，突然飞沙走石，天地混浊，我的心理感受也可能会乌云压城、郁闷烦躁。

可要说跟普通人不一样，也是有的。这就是，作家的环境是赋予了作家的灵感和爱意的环境。尽管他和大家一样饱受生活的摔打，但他的心里有一个强大的缪斯女神，他目光始终是审美的，庸常的生活在他眼里是可以提炼出诗意的，文学的力量在他的笔下、在字里行间，已经不知不觉地贯穿融合了。

请允许我以故乡为例，因为故乡是我们生命起源的地方，还有什么环境能超过故乡对我们一生的影响呢？

我的故乡宜兴，古称阳羡，在中国的江南，是太湖西岸的一座美丽小城。作为江南文化的一个精彩亮点，对她的解读应该分成两个部分：第一是她的自然环境，那就是山水相依、四季分明；气候温润、风物宜人。水乡，竹海，茶洲，洞天等得天独厚的生态禀赋，被古人誉为"三江之雄阔，五湖之腴表"。其山水灵秀为江南独有。第二就要说到她的文化环境，我曾经在一本书里这样写道："自古以来，宜兴一直是天下文人的梦境。李白、白居易、李商隐、杜牧、卢仝、欧阳修、苏东坡、文徵明、岳飞、陆游、唐寅、沈周，一个长长的超重量级的文人墨客的豪华梯队，于历朝历代，在此留下了诸多传世的美文妙句。于是那波光云影、杏花春雨的悠闲所在，常常被解读成唐诗的故土；烟水寒笼、画舫船头的飘渺意境；被誉写为宋词的家乡。"

在一般人的印象中，中国的江南是由许多意象与文字的记忆构成的：它们可以是烟花三月，莺飞草长；可以是精致的园林，曲径通幽，溪水流觞。比如我们说到杭州，就会想到唐代大诗人白居易的"山寺月中寻桂子，郡亭枕上看潮头"。而在宜兴，人们总爱把宋代诗人苏东坡写下的"买田阳羡吾将老，从初只为溪山好"挂在嘴边。你看，连苏东坡都想在这里买田养老送终，这是怎样的一个美丽地方啊。

由此我们可以得出一个小小的结论了。文学为人类营造的文化环境，从来是第一位的。人们对一个地方的记忆，最深刻的往往是文化记忆，就江南而言，精致、唯美、淡淡的忧伤，虽然花团锦簇、笙歌处处，但总有一种骨子里的颓废。这就是古代文人的江南。这种概念从什么时候形成的？或许我们一时也很难说得清楚了，但无论如何这个自然环境是通过文学的审美来传递的。对于文学而言，文化环境的优劣对它的生长几乎是致命的。我们知道，文化实际是一种集体价值理念以及由此形成的一种生活方式，而自然环境是它的基础，通常它是由生活在一地的民众与精英共同创造的，文学是它的载体，对其进行了艺术提炼与提升。所以文人的才情笔墨，才能营造一个活色生香的文学江南。

可惜的是，今天我们的文学却从当下的文化环境中退却了。首先，自然环境的恶化，社会物欲的膨胀，市场经济的侵淫，人们价值观的倾斜、扭曲，广告媒介的铺天盖地，污秽、性和暴力盛行，犬儒主义、粗制滥造的文化垃圾，每天都在以相当的规模蚕食着文学的阵地。其次，就文学本身而言，充分物欲化的文学表达已经成为一种时尚。这就是今天文学所面临的内部与外部环境。

显然文学改变不了这个世界。众所周知，作家在当今社会的话语权非常之少，有责任心的作家试图采取文学的方式，去描述人类生存的这种困境。可事实上作家本身在当今社会并不具有独特的地位，文学的边缘首先是作家的地位边缘。在今天的中国，除了"体制内"的极少数专业作家以外，一个业余作家如果没有一份社会职业或家人的经济来源支撑，仅仅以写作谋生，是难以养家活口的。如何保持精神上的独立不羁，并把自己的观察与思考写进自己的作品，对于今天的作家来说，这才是既真实又严峻的现实处境。

但是我并不悲观。我和大家一起呼唤那种既不附庸于权力政治，又不屈从于市场消费，敢于面对人类日益严峻的生存环境的独立自主的文学。

首先，文学要找回自己的根脉。一个作家无疑是他得以出生的本民族文化的载体，他如果用母语写作，就应该吸收本民族文化中最精粹的部分，让自己具有充沛的气脉和整洁的面容，如果一个作家不知道或者不在乎他自己从哪里来，要到哪里去，很难想象他笔下的文字能给读者提供一个优雅而独特的语言环境。有人把对民族文化的认同看作是一种政治话语，但我认为，文学的兴旺与民族感情的复兴从来水乳交融。承认民族差异，认同民族特色，才能构成全球化的丰富与和谐。就像众多的树木汇聚起来变成森林一样。而从今天发生的情况看，文学品质的普遍蜕化，文学在日益险恶的自然与社会环境中败下阵来，其部分原因与骨子里缺钙有关。这个钙质，较多成分来自于本民族优秀文化。在这个精神压抑、物欲横流的时代，文学不应是见风使舵的奴仆，不应被涂上时髦的五花八门的油彩。文学应该让人们在穿越历史的暗隅时，能让大家感受到一抹精神的微曦和悠存的风骨。这可不可以成为我们追求的目标呢？

其次，作家应该蓄养自己的悲悯情怀。文学的伟大之处，就是它的同情和悲悯之心，并把这种同情和悲悯通过笔墨传递出来。文学最终关注的是社会中的人，回到人类，回到人性，回到人们生存的真实处境，才是文学的宗旨。文学既然应该揭示人性、呼唤真爱、褒扬善良，为什么不把人类共有的悲悯情怀发扬光大？滔滔的乱世需要悲悯，肢体残缺的人需要悲悯，迷途知返的人需要悲悯，灵魂蒙垢的人一样需要悲悯。如果我们的文学缺乏同情与悲悯，那么我们连起码的自我救赎都难以做到。

今天的作家正在世界的各个角落奋力而为。尽管我们已经身处社会的边缘，但并不表明我们不再对这个社会负有责任，我们的作品本身就应该是对这个时代环境的挑战。因为，保卫和守望人类精神的高贵，保卫和守望我们共同生存的环境的洁净，理应是文学的本意。当人类在向地球疯狂地索取的时候，当河流、海洋和空气被污染的时候，当城市放纵着无休止的欲望、制造着永难消解的垃圾的时候，当高尚的文化被肆意践踏、低俗的文化如洪水汹涌的时候，我们的作家应该勇敢地站在现场，有人问，文学真的能改变环境、优化环境、创造环境吗？也许结论是悲观的，也许那是一个潜移默化的非常漫长的过程，但是我们不应放弃努力。文学总是与困境同行，中国有句成语叫做"前赴后继"，在一代又一代作家的努力中，包涵着对我们自己的灵魂的完善和救赎。

一种救赎

9月在韩国，参加第八届李炳注国际文学节期间，结识了台湾作家黄春明先生。

黄先生80岁，不老。他全部的行囊就是一个双肩包。这个双肩包跟他走了40多个国家。"背着它，可以让我不驼背"。黄先生果然挺拔得很，站在首尔熙熙攘攘的街头，就像一棵风中的老树。

在台湾，黄先生是与白先勇、陈映真齐名的三大作家之一。其小说《儿子的大玩偶》、《看海的日子》、《青番公的故事》、《锣》、《溺死一只猫》、《我爱玛莉》等等，代表了台湾乡土文学的最高成就，在世界华文文学界亦颇负盛名。当年陈水扁曾许以高官，拉他进入政权核心，被他一口回绝。 在台湾，黄先生一直呼吁作家要继承中华传统文化，倾听百姓声音，不为名利写作，要做社会的良心。

可是，谁也不会想到，那么一个著作等身、久负盛名的作家，少年时代差点沦为人渣。

故事深处的黄春明，是一个自幼丧母的不良少年。脾气坏，爱惹事。前后被4所学校勒令退学，最后沦落到台北妓女区修电扇，吃不了这份苦，便又再去考学，好不容易混进一所师范学校，又留级、退学。最后转到台湾最南端的屏东师范"留校察看"。黄春明知道，自己这辈子也许真的没救了。可是，一个人的出现，却改变了他的一生。

在黄春明的后来的描述里，那是一位名叫王贤春的女教师，才26岁，美丽，娴静，从大陆来台湾，教国文课。有一天她把黄春明叫到办公室，和缓地说，作文要自己写，不能抄袭。黄春明很委屈，也很倔强。坚持说作文是自己写的。王老师笑着说那好啊，你再写一篇别的，让我看看。为了证明自己，黄春明就写了一篇《我的母亲》。他没有想到，这篇作文竟让王老师流泪了。

她一点也不知道，这个顽皮的男孩身世有那么苦，8岁的时候，母亲就去世，留下5个未成年的孩子。而看上去粗野泼撒的黄春明，心里却埋藏着对母亲非常炽烈的情感。更不可思议的是，他的文字有一种潜在的天赋。他居然会把天上最遥远、最微弱的一颗星星，比作是自己永难再见的母亲。下雨天的夜晚，他看不到那颗星星了，他偷偷地哭，老天也陪着他哭。

后来王老师送给黄春明两本书，一本是沈从文的散文，还有一本，是契诃夫的小说。王老师叮嘱他多读文学名著，这样作文才能越写越好。她还给黄春明开了一张书单，鼓励他多读好书。王老师还说，无论我们在天涯海角，都不能忘记，我们是中国人，中华文化是我们的根。

同学们渐渐发现，只要王老师一进教室，平时性情鲁莽、容易冲动的黄春明就会安静下来。他的作文成绩，不可思议地一路飙升，常常被王老师在课堂上表扬。可是有一天，王老师在上课的时候，被突然闯入的几个军警带走了，说她是大陆潜伏在台湾的"共谍"。第二天传来的消息说，王老师被当局枪杀了。

黄春明很伤感。王老师离开教室的时候很从容，她甚至还回过头，朝黄春明笑了一下。她走得那么突然。或许她自己也未必知道，给黄春明留下的两本书和一张书单，决定了他以后的一生。无数个繁星闪烁的夜晚，黄春明不仅寻找着妈妈的星星，也寻找着属于王老师的那颗星星。王老师在浩淼的星空朝他微笑，鼓励他将来能够当一个作家。黄春明说，王老师，我不会让你失望。

于是1962年以后的台湾文坛，突然冒出一个名叫黄春明的新锐作家。许多读者喜欢他作品里的乡土风味，喜欢他文字里的传统文化气脉。第一次登上台湾文学大奖的领奖台，他突然泪光闪闪，仰天长啸：王老师，我获奖了！

黄春明的奋斗故事与原创作品在台湾不胫而走。人们注意到，无论在何种场合，他都非常认同中华传统文化。2011年他在台湾成功大学演讲，再次强调中华文化是台湾文学的根脉。有一个绿营的文人突然从人群里打出一条标语："台湾作家用中国话写作，可耻！"时年78岁的黄春明突然变成一头愤怒的公牛，甩掉外衣，跨过人群，扑向那个绿营的文人。"封存"了几十年的粗话，

从一个年届耄耋的老人嘴里迸发出来，有如怒涛汹涌。此事一时成为全台湾各大媒体的头条新闻。马英九当晚给他打电话表示慰问，过后还派夫人周美青送鲜花到他家里。面对形形色色的媒体，他只强调一句话：人不能忘祖忘根，如果我们不承认自己从哪里来，那么，我们就不配这黄皮肤和黑头发！

这次在韩国参加国际文学节，韩方特意给黄春明颁发了一个文学大奖。那天下午颁奖，黄先生很激动，在他简短的答谢词里，又几次提到了王老师。他说，如果没有王老师，没有文学对我的救赎，我今天会在哪里？

记得，那天步出会场的时候，黄先生手捧奖杯，下意识地朝天空看了一眼。我想，他内心一定在说，王老师，我又获奖了。

谁人懂得李叔同？惟天与地也。

在闽南

泉州

一到泉州，便想起了一代高僧：弘一。

大概在1952年的时候，在泉州清源山弥陀岩西侧，建修了弘一大师灵塔，塔内安放着大师的舍利子。弘一，俗名李叔同，曾是中国二十世纪初一位才气横溢的艺术家、思想家、革新家和教育家。原籍浙江平湖，年轻时喜读诗词散文，也好戏剧，兼学书法和篆刻。1898年，康梁变法失败，李叔同为避康梁同党嫌疑，于当年从天津携眷迁居上海，不久就加入"城南文社"。李叔同培养了画家丰子恺、音乐教育家刘质平这样的一代艺术大家，他的"先器识而后文艺"的教育思想，直到今天依然熠熠发光。

与常人的不同处在于，当他的艺术和艺术教育生涯几近登峰造极时，断然作出了远离欲望所累的喧嚣尘世的决定。1918年7月，他于杭州虎跑定慧寺受了皈依，拜了悟和尚为师，取名弘一。之后不久，告别任教六年的浙江省立一师，正式出家为僧。

一个人突然与凡尘断缘，需要多少定力？李叔同早年风流倜傥，皈依佛门后斩断所有情缘，一心修行，为世人所仰慕而扼腕。

好男人必得出家，才能寻找到自己精神的芳洲么？佛教太精深，吾等凡夫俗子，只是在门口张望，浅知一二而已。站在山上，看山下云海茫茫，那些芸芸众生，无非富贵人家、痴男怨女；读书人家、逸士高人；贫苦寒门、奇优名娼。人人个个，在欲望的列车里挤压、奔突。忙着生，忙着死；忙着发财，忙着名利。

谁人懂得李叔同？惟天与地也。

1942年10月13日，弘一法师圆寂于福建泉州。圆寂前，法师写下"悲欣交集"四字，飘然谢世。

常常怀想弘一临终前的两句话：快快速去，去去就来。人生有限，弘一法师快快行走、一段一段的生命样式，串联成他的人生精彩。他是一名行者，不甘于在一个地方停留太久。他认为人生来与去，不过是一场会面。吾等草根，普通而无稀罕。要像他活得那么明白，断要靠缘分和悟性。

于是就来拜谒了。无论如何，心总是诚的。一群凡夫俗子，爬清源山，急行军半小时，个个气喘吁吁；终于到了山顶。远远地见那石塔，如千年老僧，于山岚间散发仙气。塔内顶部藻井为仿木斗拱结构，层层叠起，以增大塔内的空间效果；正面壁上，镶嵌的辉绿岩雕刻弘一法师遗像，系弘一大师弟子丰子恺先生悲切时所作的泪墨画。整座石塔与周围空间、摩崖石刻浑然一体，显得庄严、肃穆。

于是，虔诚地鞠躬。在弘一的墓碑前静坐片刻，收获的是一片澄澈。

长汀

去古田的路上经过长汀。突然想起一个人，瞿秋白，他因为体弱多病，更因为党内斗争，未能参加长征，后来他被自己人出卖，最后在这里就义。一个耿介的书生、一个胸无城府的性情中人，在惨烈的政治斗争的漩涡里，总是要败下阵来。时光过去了几十年，瞿秋白已经变成中共历史上的一个符号，那一部《多余的话》，身后多被诟病。不过后来的人们还是给了他迟到的宽容。他的血肉之躯，早已融入闽南大地。愿他安息。

同伴们先去了古田，我独自下车，进了长汀县城。

没有声音，没有故人，一切只能在想象中还原。沿着古树间的甬道往前走去，是一座翘着黑色尖檐的大殿。右手一个券门，一条狭窄过道的尽处，一个偏院映入眼帘。两间旧屋，散发着陈年的霉味。瞿秋白在这里囚居。《多余的话》即从这里诞生。瞿秋白有理由悲观，他之所以身心疲惫，更多地来自党内的残酷斗争。《多余的话》其实一点也不多余，那是一篇具有凄然之美的政治遗言，风骨依然在的，藏之于文字背后，几十年后还是那么凛然。

推开那扇沉重的门，一张床，铺着白色的单子，身体衰疲的瞿秋白躺在上面,用俄语轻轻地唱《三套车》。窗下的一张桌上,摆着油灯和砚台,几张信笺。斯人仙去,犹觉空旷。我在瞿秋白坐过的椅子上坐下。双肘支在桌面,一切似安静下来。瞿秋白是常州人,与宜兴仅一箭之地。我喜欢听常州话,那是一种与宜兴话非常相近的一种方言。历史上宜兴一直属于常州府。一直到上世纪80年代才划归无锡。常州、无锡与宜兴的距离差不多,但宜兴人的心理上,总是跟常州人更近些。也许这不仅仅是隶属关系问题,更有习俗、方言以及心理上的因素。秋白出身书香门第,自小受到良好的江南文化熏陶。擅书画、篆刻,作文从不打草稿。一经酝酿成熟,下笔千言,如瀑布流泻,迅捷而委婉。早年读瞿秋白《赤都心史》,就非常喜欢他独特的文气,感觉在一些文句的尾音里,隐约有常州话的拖腔。我还记得他在散文诗《一种云》里的吟咏:

看那刚刚发现的虹。祈祷是没有用了,只有自己去做雷公公电闪娘娘。那虹发现的地方,已经有了小小的雷电,打开了层层的乌云,让太阳重新照到紫铜色的脸。如果是惊天动地的霹雳——这可只有你自己做了雷公公电娘娘才办得到的,如果那小小的雷电变成了惊天动地的霹雳,那才拨得开这些愁云惨雾。

半庭阳光下,方窗是一块屏幕,叠映出堆积的湿云、清冷的月光。那篇《多余的话》,全文共七章,近两万字,秋白一气呵成,完成于六天之间。他时而坐在床边沉思,时而在小屋里踱步,时而伏在书桌上疾书,时而点燃一支烟,凝望窗外,浮想联翩,心潮汹涌。浮生若梦,一一流过,用生命书写,真实而无半点矫饰。这般大从容,大诗意,该是多么令人景仰又让人感念的高境啊!

朗丽的晴空下,深碧的天光里,一串低回的脚步声,一个清瘦的身影缓缓走来。用俄语唱《国际歌》,是他自己译配的歌词。郁郁林麓之下,一片碧绿的草地,他略整衣履,盘腿,目光平静。迎着冰冷的黑魆魆的枪口,他轻轻说了四个字:

"此地甚好。"

一声枪响，世上再无瞿秋白。鲁迅在上海得到消息，大病一场。那副著名的对联："人生得一知己足矣，斯世当以同怀视之。"即是他们友情的见证。

鲁迅喜欢秋白，是因为他身上的文人气。秋白在党内失势，失意的时候文人的本性就表露出来了。这让鲁迅很欣赏。后来，鲁迅抱病为秋白编了一部遗著：《海上述林》。这是秋白的译文集，分上下两卷，收入瞿秋白编译的马克思、恩格斯、列宁、普列汉诺夫、拉法格等人的文学论文，以及所译的高尔基的创作和论文。

那支笔，如若不在长汀被折断，会留给后世多少美文啊。几十年后，还是有人怀想他的名字。还有人读他的书。

在长汀街头买了一串豆腐干。嚼着。记得《多余的话》的末处说："中国的豆腐也是好吃的东西，世界第一。"瞿秋白尝过长汀的豆腐干吗？未必。但他在老家时，一定吃过宜兴的和桥豆腐干，那种筋道，跟他的性格一样。

他所深深眷恋的世界，早已换了人间。

古 田

远远地就看见古田了。

据闻，当地的彩眉岭下，有一丘田形似"田"字，乡村雅士云"古垦之田"，遂称之为"古田"。古田地处上杭、龙岩、连城三县交界，山多地险，宜于军事攻守。1929年12月28日至29日，中国共产党红军第四军第九次代表大会，如期在古田廖氏宗祠隆重召开。其时，漫天飞雪，挥洒苍茫。这座始建于清末、后由红军改名为曙光小学的廖氏宗祠，厅堂上一堆堆噼啪炸响的木炭火悄悄融解着天井里厚厚的积雪和坚冰，顿时升腾起暖融融的春意。毛泽东那年36岁，他几度落魄，知音无多。但信念却从来不曾改变。从旧照片上看，当年老毛深凹的眼眶里，闪动着惊人的睿智。但当时的许多同道却不知道他日后的造化。

古田会议对于1929年以后的中共来说非常重要。党，从此不再是一个空泛的伟大的概念，而是引领、掌控军队的导师。因为，党总是像诸葛亮那样神机妙算，总是在山重水复的时候英明地挥手指路。"党指挥枪"，实际上成了党后来终于坐上江山的秘籍。当年的人们也许不会想到，他们在这里随便找个开会的地方，一所简陋的学校，若干年后就成了"圣地"级别的殿堂。80年过去了，一些所谓的"苏维埃"已经脑满肠肥，土豪依然还要打的，不过他们已经不属于"白军"了，至于劣绅，一些依然逍遥，一些已被"招安"。反正，在"统一战线"的树荫下大家乘凉、彼此快活。说这里还是红区一点不假，因为家家户户都在吃红军饭，到处都是"红色纪念品"。大至领袖塑像，小至书包像章。工艺一律粗糙，价格却并不低廉。参观的人们到了这里，就像进入庙堂，香火钱总要掏几个的。毕竟江山是祖宗们打下，又不要你念阿弥陀佛，况且革命先烈们的事迹，可歌可泣地摆在那儿，不由你不服。

中国的国情决定了"党指挥枪"的原则，国家太大，国情太复杂，"实践"证明，枪还是要由党来指挥好些。这些年，治安形势愈来愈严峻，老百姓的鸟枪与菜刀也管起来了。与其让它们殃及百姓，威胁政府，还不如把它们彻底管起来省事。外国人纳闷，自然有些说三道四。但你们懂得中国吗？去读一读中国的版图，再翻一翻中国的历史，走断你们的腿，只怕也读不懂中国。不当家，不知柴米价。

想要的生活

不想要的生活

在小城的日常的慵懒表情里，饭局和宴会，就像一个社交女子必不可少的口红一样。要是你细心，就会发现，几乎是每天，许多有身份的人士奔波在路上。他们的爱车行色匆匆、喇叭轰鸣；他们的手机频频爆响、声声催急。出入各大酒店的身影，则如霓虹般闪烁飘逸。跑片。这个久违的名词的原意，是指当年放露天电影时，A地与B地同时放映一部电影，因为片源不够，放映员只能骑自行车驮着拷贝片子来回奔波。现在人们把它套用过来了，送给那些（通常是领导或老板、名人），在一个晚上同时得到几个饭局宴会邀请的重要人物。他们虽然身份显赫而高贵，但遗憾的是他们跟草根平民一样，也只有一个皮囊一张嘴。通常是，一个等了太久的饭局终于开始了，主宾或次主宾的位置还空着。主人还在近乎绝望地打电话，来了，终于来了。气咻咻，汗淋淋。一屁股坐下，显然他带进来一股气场，饥肠辘辘的人们目光变得恭敬。对不起，对不起！让大家久等。重要人物的表情，有一种不动声色的诚恳与谦恭。主人开始替他解释，领导太忙，实在太忙。领导是从一个非常重要的宴会上突围出来的。于是纷纷向领导敬酒。于是重要人物回敬，于是大家再敬。这时重要人物的手机及时地响了。从容打开，并不看，对着话筒说快到了，快到了，你们先开始！呵呵。于是重要人物再次给大家敬酒，太对不起大家，以后再聚！大家送客至门口，如众星拱月。十五分钟或者二十分钟后，重要人物在另一个场合出现，开场白照例，敬酒照例，手机响照例，打招呼照例，众星拱月照例。

像潮水一样退去。重要人物像被扔到岸上的鱼。疲惫。不过满足之后的疲惫，还是满足。然而，一种臭，一种挥之不去的臭气，充斥于他浑身的每一个细胞。家里人抱怨说，真臭啊！那种臭，集中了酒场上的一切浑浊气息：烟臭、酒臭、油臭、肉臭；还有男人的体臭、女人的脂粉臭。那种汹涌汇聚的臭味虽然熏不倒一只蚊子，但可以慢慢地改变一个人的气质，不光让他的脸上平添一些酒肉疙瘩，还让他目光迷茫、味觉迟钝，身体发福、步履蹒跚。

　　猛然发现，其实真正的重要人物是不需要赶场子的。他会让别人赶他的场子。一天到晚赶场子的人，内心并不强大，他需要"场子"来支撑自己。

　　看来我们都不是真正重要的人物。所以，那种臭，也常常充斥于我们的领口、衣袖，甚至内衣，甚至肌肤。由于我们确实不那么重要，所以我们也常常地"跑片"。所以我们的身上也是那么的臭，讲句老实话，那种臭味，比当年农民腿上的粪肥臭多了。几乎，那也是一种生活质量的重要指标。有时我们会痛恨，宁可在家吃青菜豆腐，也不要那种臭！但是，饭局来了，宴会来了，我们能拒绝多少呢？那些悦耳的邀请电话，那些温暖的一遍又一遍的短信，那些烫金镀银的大红请柬，表明着一种生活的质量。谁说饭局只是中产阶级的专利？引车卖浆者流，一样需要饭局。路边的小酒馆，或者露天大排档，都是他们聚会的佳所。人们或许觉得，饭局的好处，除了吃，关键还在于讲话。一些在家里想不到的话，一些憋在心里的话，一些走形豁边的话，一喝酒，全抖出来了。痛快！脆弱的心，迷乱的心，浑浊的心，焦虑的心，期待的心，兴奋的心，贪婪的心，在酒精的浇灌下，全鲜活、膨胀成一片。

　　人们把没有臭气的地方叫"边缘"，一些人害怕边缘，所以常常迁就。或者，嘴上痛恨，心里窃喜；或者，一边痛恨一边窃喜。友人说，三天没人请吃，嘴里便淡出鸟来。并不是嘴馋，而是被人遗忘的感觉，确实难受。在一个功利社会，一个常常有饭局的人突然没有饭局了，他的下坡路就开始了。

　　于是我们的身上总是很臭。

想 要 的 生 活

假如你真的想要，它就能真正地到来。

又到秋天了，安安静静的日子。

天气还不太凉的时候。树叶是纷纷地掉了，但风还带着薄薄的温情。螃蟹在湖里肥着，躲避着人们疯狂的追捕；菊花在岸上从容地开着，有时，它窃笑，因为有人对着它作诗，它会掉过头去，说：酸——，拖音长长的，像风的声音。

更多的时候我感到内心的安静，是多么的好。我每天写一些字，存起来；我能听到它们集合在一起时的愉悦。有时，感觉好像在温暖的稻田里捡穗子，是一串一串的欣喜。写字的时候真静，除了自己内心的声音，别的什么也听不见。写字台对面是窗子，阳光有时会以瀑布的方式倾泻进来，你不必怀疑它的能量足以醺倒一个渴望温暖的男人。在这样的阳光里，人会觉得特别满足、富有，心也会变得透明。突然感到，那些多余的财富、名声，全是累赘。然后，沏一壶茶，为自己，我相信这壶茶先是滋润心田的，因为我的眼睛有一种渐渐清澈、明亮的感觉。向来以为，清茶伴书，是人生的一道佳境。有茶陪伴的书，有隐隐的淡香，分不清是书香，还是茶香。有时，会有朋友轻轻叩门，于是，摆出青花的碟，让紫砂壶里的琼浆，变成最家常的问候。茶无道，平常心。能在一起喝干几壶茶的，必定是好友；酒则不然。你和一桌不相干的人在一起吃饭，你的酒杯和他们的酒杯碰撞的声音很清脆，但吃了半天你不知道他们是谁。吃完饭了，好不容易记住他的大名。一个转身，大家各奔东西，后来又在一个饭局卜遇见了，却怎么也想不起他是谁。

向来怕酒，因为无酒量，还因为身体不适，一个酒场上的逃兵，颇遭诟病；男人女人都不喜欢。因祸得福，身上少了许多酒肉气，里里外外落得十净。对于无谓的饭局，婉谢；对于无聊的聚会，坚辞。很久了，不赶场子，于是不必躲避查酒的警察。也不嫉妒善饮的酒仙。如果一个男人一定要醉，我宁愿醉茶。在茶里我可以醉得稀里哗啦，让我醉十次茶，也不要醉一次酒。拜托了！

古人说，何地无尘，但能不染，则小河大地，尽为清净道场。我也知道，自己这一生，一直在为一份秉性难移的清高买单。不喝酒、不应酬的男人，会失去太多，但毫不足惜。江山也好，美人也罢。不是我的，都走吧，我看着你们绝尘而去。

　　偈语：对色无色相，视欲无欲意，莲花不着水，清净超于波。
我的秋天是静的。在安静的秋天里我过得自在，悠然。

第N个清明

许多年来，那一片杂草丛生坑坑洼洼的废墟，一直在记忆深处的尽头发出黯淡的光泽。

长辈们悲戚的脸上全是冷霜一般的表情。他们在小声嘀咕，目光在靠近围墙的废墟上搜寻。最后我们被引到附近的一间用陶罐垒成的屋子里，我们被告知这里是某某工厂夜校的一间教室。姑母左看右看，终于坚定地说，就是这里了，一定是这里，不会错的。

她的意思是，我可怜的祖母就长眠在教室的地下。

这是1971年清明节前一天的情景。它突然抖落岁月的尘埃大步向我走来。发黄的影像无端地呈现出一种新鲜的质感，让一个当年只有13岁的懵懂少年猝不及防。记得，我们进入的那间教室桌椅破旧、屋梁布满蛛网。或许是阴天的缘故，光线一片昏暗。一群不速之客的到来，惊飞了屋檐下的一窝麻雀。屋子里突然变得很静，长辈们神色悲哀、垂头肃立，姑母已经提前开始哭泣起来。后来的哭声渐渐浩大，如涓涓细流汇入弯曲的河脉。平时不易凑齐的徐氏门人，为什么在这样一间莫名其妙的屋子一齐大放悲声？懵懂少年拼命想哭，却怎么也哭不出来。在众人的哭声中我惶恐不安，喉头干涩。就算我再不懂事，就算我从小没有与祖母在一起生活过，没有留下丁点印象，作为祖母的长孙，我也应该象征性地哭上几声啊。但是，在我尚未长大的心灵里，哭，已经是一件非常严肃的事情。我哭不出来，证明这件事与我没有太大的关系，或者说，我可怜的良知到这个时候还没有开蒙。但我内心里已经学会了质疑，为什么我的祖母会被埋葬在一间教室的地下，而不给她一个像样的坟墓？

后来姑母在我执拗的追问下，终于打开了她滔滔不绝的话匣。我们被告知，我们可怜的祖母，徐门葛氏，一个叫葛淑英的女人，最终安息在这里，其实就是她的一种宿命。18岁那年，她嫁给一个名叫徐同权的小城士绅，可惜好景不长，她守寡的时候可能还不满30岁。那个叫徐同权的男人，猿臂、蜂腰、长脸形、面目清癯，儒雅中夹杂着一点市井气息。因为他一年四季的面颊上通常带着不散的酒晕。这个通晓四书五经的布衣秀才，守着祖上留下的些许田产，以及坐落于小城西门雪升巷里一幢三进十余间黑瓦白墙的宅邸。一圈文朋酒友围着他玩，地处城南孔庙里的理善小学，还留给他一个兼职教师的职位。闲时，在镇公所，他还热心于义工性质的田粮登记、房屋过户、杂费征收之类的差务。好人徐同权，小城里的人都这么说。人们可以轻易地在徐某人身上找到一千条优点，但嗜酒如命的一条缺点就把他击倒在地，早年得过肺疾的祖父一直改不了豪饮贪杯的习性，常常与朋友把盏无度，甚至醉倒在昏夜的小城街头。祖母品性温软，常常不忍驳了丈夫的兴头。但她又担心出事，无奈之下，给夫君打了一枚戒指，上面镌刻着"戒酒"二字。后来她一直痛恨自己软弱，为什么不死命阻拦他的暴饮呢！一种宿命的惯性，竟然让一个年仅36岁的年轻生命，最终倒在一罐浑浊的酒里。徐家的青天在一个闷热的梅雨季节里轰然塌下，年轻的寡妇徐门葛氏以一个超乎妇道人家的勇气，靠宜兴小城北郊的百余亩薄田，抚养三个未成年的孩子。秋收时节，她领着三个带孝的孩子去乡下收租。那是一道多么苦涩而别致的景观。在歉收的田塍上，她和佃户们讨论收租的细节，她的底线很低，只须让苦命的孤儿寡母们有口饭吃，添几件御寒的冬衣就可以了。遇上祸不单行的佃农，她会陪着他们流泪，然后从口袋深处果决地掏出所有的银元，说，好好活，没有过不去的坎！佃户们有时会给她跪下，那时，善良的农人总是习惯用他们的并不缺钙的膝盖表达朴素的感情。没有男人的徐门葛氏在之后的许多年里，自己省吃俭用，却以亡夫徐同权的名义，在他生前兼职的理善小学捐一份助学的善款。她穿着打补丁但干干净净的竹布衣衫走向孔庙的时候总会情不自禁地流泪，学校的庭院里有棵高大的银杏树，捐完款，祖母会在树荫下停留片刻，满耳朗朗的书声里，她觉得那个面目清癯带着酒红的男人还活着，仿佛下完课，他就会抖落一身粉笔灰，咳嗽着从那教室里踱步出来。没有任何资料表明徐同权在这里兼了几年课，但他没有领过这里的一文俸禄却是大家知道的事实。就像一个资深的票友，在乎的就是吼那么一嗓子。徐同权不但不拿俸禄，每年还拿钱捐助困难的学生。捐款助学，或许在祖父看来是人生最大的功德。祖母还知道他有一个未能实现的宏愿，那就是有朝一日自己办一所学校，让穷人的孩子可以免费读书。由此，可以推定，祖父去世后，去理善小学捐款的那个日子，对于祖母来说，是多么的重要。当别人端端正正地在捐款簿上写下祖父而不是她的名字时，她内心终于得到了片刻的安慰。

祖母一定还有许多美丽而凄婉的故事，可惜它们和尘埃一样消失在岁月的深处。按理她非常钟爱小城北郊那百余亩让全家及众多佃户活命的土地，但她最后的长眠地并非宜兴，而是姑苏城外的一处荒冢。共产党解放大军进城那年，她跟着我的伯父去了苏州，而宜兴城里的老宅则将被没收充公。她选择在一个薄雾的黎明悄悄上路，知晓的佃户都来送她，他们叫她大师母，他们恳求她不要走，他们一定会为她作证，她绝不是坊间流传的那种所谓地主，而是一个有着慈悲心肠的好人。

我的伯父一辈子是个中文教员，一家子的书卷气让祖母非常喜欢，就像她还喜欢苏州的玄妙观、拙政园、酒酿圆子一样。据我伯父回忆，祖母一生饱读古书，过目不忘。尤喜红楼西厢，《红楼梦》里的许多片段，就是她平日里就着清茶昆曲的点心，你出上句，老人家必对下联。苏州让她的晚年过得平静，但梦里家山，从来牵魂，小城西门雪升巷的老宅，北郊的田地与善良的佃农，孔庙,理善小学的讲堂,溪隐村被盗的墓穴……数年后她曾悄悄地回过一趟小城,当年孔庙里的理善小学已经改成城南小学,她最大的伤感,莫过于无法再以徐同权的名义捐款。接待她的人认真盘查她的身份,有没有介绍信?什么成分?徐同权又是谁?为什么要以他的名义捐款?他是无产阶级还是资产阶级?望而却步的祖母最后只能黯然离去。世道的变迁让她知道,她再也不可能回来了。她内心的隐痛是巨大的,因为在延续亡夫心愿这件事里,还连接着她内心的一种自我救赎,她一直以为,我祖父的饮酒早殇,与她平时的劝阻不力大有关系。

紧接着"文革"到来,祖母在几度惊吓后突然病重。自知病将不起,寿终之时只盼有个正寝。说,《红楼梦》我是要带走的,其它一切从简,人死灯灭,草席一卷,埋掉算了。仿佛有祖父垫底,她像搭乘一辆提前到来的末班车一样,走得突然而又决绝。子女们没有心理准备,但大家认为,就是冒天大的风险,也要给饱经磨难的母亲睡一口说得过去的薄皮棺材。我父母后来说,他们去苏州奔丧的那天下着毛毛细雨,送葬的队伍像鬼魂一样,在黎明未至的暗夜里飘忽不定。所有的人都不敢哭,也不敢大肆焚烧纸钱。因为给一个成分是地主的老人实施土葬,在当时的红色风暴中无疑是大逆不道的举动。

那个苏州城外的荒冢,无疑是徐家后辈的心灵牵挂。在父辈们的梦境里,那寂寞的孤坟四周应该翠柏青青,常年飘着花香。可是,祖母的坟头刚刚长出青草,当局就在附近贴出了一纸迁坟公告。措辞之严厉,与当时其他的文革语言如出一辙。消息传到宜兴,姑母与我父亲一致认为,该是让母亲魂归故里的时候了。

可是,偌大的宜兴哪里还有一寸可以让祖母的灵魂安息的地方呢?当年祖父去世时,祖母先是卖掉陪嫁的首饰,在东门外的溪隐村买下一块风水不错的墓地,她决心给亡故的丈夫一个体面的葬礼,又不惜变卖了许多值钱的家当。那时正赶上战乱,日本人即将占领小城,逃难的人群像蝗虫一样四处奔涌。祖母带着一家老小躲到一个叫杨巷的乡下亲戚家,几个月后回来,发现祖父的坟墓被盗，连尸骨都不知去向。溪隐，是明代徐阁老的终老之地。祖父作为徐阁老的一脉子孙，能安息在老人家的膝下，当是多大的幸事。坟被盗，墓安在？从此徐同权的名字连同他的遗骨一起，在这个世界上彻底消失了。此事让祖母长久地撕肝裂肺地难过，作为一个明事理的女人，她痛感是当时的厚葬害了亡夫。她多次对我父亲说过，人生无非朝露，有限的一生何妨轰轰烈烈，但把人间的金银堆砌在死后的墓穴里，享受虚妄的永恒，实在是人世间最大的荒唐呢。明智的古人曾把"葬"喻作是"藏"，其实葬就是藏，不用别人知道，最好连后代也找不到，这样才能让灵魂真正地安息。曹操说："自古及今，未有不亡之国，亦无不掘之墓"。如果祖父徐同权的葬礼不那么体面，那就不会引来盗墓的贼寇。祖母的叹息在年年到来的秋风里伴随着纷飞的落叶飘向大地深处，它会与祖父的亡灵会合么？假使一个人真的有魂灵，我相信祖父的游魂一定是冤屈而不甘的。许多年后，他爱妻葛淑英的遗骨从苏州回到宜兴，他一定会前往迎接，但是，他无法给她一个墓地，因为他自己也没有。而我相信，天地间存在的一种亲人间的感应，一定会让蓬头垢面的他们排除万难而相拥相泣。

后来发生的事情，都可以从那个荒谬的年代寻找到荒谬的答案。无法找到一块安葬母亲遗骨的墓地的儿女们，最终看中了出丁蜀镇郊黄龙山麓的一块荒地，这里杂草丛生、杳无人烟。埋葬着许多没有坟主的亡灵。无奈的儿女们再三对着母亲的遗骨磕头，祈盼得到老人家的原谅。他们怎么也没有想到，就是这样一个乱坟山岗，半年之后就变成了附近某厂扩建的厂区。所有的坟头在一夜之间被推土机削成平地，即便是恩浩万丈的苍天，也来不及倾听死无葬身之地的冤魂们的无边哀号。祖母的安息之地，阴差阳错地迅即变成某厂职工夜校的教室。后来姑母宽慰大家说，母亲天生是个读书人，现在她可以天天闻到书香了。

可是，那个职工夜校的教室没隔多久便沦为该厂堆放陶器的仓库，哪里还有姑母所说的书香。我们无从知道，祖母在地下闻知这突如其来的变化后，该作何想？也许，以她一生坎坷多难的经历，对自己身后发生的一切，应该有着足够的恬淡从容。葬不起，那就随波逐流地藏在大地深处吧。痛惜和难过的，是我们这些活着的后辈们，这个世界如此广袤，为什么一直不能让一个卑微的亡灵得到真正的安息？

一年之后，一个单薄的执拗少年怀抱着家藏的一部残缺不全的1954年版《红楼梦》，从山区小镇步行10余里地，再次前往丁蜀镇郊那个埋葬他祖母的厂区仓库。他愤怒地敲碎了那里的一扇窗户玻璃，把那套三卷本的竖版《红楼梦》放了进去。他转过身离开的时候被一个路过的老师傅发现。少年苍白的脸上挂着让老师傅莫名其妙的泪光。他怎么会知道，这个少年是来给他长眠于此的祖母送书的。以一个年仅14岁少年的有限智商推算，他的祖母经历了那么多的坎坷磨难，随身带着的那部心爱的《红楼梦》，也许早就不翼而飞了。他把书送进那扇窗户时，仿佛有一双颤巍巍的手伸出来接。许多年后他想起那一幕，心灵仍有感应。而时光在那一刻差点被凝固起来。

　　此后的每一个清明节，我们因为没有祖坟可以祭拜而只能在自己的内心设置一个祭台。祭祖，对于中国人来说，或许是一种精神的回望与洗濯，是一种冥冥之中的血脉交融。每当交集的百感一齐涌到心头的时候，走在春天的花野，我分明看到在大片油菜花的深处，布衣士绅徐同权，带着他久别的爱妻，徐门葛氏，那个为他守了40年寡，名叫葛淑英的女人一路走来。他们衣裾飘拂，神态安逸，优哉游哉。祖父徐同权幽幽的话语随风而至，与黄灿灿的油菜花浪一齐起伏，宛若如涌的波涛。

　　"何谓墓地，大地上的一个小小躯壳罢了。魂魄若如游丝，一念便穿永恒。天地如此广袤，何处不是芳冢？"

　　我无数次确切地相信，那是我祖父徐同权的声音。

　　抬眼看去，万里青天一碧如洗，苍茫大地百卉丰茂。每一株花草都头顶着玄妙灵性。它们的前世，何尝不是一个个有血有肉的灵魂之躯？如果说，顿悟能让我们的人生变得轻盈、明亮，那么，一个生命的来去，一具躯体的长眠与安息，在博大的天地之间，岂非齑粉一般渺小。而融入自然，与山林草泽浑然合于一体，便就博大如虹。溪声若是广长舌，山色当非清净身。若我们在仰望蓝天时，能想起自己的祖先，那游弋的云彩何尝不是他们的衣裾？当我们身临于澄澈的碧潭时，忆起祖先们那些如烟的往事，闪烁在水面上的星光，又何尝不是他们深情的眼眸。

同林鸟

许多年来，我一直珍藏着我的文学老师与师母之间的故事。因为师母曾经告诉我，并不是所有的故事都可以写出来发表，有些故事，一辈子只能烂在肚里。我师母豆蔻年华的时候，嫁给了一个比她大18岁的男人，这个男人戴着一顶右派帽子，在青海的岗察草原上劳改了20年。上世纪70年代末，他像一个渡尽劫波的英雄，回到了六朝金粉之地。师母第一次见到这个年近半百、两鬓染霜的男人时，就像见到一个俄国十二月党人，激情、深邃、耿直、狷介，一把一把的血泪与故事，还有仿佛来自西伯利亚的风烟味与沧桑感。他们的突然结婚，是当时文学界的一大新闻。在我的印象里，老师的家是一幅恬淡的静物画，画面上是许多的书，是美妙的鸡汤和几盆葱郁的花草。画面上还有两盏经夜不眠的台灯，温暖的光晕下，老师与师母都在用作品向文坛发起冲击。当年我曾多次在老师家做客，听他们讲文学，论古今；香茗代酒，挥斥方遒。那份优雅、闲适，大约要一点阅历来感知。老师从不让我去住旅馆，而是在他书房里搭一个地铺。那个地铺真是不错，可以乱翻书，做好梦；至今我都想念。如今上哪里去找这样一张弥漫着书香的地铺呢？

这样的场景持续了10年。有一天我突然得知，老师与师母分手了。想象中的那幅静物画已经不再恬淡，分离的理由则只有他们自己心里明白。那一年师母真是横祸加身，母亲暴病，她自己又陷进一桩海外的版权官司。爱情丢了，婚姻没了，母亲走了，官司也输了，一个连失城池的女子，需要独自一人去面对所有的风霜雨雪了。关键时刻我老师终于出场，他帮着找医生给老太太做治疗方案，在老太太最后的时刻守在她身边。官司开庭的那天，他就坐在她的背后，他知道她非常的情绪化，形象思维胜人一筹，逻辑思维则有点野马脱缰，他自己好歹还有坐牢受审的阅历衬底，重要时刻他机锋毕现，口吐莲花，虽然最后由于阴错阳差的原因败诉，但他在法庭上的表现让几乎所有的人五体投地。走出法庭的时候，他们的手又情不自禁地牵在一起。谁也不会相信，他们才刚刚离婚。古戏里这样唱道，夫妻本是同林鸟，大难临头各自飞。我老师与师母却不是这样，思想的力量让他们分手，厄运的力量又让他们聚首。天知道，或许他们爱得太认真，太纯粹；在乎是爱，太在乎就变成了伤害。于是安逸的日子反而滋长着他们的战争。分居后的他们一个住在城西，一个住在城东，我去看他们要换好几趟车。老天作证，他们从来没有说过对方一句不是，总是问，他（她）还好吗？我就说，既然你们这样相互牵挂，为什么还要分手？柴米油盐的日子，哪有那么多的布尔乔亚啊？

又过去了10年。如今我老师和师母已经渐渐淡出文坛。我想象着他们各自的日子，书一定是在读的，该不会枯燥吧；鸡汤一定是有的，还那么美妙吧；花草也一定茂盛的，还那么清馨吧；牵挂，也一定是不断的，也许，那是他们生活里的一种念想吧。

相忘于江湖

那天来访的，是一位我不认识的小伙子。他怯生生地说出一个久违的名字，说自己就是这个人的儿子。

然后，他取出一包野山新茶，说这是他爹的一点心意。

我的心头一阵滚烫。大师兄，30年了，还没有忘记我这个小老弟。

30年前的场景，常常是这样的：一个辍学少年，跟在他的大师兄身后，疾步走在一条通往煤矿工地的山路上。有时是骄阳烈日，有时是风雨交加。但不管是什么样的天气，少年的天空总是无尽的辽阔、温润、神秘、高远。少年崇拜鲁迅高尔基，把自己打工挣钱的目标看得非常神圣。他真心希望自己能像大师兄那样，挑200多斤，练一身肌肉，冬天不穿棉袄，一顿吃2斤米饭，1斤酒，三拳两脚就打翻一个歹人。一个现代版的武松，还能像鲁迅高尔基那样写很多别人爱看的书。以我们今天的眼光看，这个简直有些搞笑的混沌少年，真不知天有多高，地有多厚。

一种造化。这是30年前我遇到大师兄后的感觉。他并不识很多字，但特别看重认字多的人。他知道我心里揣着一个梦想，如果当时我把这个梦想说出来，会让所有的人笑得满地找牙。但是大师兄看重心里有梦想的人，每天干活的时候，为了给我留一把回去看书的力气，他总是要多干许多原本不属于他的活。建筑工地飞沙走石，像一架庞大的吞噬我们力气的机器，狰狞地日夜轰鸣。他总能巧妙地找到理由，或让我去给大家买点心，送水，或让我去找人修理工具，他知道我瘦弱单薄的身体抗不住这般连续的强体力劳动。他经常说我不是干这份活的骨头。也许，没有大师兄，少年内心那个目标就不可能持续地神圣着；感觉有一盏灯，渐渐明亮在我生命的小路上，生生不灭。

佛家说，离暗出明。可惜我那时还不懂得。

回想起来，我只帮大师兄做过一件事。他看上了当地的一个农家姑娘，自己不好意思开口。托我去给他传一句话，一句当时非常经典的求爱语："要是肯的话，就做双鞋子来穿穿。"当时在农村，不会做鞋的姑娘是没人敢要的。姑娘肯给你做鞋了，她的心也交给你了。记得那次去做说客，看到那姑娘安安静静坐在屋檐下，飞针走线地扎一双鞋底，我瞟一眼那鞋样，似有些狭，而且短，大师兄的脚门板一样阔长，我担心那鞋不是给他做的，就把那句话又重复了一遍。姑娘却笑而不答，依然埋着头，扎她的鞋底。让人一点办法也没有。最终，大师兄还是没有穿上那个姑娘做的鞋，成为一段遗憾。

后来我进厂，进城；大师兄则外出打工，先是去了杭州，后来又在温州经营什么买卖。起先还有联系，时间久了，彼此就没了音讯。

大师兄的儿子说，他爹不是做生意的材料。后来就在山里承包茶园，也做大了，采茶的时候，几百号人，打仗一样。他其实经常进城的，但他知道你忙，不想打扰你。有一回，他带回一本书，说是在新华书店买的，是你写的书。他放在家里，熟人来了，他就拿给他们看，说是他当年的小老弟写的。

这些话听了，既让我汗颜，又令我宽慰。

大师兄的儿子走的时候，背着我送的一捆书，说，爹要你多保重！

夜里，喝大师兄的野山茶，回想前尘往事，心里一番感慨。想起《庄子通义》"大宗师"一节，有这样一段话：

泉涸，鱼相与处于陆，相呴以湿，相濡以沫，不如相忘于江湖。

意思是说，泉枯竭了，鱼儿一同困在陆地上，它们急促喘气，吐着最后的唾沫互相湿润。与其这样，还不如让它们在江湖里自在地相互忘却。在庄子看来，人为的仁爱是有限的，大自然的爱才是无限的，人们应该相忘于自然，如同鱼相忘于江湖。

人毕竟不是鱼。可是我们也会忘却。那些曾经的朋友，你不可能全部地记住他们。但他们的美德、品格一直在不知不觉地影响着我们，并且成为我们人生的一部分。如此说来，我们原本以为忘记了、丢掉了的东西，其实就在我们的为人处事和音容笑貌里。

灵山记

一

去灵山胜境的路上淅淅沥沥下起了雨。是初秋，难得的清朗之夜。下榻灵山精舍，若庙非庙的建筑。入内，迷宫般布局，且有佛的气场感应。参加笔会的作家们被一一告知，晚上有功课，须穿上出家人皂衣入场，合身与不合身皆无关系。分明我们从红尘深处聚首到此，各自带进纷乱气息，兼杂人间诸多困扰。手机响彻耳际，尘世晃荡不已。笔会组织者希望我们体验一下佛家的情怀，让纷扰的心获得片刻安稳。并且，在灵山胜境的佛教氛围里，写下内心的感受。但是，心能静下来吗？不能。为何不能？因为我们跟这割不断的世界有太多的联系。社稷家国、爱恨情仇、生老病死、荣华富贵、功名利禄……一具疲惫的血肉之躯，年年月月穿行在欲望的丛林里，突然来到这个叫灵山胜境的地方，佛，佛经，佛堂，还有飘飘渺渺的梵音，合力包围，似乎想割断我们跟世界的联系。佛堂庄严，法师让我们盘腿而坐，静心，敛神，洗手。以虔诚之心抄写心经。但见佛堂里人人正襟危坐，执手抄经而静寂无声。忽然想到，众生皆有佛性，世间之人，只怕个个与佛多少有些缘分。尘世的爱欲执著，把人们的心蒙得太深。或许这次的偶然机缘，又把人们某些沉睡的记忆唤醒了些呢。按照佛家的因果来讲，我们今天的"短期出家"，亦因亦果？或许，既因又果。远世种因，今日有果；今日种因，未来有果。

心经抄毕，法师问作家蒋子龙，心静下来了吗？子龙如实作答：没有，反而更乱了，仿佛前世今生的事情，一齐涌上心头。众皆窃笑。少顷，法师又问，心静否？子龙答曰：非也，还是乱。法师笑了，说，老师您能感觉到心乱，证明你已经能把持住了，实际上心已经在归于平静了。七旬子龙，乃文坛骁将，此刻不禁莞尔，那一笑，感觉特别纯真。

佛的根本是什么？平常心。因为太多的人不愿意平平常常，所以人们的心总是在欲望的沟壑里突围、奔走。但是，这个世界如果大家都没有了欲望，那岂不成了植物的世界？故人说，赤橙黄绿青蓝紫，谁持彩练当空舞？如此悖论，常常左右人们的灵魂，生生不能停歇。

笔会还有一个规定动作是"过堂"。寺院里称吃饭为过堂。吃饭时，须恭敬肃穆，不可有半点声响，且有整套仪式。平日里习惯在酒桌上喧哗叫喊的人，真该来这里修炼一番，静下来，让耳朵听听自己的心跳声，对于今天的人们，该是多么的奢侈啊。脑中忽闪一个画面，一跣足僧人，蓬头垢面，托钵沿街乞食，此人好生面熟，袖中半卷破书，囊里一枚古壶，抑或是我的前世？一时恍恍惚惚，心无安放。依稀想起周作人的一首诗：前世出家今在家，不将袍子换袈裟。街头终日听谈鬼，窗下通年学画蛇。老去无端玩骨董，闲来随分种胡麻。旁人若问其中意，且到寒斋吃苦茶。

少顷，托钵素食，让钵中白粥，就着清淡素菜，慢慢入口；个中滋味，渐渐弥漫心头，仿佛尘头落地，回到凡间。想那佛陀，曾经开示托钵乞食的三层意思：一、少欲知足、专心修行；不贪珍珠、美恶均等。二、为破我慢，解脱烦恼，于富贵贫贱等家，皆无拣择。三、去除贪心，慈悲平等，令众生广种福田，大作利益。谁能想到，文明社会缺失的东西，在偏安一隅的佛堂里，正静静地与行色匆匆的人们擦肩而过。而礼仪与规则、法度，在浮躁甚嚣的今天，除了佛堂，我们又何处寻找呢？

在灵山，听一夜禅雨，心有所悟。

二

一个奇迹的秘籍终被缓缓解开，内中写着四个字：无中生有。

无锡不出锡，此山非灵山。原本是残垣断壁，举目皆荒冢昏鸦。古树，仅有一棵，无名；古庙，小小一座，无名；古井，枯竭一口，依然无名。

88米高的释迦牟尼佛像屹立起来了。江南造化，天下造化。自此，看山，山得灵魂；观水，水获灵动；环顾四周，一草一木皆生灵性。

为什么人们需要佛？那是因为，人们的灵魂需要有一个洗濯、净化、安放、寄托、诉求的地方。

佛，惟有佛，能让人保持清净之心、省悟之心、敬畏之心。星云大师说，正信比迷信好，迷信比不信好，不信又比邪信好。在他的理念里，佛不是来无影、去无踪的神仙，也不是玄想出来的上帝，佛的一切皆具有人间性格。他和我们一样，有父母，有家庭，有生活；他只是比我们慈悲、宽怀，他更懂得磨炼、修行，于是他便超越了我们。

见到了灵山梵宫。一个镶砌着世上华美之器的巨大气场。说它有旷世之美并不过分，说它集合了尘世的至臻至丽亦不夸张。何以证明佛法无边？没有壁立千仞的建筑，敬畏之心何以生起？没有大气磅礴的构造，何以体现重重无碍的博大境界？佛力有时必附丽于器物，方派生出宏大感应，使众生敬仰。细腻精湛的木雕，绚丽夺目的壁画，流光溢彩的琉璃，清馨典雅的瓯塑，浓艳华贵的漆器，雄浑苍厚的油画，静谧端庄的石刻，因其神圣庄严奢美至尊，继生无边浩瀚，而成为净化众生的心灵归所。穷人走进这里，会感到很富有，赤条条来去无牵挂，世上绝佳皆为佛有，人心因此大平。如此大饱眼福，不枉人生一遭；富人走到这里，会感到很贫困，碌碌一生为财而搏，倾其所有不过沧海一粟，在梵宫他会一下子丢失自己。好人走到这里，会感到很欣慰，劳动与创造在这里修成正果，内心的夙愿得到佛光青睐，身心的满足如同醍醐灌顶。坏人走进这里会感到很恐慌，佛法庄严疏而不漏，灵魂霉变内心孽债全然曝光，仿佛头顶五雷轰响而群佛攻之。

九龙灌浴。佛教故事之现代演绎。据说佛祖释迦牟尼诞生时场面宏大，佛教典籍《本行经》说：佛祖释迦牟尼自诞生起便能说话走路，他向东南西北四个方向各走了七步，每走一步，地上就开出一朵莲花。佛祖一手指天，一手指地："天上天下，唯吾独尊"，此时花园里忽现两方池水，苍穹则闪出九条巨龙，皆喷吐水柱，为其沐浴净身。灵山胜境的大型音乐动态群雕"九龙灌浴，花开见佛"再现了故事中的绚丽景象。在九龙灌浴广场，一座含苞待放的巨大莲花铜雕矗立在前方，巨大的荷花由四个威武的大力士托起，底部衬托着白色的圆形大理石水池，九条飞龙和八个形态各异的供养人环绕着巨大的水池。当《佛之诞》音乐奏响时，巨大的六片莲花瓣徐徐绽开，一尊高达7.2米全身鎏金的太子佛像，一手指天，一手指地，从莲花中缓缓升起，这时，九龙口中一齐喷射出数十米高的水柱，为太子佛像沐浴。顷刻间鼓乐齐鸣，喷泉若九天而来，尽显百态千姿。真可谓天上人间，不知今夕何夕。

不容说这是一个巨大的秀场。支撑这个秀场的，无疑是策划者的妙意精心和现代科技的力量，但何尝不是一次众生心灵愉悦的美好体验？突然想到多年前，在山西太行山的一次游历，那一日行程紧迫，车马劳顿之累遍及身心，辗转十万深山之中，忽闻钟磬之声，隐隐约约，若无似有；仿佛天籁之音似风拂过。顿时，清心愉悦之感一扫疲惫委靡。那种奇妙之感毕生难忘。庄子说：堕肢体，黜聪明，离形去知。这个世界上确实存在一种洗濯人心的力量。无论山川、草泽、阡陌、河港，它皆可无处不在。哪怕它的力量是暂时的，甚至只有一瞬，但它确实存在。而一瞬足以洞穿千年。

三

天下的寺院皆是我喜欢的。我喜欢佛像的端庄、法度无边的微笑，喜欢僧人从容淡泊的身影，喜欢晨钟的清凉、暮鼓的浑厚。

灵山胜境无疑是一个绝妙的安放身心的去处。青青翠竹皆是法身，馥郁黄花无非般若，每一条通道都延绵着无尽的禅意。不过，走向这里的人须有禅心，才能感受禅福。旅游者在这里花钱消费，完成了一次尽兴的游玩之旅，膜拜者在这里烧香念经，完成了一次虔诚的心灵洗礼。而香客所求，无非平安富贵、发财圆满。佛日夜忙碌、普度众生；超度与布施如繁花竞放。在这一切的背后，我们听到了银子哗哗的声响，这是佛给人间带来的财富。袅袅的香烟里，人与佛默契相处，皓月清宵，冰玄曳指，苍山无语，蕴藉生辉。

若是问我，灵山胜境还缺少些什么？我会一时答不上来。只是觉得，此地醒目之处皆见佛语，如布施、持戒、忍辱、般若、普济、禅定等等，只是断断少见"慈悲"二字。而我们身处的这个提倡和谐的社会，最缺乏的恰是慈爱与悲悯。这其中，包含着统治者对于百姓的慈悲，强者对于弱者的慈悲，富人对于穷人的慈悲，健全人对于残疾人的慈悲，等等等等。

没有慈悲，便没有了光明，没有了人间的温度。缺少慈悲，则仇虐生长、暴戾泛起、淫盗滥行。我们的核心价值观里如果能多加些慈悲的力度，周遭的鲜花便会愈益馥郁芬芳。

离开灵山的那天风歇雨止、四野清旷。长天碧空如洗，大地呼吸绵长。苍穹如同佛光普照，身心俱被温暖。向着灵山大佛，我默默行礼。释迦牟尼说，我们在每一口呼吸里都经历着生死。平常心，便是人生最持久灿烂的花。拜完佛我又转身走向人间，带着山间的岚气，心也清了，目也明了；许过愿我又转身步入红尘，带着云水的轻松，行囊也轻了，步履也轻了。

山湖依偎，浮碧来青；晨昏阴晴，万种风情。

满地书香

一

到了常熟，一种感觉，与许多朋友说过，好像还没有走出宜兴。

常熟的朋友不要不高兴，我是说，这里与宜兴，气脉上太相似了。

行走在常熟粉墙黑瓦的巷陌间，感受着一份用独特暗语所传递的扑朔迷离，江南。精气神。古城悠悠，灵水滋养。尚湖的水流到这里，如一阕柔软绵长的苏昆古唱，婉约温雅、柔韧豪放；说那虞山，并不高却隽秀，亦不奇却雅致，宛若沙盘里的雄奇。

常熟的朋友羡慕宜兴有真山水，那是天目山的余脉啊，它到了宜兴就不走了。上苍太眷顾宜兴，三山两水五分田。与宜兴的山相比，无锡的惠山、苏州的天平山，算是山么？常熟的虞山，自然也矮却了一截；如此偏心，宜兴人给上苍送了什么大礼啊！

常熟人喜欢读书，跟宜兴人也是一样的。风习古而有之。耕读传家的气脉滋润着这里的每一寸土地。虞山东南之麓、焦尾泉畔，为南梁昭明太子萧统读书著述之地，古朴隽永，饶富幽趣，从长林鸟语间似可听得琅琅书声。古代江南，若不识字者，须年满36周岁方可进本家祠堂喝祭祀酒；如识字的，只消能诵四书五经，哪怕三尺孩童，亦可自由出入祠堂，祭祖时更可以排在不识字的长辈前面磕头。四榜眼、五探花、八状元、九宰相、四百八十五进士，这些常熟的人中豪杰隐逸于1000多年恢宏的文化长卷里，印证着一方灵山秀水的气场是何等充沛。

山以湖为镜，湖以山作屏。常熟山湖依偎，浮碧来青；晨昏阴晴，万种风情。如此美妙的山水、文脉、风习，被民间无数神奇的传说陪衬着，历史的契阔和韧性，如一匹匹锦缎，于天地间铺张开来。

常熟的水，集聚了山川的精华，遍布神奇的皱褶，透明，轻巧，恍惚。那些河流里舒缓的皱褶，灵动、玄妙，有一种繁复的美。像浩渺的冥想一样没有止境。一种无规则的均匀。摊开常熟的地图，风姿华美的袖珍小镇星罗棋布，它们的周边，全是碧清的水。它传递常熟的气脉，把石桥、廊棚、粉墙、黛瓦、船舶、芦苇……勾连起来，仿佛它们是一切事物的起源，古往今来，这里发生的一切都在它们身上蛰伏。它们愿意流向哪里，哪里就有了人烟，有了古老的碾坊，祠堂，村落，集镇。地灵才有人杰，在水的上游与下游，蔓延着的不光是池塘和水道，更有一个万物蓬勃、充满意外与奇迹、喧哗与躁动的世界。

二

常熟的寻常巷陌里，有一股淡淡的、经久不散的书香。

那书香，与明媚、温柔的水一起流过读书人的心田，构筑起一座座精神的器宇轩昂的书院，在常熟，它无处不在。

春秋。孔丘团队。他是孔夫子三千弟子中唯一的南方人。他走路时裙裾飘拂，像极了故乡常熟的水波。礼乐为教，儒学千秋。早年，言子在中原培育儒学人才，晚年返回江南，道启东南，文开吴会，从游者众，后人奉祀累世不绝。曾被列为孔门十哲之九，入孔庙受祭。

大道痴人。那个常熟城里的神童黄公望，天资孤高而绝顶聪明。当他出入于赵孟頫的"松雪堂"，得到赵氏亲授时，已是个半百之人了。"当年亲见公挥洒，松雪斋中小学生。"其所创浅绛、水墨风格，对后世画坛影响深远。"公之学问，不在人下，天下之事，无所不知。薄技小艺亦不弃。"历史记住了一个名叫黄公望的常熟人，他的《富春山居图》、《天池石壁图》、《溪山暖翠图》等大量山水画精品，是对常熟这一方水土的最好回报。

森严紫禁城，皇帝南书房。又是一个常熟人，两代帝师翁同龢，以他抑扬顿挫的语调，直言极谏，挥斥方遒。他究心经史、学以致用；他延揽人才、提携后进。他两参军机，力主变法维新，辅佐光绪皇帝励精图治，举荐康有为等进步人士，被康有为誉为"中国维新第一导师"。100多年后，彩衣堂里余音袅袅，昔日故人的《瓶庐诗稿》依旧弥漫着馥郁的书香之气。

太多了，常熟的人杰！他们前赴后继，为天下而担当，回望历史长河，平静温厚下隐藏着波澜壮阔，像极了一部质地极好的大书。它见证着一个文化之邦最深邃温婉的部分，见证着一口吴侬软语里匪夷所思的忠耿勇气。他们不仅仅在为汉疆唐土、一城一池而战，更是为民族的衣冠礼仪、道德文章而战。

行走在常熟的大街小巷，忽然想到，世界上的成败功业，最终将归于尘土，唯有道德文章，才能光耀千秋。所谓疆土和征服，从来不是历史的全部，文明和文化，才是人类永恒的主题。而支撑文化的又是什么呢？是一个民族的一种绵绵不绝的精气神。就常熟而言，则是一种清朗的气场，它像昨夜长风，像高天皓月，像旭日东升，像潮起潮落。它写在每一张普通常熟人的脸庞上，那种优雅的气质，是一方人杰聪明才智的记忆符号。

暮色四合的黄昏，

母亲站在桥上，

用她美丽单薄的手掌向他们挥舞。

桥与河

四月里的某日油菜花在空气里恣意飞扬。他们决定去访问一条河，访问一座与河紧密相连的村庄。当然还有古桥，想必那是一座村庄的命脉，也是连接所有故事的枢纽吧。那一刻时光突然变得庄重而诡秘，追忆和感伤的潮水无端地溢过他们的胸膛。他们知道那条河的声响、气味和形状早已失散流尽，但它一定记录着一个纯情少女内心里最早的忧郁诗篇。村外田野，无边际的汹涌的油菜花地，安卧着一位早逝的母亲，她恬淡而单薄美丽的身影，已经像逝去的河流一样模糊。他们的眼睛变得湿润而渐渐明亮，是因为冥冥中的故人用她修长的手指在轻轻拂去他们脸上的尘埃。

原先，村子里的那条河好汹涌，它纵横穿梭，水流丰沛；家家户户水边居住，女人们在河边洗衣，洗菜，孩子们游泳嬉戏。如果在暗夜里，它就像一条匍匐的龙，它不肯安静的身体在月光下蜿蜒伸长，仿佛书写着一种巨大的迷茫。少女幽幽的叙述描画着江南夏夜的某个场景。乡场上的艾烟已经熄灭，但母亲眼前的一盏灯还荧荧如豆，她灵巧的双手总是在反复捶泥，拿捏一种世间仅有的黏绵砂土，造出沏茶的紫砂小壶。那盏灯的光晕里有少女专注的眼波，幻想的诗篇常常是从作业本上蹒跚起飞，与萤火虫们一起徜徉在古桥寂寞的星空。我相信古桥的夜晚与清晨有时会变得特别风清月明，少女的琅琅书声会飞翔在村庄的每一个屋顶。

有时，少女会成为母亲得力的帮手，她烧火煮饭割草洗衣，带着弟弟上学，穿过斑驳的老桥，有时是奔跑，融入成群飞舞的红色蜻蜓的浩繁方阵；江南连绵的雨季，两双小小的脚印在泥泞的土路上写下太多的童稚诗行。

那座路边的老宅已经不再有人居住，屋檐下的鸟巢也不再有燕子呢喃。但母亲的捶泥声响还在村庄的上空依稀回旋。日影飞逝了20多年，时光足可以让一颗心在一瞬间变老。一些记忆像旷野里迅捷的闪电，在被它击中的时候，他们心中的某一部分，正在发生永久的碎裂。那一刻少女的叙述变得缓慢，古桥的河水缓缓流进他们的血管，河埠，树影，水牛，野草，诡异白花在昏暗光线中浮动如影，像极了那些永不磨灭的往事，在他们的生命深处熠熠发光。

若干年后少女行走在村巷青苔幽幽的石板路上，她要到远方去求学，她离开那座老宅的时候母亲已经远行，在村边不远的田野里太累的她长眠着终于不再醒来，她的墓前开满了清凉的黄色雏菊。少女分明听到了母亲细细的一如往常的叮咛。这些叮咛如水银般深深契入她的骨髓，一直照亮她的一生。

往昔的小学校。喧嚣落尽，树叶纷飞。他看见当年的少女轻盈地向他走来，她豆蔻般的双颊照亮了这样一个落寞的黄昏，也照亮了他，照亮了周围的一切。古桥的河水在她的背后欢快地流淌，他终于明白，生命的激情可以让相忘于江湖的人们走到一起，来吧，让所有的日子一起来吧。让他们一起走路，不要有那么多目的，就是这样相守着，走路。一直到他们再也迈不动腿。

离开古桥的时候他们的心还在古桥的河面上漂流。就人的一生而言，能有一条母亲河来庇荫佑护已经足够，它在他们的血管里潮起潮落，决定他们人生的节奏。暮色四合的黄昏，母亲站在桥上，用她美丽单薄的手掌向他们挥舞。河水恬静而呼吸均匀，流淌着风月心情。并且，带着永不磨灭的记忆，牵引他们向远方走去。

一个小镇

詹姆斯不是美国人，但没有人叫他的中国名字。因为他的一张中国人的脸，基本上被太多的美国元素给瓜分了。詹姆斯是洛杉矶华人作协的对外联络专员，此次我们"中国作家代表团"在美期间的观光活动由他全权负责安排。据说，他有着近30年导游生涯。从赫斯特古堡返回洛城的途中，詹姆斯有些炫耀地对我们说，"我会给你们一个惊喜，而且，不以向你们收取小费为代价。我想诸位不会不想看只有12人的小镇吧，要知道，那可是美国最小的城镇，怎么样？"没等我们反应，詹姆斯进而又吊起我们的胃口，"据我所知，那可是还没有中国大陆游客踏足过的地方噢。"

12个人的小镇？同行者们一下来了兴致，都说，看看去！

早先，曾听说过我国少数民族地区有过一个仅有两个人的乡，且两人是父女，如我没记错的话，一乡之长不是父亲，而是女儿。这在人数规模上比詹姆斯说的美国小镇就少多了，且人员关系特殊，了解起来想必更有意思。只不过那个边陲小乡，地域并不小，多为山区，人烟稀少罢了。我把所知的情况和詹姆斯一说，他一连来了几个"no，no"，一脸正经地说，"我带诸位看的可是个严格意义上的小镇。"我说，"不知这个镇接待能力如何，一下子来了七位中国客人会不会造成镇区交通拥挤呀？"话音刚落，便引来一车的哄笑。

就在大家的欢笑声中，我们的汽车驶进了小镇。但见入口处立着一块告示牌，老实说，我不认识上面的英文，但"18"两字非常醒目，詹姆斯一看就愣住了，摸了一下肥肥的脑瓜，说："12人，那是在四年前。"

"一般旅游团是不到这里的，它不是旅游景点。我带团，一般游客我也不带他们来，他们不会感兴趣。诸位看看，我也有四年没来了。"詹姆斯的一番解释，亦算是对记错人数的歉意了。

　　汽车在小镇停车场停下后，有人忙着拍照，詹姆斯请大家先跟着他参观，保证不会耽搁拍照的时间。我们一听就会心地笑了，还不是因为镇小嘛。

　　小镇真的很小，像一个小小部落。不过，巴掌大的地方，却有三家工厂。一家生产玻璃器皿，一家生产陶器，还有一家葡萄酿酒厂。按照我们中国的说法，从镇中心花园走过去就是一家商店，货柜里塞满了花花绿绿的商品，因是下午，店堂里生意清淡，仅有一位年轻女营业员，仄着开始发福的身子，在悄声地煲电话粥。

　　我们一行七人，很快就分散活动。我直奔陶瓷店，老美的陶瓷作品蛮有意思的，抽象的玩意居多，实用品少些。价格则非常贵。一把陶瓷的调羹，竟卖20美元；一个陶瓷小狗，98美元。还有一些泥捏的东西，非常随意，像行为艺术，标价更高。我问詹姆斯，为什么这么贵？詹姆斯和女营业员咕噜了几句，告诉我说，这些手工艺品，都是艺术家的独特创作，美国人的价值观里，对艺术创作特别珍重，所以它们价格不菲，是应该的。

　　那么，这些艺术家是本地的吗？

女营业员说，这里的一些作品是她丈夫的，还有一些，则来自她的几个同学。

我问：顾客都是哪些人呢？

答：观光客，不过生意的确不是很好，但足够维持他们的生活了。艺术家应该保持适度的贫困，对于富裕，似乎应该保持警惕。

说完，她善意地朝我笑了。

环视小镇的"腹地"，这里有袖珍版的"广场"，同样袖珍的邮局、花园，医院和厕所却是不袖珍的，干净而宽敞。看得出这里不久前举办"帕蒂"的痕迹，围成一圈的椅子还没有搬走，简易的桌子上，还留有几个空啤酒瓶，里面插着几支萎残的玫瑰。

街道上空空荡荡，见不到更多的人。詹姆斯说，镇民们都在自己的工作岗位上。晚上，他们会聚到一起，说说当天的新闻，喝喝啤酒。

会有管风琴、萨克斯的旋律，会有人唱歌，会有夜莺飞来飞去，会有爱情，会有许多美好的梦境。

多么安静的小镇啊。

为什么他们不去大城市呢？我说。

为什么我们要去大城市呢？

好不容易来了一个中年男子，说他是酒窖里的师傅。红发碧眼，一脸鬈胡。他自豪地这样回答我。

小镇的出口处，有一间木板房，里面仅设一桌一椅。桌上放着一本厚厚的观光留言簿，我翻了翻，没有中文，我一阵欣喜。拿起笔来写道："中国大陆第一人徐风到此一游，祝美国人民幸福美满！"

泰州作家刘仁前紧随我身后，一看我已经下手了，自叹来得太晚。我说，刘兄做个中国第二也不差么！刘仁前看了我的签名，无奈地叹气，说中国人的第一让你占了，真有李白"题不得"之慨叹。于是，他就来个身份切换，在那本有些破旧的签名簿上写下了"袖珍小镇，魅力无穷"八个字，落款：中国作家刘仁前。当我俩心满意足回到车上时，大伙儿已经等了一会儿了。同行者中有人问我是否有什么奇遇，我只得把颇费一番思索的签名之事如实相告，其羡慕之情溢于言表，有人也想留下一字半词。可这刻儿，绿树掩映中的小镇已经被我们甩在身后了。

术与道

大师在哪里

一本写了两年的书，终于写完了。

书名：《一壶乾坤》。从供春开始写起，一直写到顾景舟、蒋蓉。

本来还可以写下去，一直写到今天依然活跃在紫砂界的工艺大师，甚至可以写更多的没有大师头衔，却具备真正大师气度与经典作品的人物。这个计划在我心里已经酝酿了很久。有一次，与紫砂工艺大师徐秀棠先生聊天，他说，在世的人你就不写了吧，至少不要写我。

为什么呢？

俗话说，盖棺定论嘛！

秀棠先生颇有文士风骨，一向以狷介直言而著称。他的一番话引起了我的深思。中国古人讲人生的三大不朽，一是立德，二为立功，三乃立言。所谓的"三立"是否当真能够"不朽"，当由后人来评说，而不是自己或同时代人。于是，本书写完上世纪50年代的"紫砂七艺人"后。我就顺势停笔了。

回眼望去，本书中的所有人物均已作古，留在世上的，只有他们的壶。那些壶大默如雷，俯仰千秋，见证着历史、岁月、才情，甚至还保留着他们的生命气息。

一壶乾坤。壶在人在。

有人曾经讥讽当今某些文化程度不高、国学功底薄弱、连毛笔也握不住的"大师"，充其量只是个"大师傅"。他们认为，可以称大师的人，一是要有深厚的国学基础，他必须对中国传统文化有深刻理解与把握；二是他必须对本专业以及毗邻的学术潮流具有广博的认知和自己的深入思考，并且有自己的专著专论；三是他必须有一定数量的独创且能传世的作品，这些作品具有承先启后、继往开来的意义，能形成一个流派并经受住时间的考验，能引领、造就、培养一支人才队伍，成为影响一代人的经典。

按照这样的要求，我们今天的大师是不是评得太多了一点？或者说，真正意义上的大师是不是太少了一点？在灯火的阑珊处我们见不到大师，在寂寞的寒窗下我们见不到大师，甚至在装修得富丽堂皇的"工作室"里，我们依然见不到大师。倒是在太多的官方场合、太多的灯红酒绿的处所，我们却能频频看到某些大师晃动的身影。

大师不在工作室。这是我们今天的悲哀。

由此又想到徐秀棠先生的"盖棺定论"说，原来，在这字字如钉的背后，深深隐藏着秀棠先生的莫大忧虑。

在本书所涉及的人物中，只有顾景舟和蒋蓉赶上了评聘大师的时代。他们作品等身，高山仰止，晚年备受崇拜。但他们的晚年也有莫大的困惑，紫砂壶被炒得太离谱，一把小小的紫砂壶，让许多人丧尽天良。有个小青工，一时糊涂偷了他们几把壶，竟被判处死刑。这件事让两位老人大感不解以至伤了元气，在他们看来，再怎么着，壶毕竟是泥做的，人可是血肉之躯啊。年轻人一时糊涂，上帝也会原谅的。一把壶就抵消了一个年轻的生命，至于吗？他们去法院，替那个小偷求情，最终无功而返。这太让人匪夷所思了！

"把紫砂壶炒得那么高，那么玄乎，有必要吗？"蒋蓉老人晚年曾经不止一次地这样追问。

真没想到，紫砂壶成了许多人难填的欲壑，成了许多人追逐名利的砝码，成了许多人道德沦丧的工具。

壶还是壶吗？壶是不是已经变成了一个龌龊的江湖？

每一把壶都有自己的表情。那表情，通着艺人的心境。

紫砂的先人们，总是用两句话来形容修炼壶功之苦：寒天喝冷水，黑夜渡残桥。

今天的人们，还能达到那样的境界吗？太多的诱惑常常压得我们的紫砂兄弟透不过气来。你必须心浮气躁，你必须四面出击、十面埋伏。否则你一不小心就

"落伍"了。就连个刚上手的嫩生学徒，也老想着把自己的作品打进博物馆弄张收藏证书玩玩。于是我们某些曾经庄严的博物馆，爆满得差不多像个超市。

诚然，当今的紫砂界也不乏这样的隐士，他们终生放弃职称，从不参与评奖。他们隐居民间，他们拒绝炒作。他们就是一辈子做壶，做自己喜欢、满意的壶。闲云野鹤，栖情物外。散淡疏放的性情表现在壶上，就变成了他们的一种艺术宣言。

传世之壶，谈何容易？

今天的社会，紫砂有"圈"，文化有"圈"，娱乐有"圈"，学术有"圈"，官场亦有"圈"，你想做点事，你就得摸清路数，慢慢融入"圈"中。

如此说来，紫砂艺人松了一口气，既然大家都在"圈"里，那我们也就跟着感觉走吧！

世风日下，人心不古。就紫砂而言，如果不能从内心来反思、疗救，如果不能从体制上来规范、约束，那么，纵然有再多的"紫砂风暴"，也不能让更多的紫砂艺人痛定思痛。

世界上任何一种外部力量都摧毁不了具有600多年历史的紫砂，唯一能够毁掉紫砂的，是紫砂艺人自己。

就像一则珍惜水资源的广告所说的："如果我们不珍惜水，那么最后一滴流的，是我们的眼泪。"

虔诚的壶迷捧着他们曾经深爱的紫砂壶，这样问道：还是那把泥吗？还是那把壶吗？

谁来维护紫砂的尊严？

2010年春夏之交的"紫砂风暴"之后，我们听到了太多的紫砂艺人的集体回答：绝不能让一些害群之马损坏陶都的名片，一定要冲刷掉蒙在紫砂壶上的世俗尘埃。

是的，紫砂壶一路走来的600多年历史里，筚路蓝缕，峰回路转。但大多的磨难是由于战乱与饥馑、灾荒与"运动"，但这一次的紫砂危机，却是出现

在中华盛世的当今。而问题的根源，则来自紫砂艺人的内心。也就是说，紫砂艺人们的内心一旦发生战乱、饥馑、灾荒，那就比自然界的天灾更要命。

紫砂壶历来就是这样：除了泥料的真伪，工艺的优劣，品相的高低，还连接着一个紫砂艺人的操守与修为。

紫砂艺人在反思，紫砂艺人在行动。大浪淘沙，泥沙俱下；疾风之后，劲草葳蕤；陶人如陶，烈火猎猎，真金历炼。

当紫砂的先人们还在空气郁闷的博物馆橱窗里深深地郁闷着的时候，每天数以千百计的紫砂壶，照样以她古老而年轻的魅力，向着棒打不散、心心相印的壶迷们，向着世界，向着人类，发出持久而恬淡的微笑。

那些真正的大师，那些没有大师头衔的大师，那些紫砂的忠实追随者、护卫者，他们都站出来了。为了捍卫紫砂的尊严，他们捧出了一件件真诚的作品，那些新出窑的壶，表情庄重，带着紫砂的芳馨，向着所有关心紫砂的朋友，正作出最完美的阐释。

说不完的紫砂，道不尽的紫砂！

一位美国陶艺家曾经这样评述他眼里的紫砂壶："那是只可意会、不可言传的魔法，那是东方古国积累了近千年的秘籍。一把小小的紫砂壶里，蕴藏着中国人的哲学观、中国人的审美情感、中国人的生活质量。"

是的，它把沧海桑田的时光凝聚成一瞬，任悠闲的茶水浇却人间的浮躁；它把水滴石穿的功夫凝聚于一壶，让斑斓丰美的世界发出由衷的惊叹。它是高密度的艺术陈酿，它是简约而深刻的美学泉流；它又是人们生活里忠实的朋友，耳鬓厮磨、不离不弃，直到静寂绝声、天旷地老。

百姓的壶

不能想象，乡下的老茶馆若是消失了，那人们还怎么活下去。

是的，中国的乡村大抵没有教堂。庙宇，是用来供奉神灵的；只有茶馆，才是人们宽慰心灵和洗涤精神的地方。乡坯。这是玩壶一族对乡下人做壶的统称。孬壶者，乡坯也。所谓乡坯，即是工艺粗糙，样式僵板，泥料不够纯正，等等等等。有钱人不屑用手摸它，文人雅士更不屑用正眼瞧它。于是，大量的它们就只能进入百姓的寒舍，乡村的茶坊。

那茶，粗的；那壶，不但粗，还拙呢。窑场上的废壶，瘪的无妨，残的无妨，只要不漏水，捡了来，用久了，一样放出光来，称包浆。几十年，几百年，那包浆如镜子一般，照见人的前世今生。

村人说，城里小姐生伢，乡下婆娘也生伢。管它什么乡坯不乡坯的，那壶里全是百姓的乐子呢，没有茶叶也成，大麦炒一炒，比茶叶还香呢。一壶一壶喝下去，一样舒心润肺。有时候，人就是活一壶茶。人的精气神全在壶里。那壶跟着人的姓名，寿根、春生、坤大、来福、根宝。人叫什么，壶就叫什么。人走了，壶也跟着走，入那黄土，几百年后坟被扒了，壶又重见天日。壶默默无言，壶不可能说咱几百年后还是一条好汉。

黄龙山下某村农民王老二的喝茶生涯持续了一个花甲。他每天清晨起来，去自家地垄拔几把青菜，摘几只茄子、青椒，放进一只弧度很长的竹篮里。搭背在肩上。然后，踩着清晨残月的光亮，去一箭之地的小镇茶馆喝茶。他口袋里并无茶钱，不过无妨，茶喝到一半，他会站起来，把茶壶盖子反盖在壶上，这个约定俗成的动作表明他过一会儿还要回来。他去了哪里呢？老茶客们都知道，他去菜市了，一会儿他把那新鲜的青菜和茄子、青椒卖了，他就有了茶钱。农民王老二就这样喝茶，这一壶茶对于他非常重要。太多的风霜、劳累、委屈、不平，都可以被这一壶茶浇却得干干净净。这壶茶一喝就喝了60年。有一天王老二喝茶的位置空着了，但没有人占他的位置，好像他还在那儿喝茶，后来许多天，王老二一直没有来。大家终于知道，王老二来不了了。奔赴黄泉的路上，他没有来得及带上那把喝茶的老壶。它一直被冷落在壶架上吃灰尘，后来被一位城里来的先生收走了，说那壶，虽然是乡坯，但上面有一个花甲的包浆呢，这壶应该进博物馆的。于是，农民王老二虽然殁了，但他进博物馆了，这事情一直被王老二的茶友们议论着，最终还是老大不解。

江南乡镇的小巷深处，一年四季都飘着茶香；鼎沸闹市、寻常巷陌的老茶馆更是星罗棋布。无论时代兴衰、王朝变更，壶中沸水依然滚，茶里言语扑面香。太多的王老二把生命里的宝贵年华留在了一壶茶里，泡老了悠悠岁月，恍惚了百年人生。门楣寒伧的老茶馆里，那一排排黑苍的紫砂老壶已经记不清伺候了几代茶客，温暖了多少从风雪驿道而来的寒士，抚慰了多少潦倒失意的心灵，承载了多少普通人的欢愉和惆怅；垒起七星灶，砂壶煮三江；一个砂壶四个杯，风清月朗美紫砂。它支撑着一个乾坤，汇聚着绵绵浩气；记叙着昨夜长风，寄托着人生的念想。

在陶都宜兴的大街小巷，只要你稍加留意，便可以看到琳琅满目的各式紫砂陶器。一些普通的门楣、寻常的宅第，推门进去，没料想竟是一个叹为观止的紫砂艺术世界。世代相传的壶艺，于平淡中彰显出博大与丰厚，新和旧的故事都在壶里。当你终于领略了宜兴的风土，解读了荆溪的湖山，尤其是从那醉人的茶香里遥想那千年的往事，你才能叩响古老紫砂的门环。

窑

这是一个非常中国的词：窑。

龙窑。那便是像龙一样的窑了。它匍匐在某一座山坡上，静功千年。修炼着它的功德。炽烈或者美艳，全凭着一窑火焰。

紫砂壶坯成了型，容颜既定，须入窑烧制，方能功德圆满。文人说，紫砂器之生命，于千度窑火中翩翩劲舞，终获涅槃。所谓千度成陶，却是一门迷宫般的学问。紫砂的历史到底有多少年？常见的说法是"起于北宋，盛于明清"。其依据是1976年，考古工作者在宜兴丁蜀镇郊蠡墅村羊角山发现了一座早期紫砂窑址，由此专家们大胆推算，宜兴紫砂器的创始年代，上限一直可以推移到北宋中期，下限则可直抵元明之际。

宜兴民间，至今保存着一件出自北宋年间的紫砂器。从造型看，它非常粗拙，然而已经隐现出古代工匠的智慧；窑火的冶炼技术虽不成熟，但它已经彰显出紫砂壶的雏形；砂质的颗粒比较粗犷，制工亦不够精巧。但它表明，紫砂壶在宋代已经站立起来，它显然还不够完美，人们在日常的饮用与玩赏中正一点点地感受到它的好处。那个朝代有一位爱喝茶的徽宗皇帝。他曾经写过一部《大观茶论》。茶文化由此从士人走向民间。

羊角山。在古老宜兴的版图上它只是一堆土丘。但如果要画一张紫砂地图，羊角山古窑遗址无疑是具有奠基意义的发端之地。在这里重见天日的不仅是那个遥远的北宋，更有众多从废墟里站立起来的艺术奇葩。遥想当年无数鲜活生命，在这里虔诚地劳动创造；于今堆积成山一样的废墟残片可以证明，我们的先人是如何深爱这片土地的。过去说神奇土地，应该首先是人的神奇；所谓鬼斧神工，乃是先人的血肉灵魂搅拌在紫砂土里，写下的不朽诗篇。

丁蜀镇的前墅村，尚存活着一座迄今已有六百多年历史的老龙窑。

　　火凤凰在两天两夜尽情的舞蹈中，幻化着奇丽的窑变，赋予了紫砂陶器别样的风韵。

龙窑，是宜兴古代陶工的非凡创造。它的形状，确如一条匍匐在山坡上的苍龙。在"龙脊"的两侧，均匀地分布着填放燃料的鳞眼洞。黯淡无光的陶坯，在千度以上的窑火中，渐渐变得通体透明。在窑工们的眼里，这都是一个个有灵性的生命。窑火点燃了，这时你会闻到一阵阵松针的清香，并不是窑的周围有松树林，而是松枝被用来做烧窑的柴禾，它们一捆捆地被堆放在窑的两旁，像埋伏在堑壕里等待冲锋的士兵。

如果是有风的日子，窑场上到处弥漫着松树特有的香气。老师傅们奋力将松枝填进鳞眼洞，它们一进入火口，瞬间就变成了白色的精灵，然后像飞蛾一样，在火中狂舞，然后，飞快地化烟化灰。老师傅说，用松枝烧出的窑器，釉水光润而发亮，且经久耐用。

紫砂器不用上釉，但如果给它以足够的窑火，它的成色就会变得古朴内敛、温润如玉。

火凤凰在两天两夜尽情的舞蹈中，幻化着奇丽的窑变，赋予了紫砂陶器别样的风韵。它们既是实用的饮器，又是具有鉴赏价值的艺术品。明代有个叫欧子明的宜兴人，他创建的欧窑在当时非常有名，它继承了宋代南北各名窑的成就，烧成了宋代哥窑的纹片、官窑的青色和钧窑的紫彩。一首民歌里这么赞美说："欧窑妍如花，绚丽如晨霞。"

窑断了火，便是冷窑。老人们常说，性命性命，没了性，哪来命？火，便是窑的性命。

这窑火烧起来，历代有大说法。有时火烧得好，一夜东风，顺顺当当就是一窑好货；有时没来由地就烧不好了，那美器，不是裂的，就是塌的，满眼次品。人们就以为，在那烈烈的窑火背后，还有一双巨大的不可捉摸的魔手。今天的人们还可以通过"黑匣子"之类的秘器来解读一场灾难的缘起，但我们的古人只能虔诚地双膝跪地，他们的膝盖并非那么缺钙，而是他们对于那些还不懂的东西心生敬畏，无论是对自然界的巨大力量还是对心造的那些神灵鬼怪，他们总是郑重设祭，而窑场更不例外。在龙窑建造前，窑主必得请风水先生选看位置，选黄道吉日动土奠基，设三牲五鼎祭土地山神，请德高望重的乡绅来主持祭礼并唱读祭词。那祭词半文不白，意思却通融而实在：上天敕封火德星君，下界敬尊南方菩萨。甲子某年某月某日某时，某某龙窑点火，窑主某某某跪拜叩首，焚香祷告，恭请临佑，享我烹尝，佑我兴旺。

三牲是指马头、牛头和羊头，古代是以活品现场杀祭。五鼎是指用器具盛放美酒佳肴，"五"并不是具体的数字，泛指丰富的祭品。龙窑建造后，在炉尖嘴边和靠近炉膛间第一个鳞眼洞边，各安置一块石板，边上再竖石条。炉尖嘴边的一般用天子石凿成，石板叫牛头，石条叫南方神位，上书"火德星君神位"大字。火德星君俗称南方菩萨，本名祝融，为五帝之一颛顼的孙子，相传居住在南方尽头，故称南方，是四方神之一。生前担任过传播火知识的火官，被后人尊为火神。龙窑每窑点火前，窑主会在牛头上设五鼎祭并念祭词祈祷。鳞眼洞边的一般用石灰石凿成，石板叫马面，石条叫窑德神位，上书"窑德星君神位"大字。窑德星君俗称窑头菩萨，本名昆吾，为祝融弟吴回孙子，相传不仅能制陶，还是一个陶窑建造高手，被后人尊为窑神。

窑火的光亮，遥远而绵长。它熬过了千载，依然在喷吐光亮。那些繁琐的仪式曾经消失了多年，如今又悄然恢复了。一样东西的复生，总有它的道理。动辄说它是迷信，是一种轻率的态度。今天的人们缺少的，恰恰是一种对大自然、对传统、对历史的敬畏之心。古龙窑至今不肯仅仅作为一座活文物而存在着，它隔三岔五地用一缕缕青烟在天空挥写着龙蛇般的一行大字：老爷子还行。

高山仰止

顾景舟代表着一个紫砂时代。

他的名字若打在紫砂壶上，便成为庄严的经典；在藏家眼里，则是不断攀升的财富；在浩瀚的紫砂典籍里，他的作品承接着远古、传递给未来，关于他的故事，就像蠡河的水那样源远流长。

有一篇文章这样写道：他一生是个手不释卷、有着古典风范的文人，更准确地说，他是个有着浓重文人气息的紫砂艺人，或者是紫砂艺人中的文化人。

关于顾景舟，权威资料通常是这样表述的：

顾景舟，原名景洲，早年曾用艺名曼晞、武陵逸人、荆南山樵、瘦萍，晚年爱用壶叟、老萍。少年就读于蜀山东坡书院。18岁时，遂承祖业，随祖母邵氏习陶从艺，并博览古今紫砂制陶名著，吸取前人精华，练就一手扎实的制壶技艺，跻身于壶艺名家之列。25岁左右，曾应上海古玩商郎氏艺苑聘请，仿古作陶。

......

在旁人看来，这位名扬海外的壶艺大师，平时寡言少语，脾气有些古怪。

了解他的人却认为，他的内心世界丰富博大，精神常在书山墨海、古人圣贤间遨游。所谓寂寞花开，情同此理。

顾景舟一生，性格有些忧郁，心境很高，从来排斥庸俗的东西。他看不起壶匠，任何时候不肯放弃自己的艺术主张。

狷介孤傲、严谨精确、细微极致……这些都可以列入顾景舟的"侧影"；但要完整地归纳顾景舟是有难度的，像他的壶，有时一个转身，又是另一番情怀与景致。

也许，紫砂壶在顾景舟的眼里，从来就是一种寄托自己才情的器物，有时候，干脆就是他的化身。

早年顾景舟在上海为古玩店做仿古壶，见过大世面。后来，他和江寒汀、吴湖帆、唐云、王仁辅、来楚生等海上文人墨客交往甚密，经常切磋书画陶艺，有时谈得酣畅，或吟诗作画，或顾景舟作壶，江寒汀壶上作画，吴湖帆题诗书款，如《石瓢壶》，乃顾景舟与吴湖帆联袂之作，壶与字画融为一体，简洁明快，流畅舒展，谐调秀丽，给人以整体形象大方、朴素、便利、实用之感。

顾景舟喜欢跟文人在一起玩，但一般的文人是不入他法眼的。他曾经用江南的一道鲜美的农家菜"萝卜煨肉"来形容文人跟紫砂的关系。萝卜须在肉锅里煮烂，才能释放出它的无比鲜美；如果用清水煮萝卜，必然寡淡无味。那么，文人与紫砂，到底谁是萝卜，谁是肉？那就要看文人的分量与品味如何，不排除一些"无厘头"的艺界混客，在紫砂壶上附庸风雅，顾景舟认为，他们是在揩紫砂的油。

顾景舟还私下里和朋友说过，70岁前，若是书画界的高手在他的壶上题书作画，他还能接受；但70岁后，他就不希望自己的壶上再有别人的任何东西了。

书画篆刻也好，紫砂壶也罢，都有一个境界的问题。70岁后顾景舟的境界还在往上走，那些过去合作过的老友们的艺术境界，是否也在上扬呢？不是一个等次的艺术，"合作"岂非成了累赘？

顾景舟一生和多少文人有过合作？那应该不是一个小的数字。最大的风头，是他与刘海粟合作的一把《凤慧壶》，高身筒，俊朗挺拔，刘海粟在壶的一面写下一枝铁骨老梅；壶的另一面，是海老的书法，"凤慧"二字，苍骨润肌，道劲沉雄；此壶拍出了紫砂史上的"天价"：1236万元。可惜，其时两位大师均已作古，只是作为一段佳话载入历史。

在顾景舟的同辈中，没有哪一个的文化底蕴可以和他比肩。所谓"曲高和寡"，是因为周围可以对话的同道，实在寥寥。那些窑场上的粗坯汉子、循规蹈矩的壶匠艺人，固然淳朴可爱，但终究不通文墨，顾景舟与他们在某些志趣方面如隔星汉；彼此之间何以交谈，更何以交心？

历史上，没有哪个艺人像他那样重视紫砂以外的学问。所谓"功在壶外"，实际是一种难得的境界。他的作品风格，静穆沉稳，如千年老佛；是入定之美，那些平淡的细节，会合起来便是惊叹与神奇，你坐在一口古井边，看平静的水面，了无波澜，但你听到了井底下，有激流奔涌。

早年，徒弟们知道，顾景舟非常讲究壶外功夫。他一生好学，精通古文、书法、陶瓷工艺学和考古鉴赏等学问，1993年访问台湾，在台湾朋友的欢迎宴会上，他从容背诵古文《邹忌讽齐王纳谏》，表达自己谦逊的感怀之情。直到晚年，他仍坚持每天写小楷数页。他喜欢看《新民晚报》，喜欢它的海派风味，尤其喜欢看《夜光杯》副刊，那上面，经常可以看到老朋友的文字；他怀念在上海的岁月，老上海常常在他的梦中变幻着永不褪色的华彩。

他睡觉喜欢朝右睡，床边终年点着煤油灯，旁边是一摞经常变换的书本，从《山海经》、《闲情偶寄》到《菜根谭》、《随园诗话》、《曾国藩家书》，无所不读。一个紫砂艺人的阅读量之大，真让许多文化人汗颜。他常常在半夜醒来，一灯荧荧，万籁俱寂，正好读书。后来有了电灯也是这样。人们发现，他的蚊帐，靠灯的一面，总是被熏得黄里发黑。

顾景舟的文笔相当不错，其著述《宜兴紫砂壶艺概要》、《紫砂陶史概论》、《壶艺的形神气》、《壶艺说》等，严谨而精辟，文字也非常精当好读。这一点，同时代的艺人们遥不可及。

他还常年写日记，可惜由于涉及到许多紫砂界的人与事，他的亲属不愿发表；否则我们可以领略到多少隐藏在一个博大胸怀里鲜为人知的往事与随想。

狷介而正直，是顾景舟的性格基调。某年，县里某领导调离，顾景舟念其平易近人，关心紫砂发展，故赠壶一枚，以兹纪念。后来那领导仕途遇到麻烦，调查人员来问那壶值多少钱（当时顾壶一枚已价值10余万元以上），又套他的话，希望他说成那枚壶是领导索要，他大怒，说顾某之壶，泥巴捏成；只赠朋友，不送贪官。我壶赠友，有何不可？遂拂袖而去。

始有人格，方有壶格。

民国宜兴名人储南强1928年在苏州地摊上觅得的供春壶，到底是不是真品？顾景舟对此一直心存疑问。几十年里，顾景舟搜集史料，作了大量考证与研究。他一直有话要说，但每当他要发表关于"供春壶真伪"的研究结果时，总是有人出来加以劝阻。为什么？冠冕堂皇的理由是"保护紫砂的大好形势"。于是顾景舟只得"顾全大局"。但他始终没有放弃对供春壶的研究。紫砂艺人潘持平曾撰文记述了顾景舟临终前与他的一段谈话。

1996年5月29日下午，在宜兴人民医院的病房里，顾老叫我记录他口授的关于供春壶的鉴别。此时顾老虽然头脑清晰，但吐字已不清楚，且言不达意。历时二小时，方知其所述之意。顾老说他一生曾看过13把供春壶，每个藏家都说壶是供春做的，只因壶盖损坏，由黄玉麟配盖，这也未免太巧合了吧。顾老说，那13把壶，其实都是黄玉麟做的，其中的12把，他都对藏家说了实话，只有对上海松江徐姓老人所持之供春壶，顾老违心地说是真的。我问顾老，为什么对他要说违心话？顾老说，徐姓老人年逾古稀，视此壶为珍宝，且又有心脏病，身体很差。我怕闯大祸，故违心说是真的。

在紫砂壶上说违心话，对于顾景舟来说，这也许是绝无仅有的一次。我们可以把它看做是顾景舟性情的另一面，亦是他面对一个垂危生命作出的人性妥协。

当时有一位文艺界的高官，同时也是名头很大的书画家，某次以自己的一幅画，欲换顾景舟的一把壶。公平地说，此公以自己之画，换景舟之壶，除了敬重，实际也是一种艺术交流。其画跋题字中"以画换壶"之词，只是一种戏称而已。但顾景舟的理解不同。那画跋题字中"以画换壶"的字句，一直让他心里不很舒服。于是将那画扔在一边。为什么？他的壶可以送知心朋友，但绝不作交易。之后的两年里，对方托人频频催壶，顾景舟就是不理。后来，县里领导出面，顾景舟才勉强答应。私下里，他不屑地说："以画换壶？他一幅画，连我一个壶嘴也换不到呢！他知道我做一把壶要花多少工夫吗？"

顾景舟的一把壶，最长的时间做了两年多。其间一直在反复揣摩、修改。不懂的人，私下里还骂他懒坯，真是天知道。

他出手其实很快。基本功扎实。一块泥片打12记，多一记不行，少一记也不行。年轻时，为了糊口，亦是好胜，他曾经与人合作，两人一天做了30把壶。

在他看来，做人与做壶之间是一体的。而制作紫砂壶的每一个步骤，就像写书作画，都有它的法度。

许多年后，徒弟葛陶中回忆说：

起先顾老要我捶泥，一团泥整整捶了三天，为什么要这样？就是要锻炼正确的姿势和用力方向，用韧劲而不是用蛮力，识别挤掉空气的熟泥的成色，从而掌握从生泥到熟泥的全部要领。

不光捶泥，打身筒也是这样。徒弟李昌鸿回忆道：

他要求转几圈必定要几圈，多一圈都不行。有一次我背对着他打身筒，他从我拍打的声音就判断出多了还是少了，常常喊：昌鸿，你多敲了几下了！

又如，他对制壶工具的要求之苛刻，甚至超出了出征将士对武器的精确讲究。他常说，不懂工具，就等于不懂制壶。他的工具有130多件，每一件都有出处。做一把壶，就要先做一套工具。此壶的工具，做彼壶时便不用了。重新做一套。为什么？因为，两壶有不一样的地方，工具就要重做。他做壶，一招一式，都有讲究的，他打的泥片，厚薄均匀，几乎不差分毫。有一次，他一口气做了四把洋桶壶，进窑烧成后，有人把它们称了一下，其中的三把壶，分量完全一样，另一把壶，只重了一钱（5克）。

他知道是哪一把壶重了一点点。他略带遗憾地说："那张泥片，我少打了一记。"

始有人格，方有壶格。

　　紫砂壶有光器、花器、筋囊器之分。顾景舟以紫砂"光器"成家，他虽然没有在记述的文字里鄙薄"花器"，但在许多人的回忆里，他是不大看得起"花器"的。2006年，笔者在写作《花非花——紫砂艺人蒋蓉传》时，对蒋蓉老人进行详细采访，其间，蒋蓉多次讲到她与顾景舟的恩怨，主要是在艺术观念方面的分歧。在顾景舟看来，紫砂光器是文人壶，主张以简洁替代繁复，以神似替代形似；而紫砂花器则缺乏想象力，媚俗花哨；顾景舟常常半开玩笑地指着蒋蓉的花器壶说："瘌痢头花！"

　　顾景舟的讥讽并无恶意，说到底他性格里还有手艺人的成分。但是，说他看不起花器，亦不太公平。他曾经做过一套《梅花茶具》，非常精彩。当时他只想表明，他并不是不会做花器。他曾经听人讲过一个故事：有一次去无锡参观搪瓷厂，发现素色的白脸盆比印了花的脸盆还贵，为什么呢？一位老师傅悄悄告诉他，白脸盆是正品，素色藏不了拙；凡是有疵点的脸盆，印上花就看不出了。

　　这个故事一直支撑着顾景舟的一个观点：光器不藏拙。

　　每一个时代、每一个行业都有自己的领军人物。紫砂到了20世纪，一直在呼唤它的领军出世。顾景舟的出现，虽有机缘巧合，但确是天降大任，是紫砂发展承前启后、峰回路转的必然结果。

　　顾景舟的作品，每一件都可圈可点。如《僧帽壶》，原是元代景德镇青白釉瓷器，明代永乐、宣德及清康熙年间，均有僧帽瓷壶出品。紫砂僧帽壶当从此出。原本是传统的造型，到了他的手里，却集各家之大成，开创了简朴大度、协调秀美的风格。《僧帽壶》曲把平嘴，六方壶体；僧帽为莲花块面组合，壶钮为莲心，静穆中不失盎然之趣。是行欲方、智欲圆、刚柔相济、方圆互见的砂壶珍品。

　　他的代表作之一《提璧壶》，是上世纪50年代，与当时的中央工艺美术学院教授高庄合作的作品。该壶堪称当代紫砂壶中表现材质美、工艺美、形式美、内容美、功能美等"五美"境界的绝品。1979年邓颖超访问日本时，该壶曾作为国礼赠送给日本首相。《如意仿古壶》则是顾景舟在传统仿古扁壶的造型上加饰如意筋纹，使作品的气韵更加生动。壶的形、气、神融为一体，具有强烈的艺术

如意筋纹，使作品的气韵更加生动。壶的形、气、神融为一体，具有强烈的艺术感染力。

《雪华壶》，是顾景舟在上世纪70年代后期的创作。

这时候的顾景舟，历尽文革沧桑，在紫砂界，已经确立了掌门地位。他弟子颇多，或为官，或成名，桃李满园，夫复何求？严冬过尽，春声可闻；他的心态应该是非常平和、愉快的。内心里，那些一生的积累，已经到了井喷的境界。或许，他要营造一座紫砂的楼宇，或是构造一座紫砂的宝塔。它应该有巍峨的器宇，是简洁的繁复；是严密的疏朗，是细微的宏伟。不，他心里的紫砂，可能还不止是那样的分量。他选择了雪花，六角形，自天边飘来，一片片，似有若无；世界上还有比雪花更轻盈、更莹洁的东西吗？但他就是要用这雪花之轻，来表现乾坤之重。

顾景舟性情，于一片雪花，便窥见一斑。

一层一叠，团团如盖；六层之塔，大慈大悲；这是顾景舟理想中的美妙世界：凉台静室、明窗松风、晏坐行吟、清谈把卷；天地山川、星河灿烂、白云为盖，流水作琴……壶把，如满弓，蓄势待发；壶嘴，窈窕娉婷，如美人水袖，一拂处，令江湖失色。

本山绿泥，自黄龙山出；龙窑烧出嫩金黄，温润如玉。壶胎，饱满如鼓。雪之花，尘之梦；冰清玉洁，晶纹可触。微笑，雪花的微笑，平和，宁静，包容。那分明是景舟大师之心怀。

口与盖，严合适度；壶嘴出水，一注如虹，盈尺而不浮花；无论赏玩、实用，都非常相宜。

据说，《雪华壶》出窑后，一直搁在顾景舟案头。弟子们发现，他时常将其珍赏于掌上。弟子问何故？乃笑而不答。

弟子们以前总是问，顾辅导，制壶有秘笈吗？

只见他慈祥的眼睛，特别晶莹透亮，那眼波深处，但见一派山川坦荡、万籁萧萧。

现在他们仿佛明白了，何等心境，即何等胸怀；而秘笈，则如莲心，藏之莲蓬，出于污泥，一尘无染；彻悟者，即秘笈全解也！

她的苦难而开心的血地童年，她的潜洛乡场，
她的蓝天白云、青草绿荷，她的龙窑烟云、作坊岁月，
她的生命一般的紫砂花器。

青蛙荷叶壶

2006年初夏，中国工艺美术大师蒋蓉与我约定，为她写作一部个人传记。此前我已为另一位工艺大师吕尧臣写作并出版了长篇人物传记《尧臣壶传》。那本书出版后一直在加印，在紫砂收藏界非常走俏。蒋蓉当时已经87岁，按辈分她属于上世纪50年代国家授予的"七个老艺人"之一，与任淦庭、朱可心、顾景舟等是一个级别的紫砂巨匠。她跟我第一次见面，就开门见山地说："你给尧臣写的书我看了，把紫砂写得那样美，我很佩服。我的故事比他多，徐老师你要好好写，我会送一把好壶给你。"

然后她有些不情愿地笑了，搓着手说："留在我手边的壶不多了。"

其时，蒋蓉已被公认为紫砂花器泰斗，台湾的壶迷更是把她誉为"紫砂国母"。真所谓一壶难求。她从9岁开始做壶，80岁以后仍然创作不辍。其70余载制壶生涯波澜起伏，许多荡气回肠的故事可圈可点。能给老人家写一部传记，当是吾生之幸运。而得到一柄蒋蓉宝壶，那就更是一种造化了。

熟悉蒋蓉的人都知道她是一个平和低调的人。她性格安静，一点也没有张扬的成分。但第一次见面，我就发现她柔弱的性格背后，有着一般人不易察觉的刚韧与好胜。就像她做一把壶，不做到至臻至美，怎么也不会罢休。紫砂艺人就是这样，手比命重要，心比手重要。蒋蓉老人非常看重这部传记，之后的几个月里，几乎每天下午，她午睡起来后，谢绝一切活动，接受我的采访。她的口述不很连贯，许多往事回忆起来非常困难，但她极其认真，经常一谈就是三、四个小时。有时她会被一些莫名其妙的来访打断，有的收藏者拿来一把壶，要她鉴定真伪；有的紫砂艺人要出书，希望得到她的题词或者一张跟她的合影。有一次，有个台湾的收藏家来拜访她，从一个老红木的盒子里拿出一把"青蛙荷叶壶"要她鉴定是不是她的真品。蒋蓉朝那把壶扫了一眼，并不说话，颤颤巍巍地走进书房，从陈列柜里取出一把墨绿色的壶，放到那个收藏家面前，说，你自己看看，这两把壶是一样的吗？

那个收藏家把两把壶一比较，顿时傻眼了。

这是我第一次见到蒋蓉壮年时期力作《青蛙荷叶壶》。扑面而来的感觉是，一股仙气。它真的太完美了，以至你把它拿在手里，有一种恍恍惚惚的感觉。

蒋蓉悄悄地对我说："徐老师啊，等书写完了，我就把它送给你做个纪念。"

受宠若惊。我沉住气，跟老人开玩笑说："你可不能后悔啊。"

老人认真地说："怎么会后悔呢？我给你立字据！"

蒋蓉告诉我，这把壶创作于1986年，那时她67岁，虽然年逾花甲，但在创作上正当壮年。为了创作这把壶，她多次到荷塘边观察荷叶的姿态。后来还买回一只荷花缸，自己种了几株荷花，专门研究它的特性。她喜欢清荷的性情，喜欢它出淤泥而不染的品质。至于青蛙和螺蛳之类的小动物，更是蒋蓉家里的常客。她喂养它们，观察它们的生活习性。跟一般艺人不同的是，蒋蓉有一种过目不忘的记忆力和非常惊人的临摹、再现能力。一般意义上的紫砂艺人只能依葫芦画瓢，而蒋蓉坚持从生活中汲取素材，以大自然中具有象征意义的花卉瓜果入壶。这也体现了草根艺人对上苍的感恩，对俗世生活的赞美。《青蛙荷叶壶》的造型，是用她自己配制的墨绿色紫砂泥，模拟了一张鲜活的荷叶作为壶体，有一种风中的灵动之感。壶嘴则模拟一张卷起的嫩荷叶，如同牧童吹的嗯哨；用作壶钮的青蛙，堪称蒋蓉的绝活，那两只鼓鼓的稚气的眼睛，闪烁着童贞的情趣，更绝的是壶底，用三只仿真的螺蛳做壶脚。那三只螺蛳形态毕肖，伸展着捻须，眨巴着好奇的眼睛，活龙活现地呈现在眼前。壶把则是一段看起来随意掐下的荷梗，身段婀娜，有着毛茸茸的质感。该壶的气质、造型、线条浑然一体，构建成一种脱俗的境界。蒋蓉说，这把壶她一口气做了三个多月，反复揣摩、修改。整整一百天，沉浸在

荷塘蛙声的意境里。人都
变成一张荷叶了。其实，
蒋蓉的每一把壶都是这样
精益求精。

就这样，2006年的夏
秋之季于我便具有了一种
特殊的意义。蒋蓉老人带
着我走向她的苦难而开心
的血地童年，她的潜洛乡场；她的蓝天白云、青草绿荷，她的龙窑烟云、作坊
岁月；她的生命一般的紫砂花器。追随的双翅需要思想定力的托举，与一位87
岁的老人一起穿越往事，寻找那些生活的遗珠，那些远行的故人，那些被尘埃
湮没的感动，让太多铭心刻骨的故事垒起一座高山，然后，猛然回首，一切都
如潮汐般隐去，惟留下一个爱字。无论枯灯冷月、寂寞花开，那一片全心倾注
的爱心始终不变。风雅与天趣，童心与妩媚，都由此叠化，灿为荼蘼。古人说
多一份机心，少一份智慧，此之谓也。这样说来，200多件原创作品，其实就
是蒋蓉老人留给这个世界的一份大爱。

定名为《花非花》的蒋蓉传记写到一半的时候，突然有一天，蒋蓉老人有
事召见。那天她的气色不太好，嘴唇发紫，眼睛也有些浮肿。老人说刚去了山
东参加一个什么陶瓷博览会回来，累坏了。那天她找我去就为了一件事，要提
前把那把《青蛙荷叶壶》送给我。

我愕然。书还没写好，怎么可以无功受禄？

老人说，既然答应把它送给你，那它就是你的了，与其放在这儿，还不如
早点给你。不就是一把泥捏的壶吗？留着做个纪念吧，你可要把书给我写好！

不肯接受。怎么也不肯接受。

半天，老人的女儿艺华说话了："徐老师，这把壶放在你的案头上，一定
会给你增加许多灵感。"

"可是也会增加压力。"

"唉，你就听话吧！"老人叹了口气。

我感觉老人好像有什么预感。捧着那把壶回家，心里沉甸甸，又恍恍惚惚。

果然，一个星期后，我接到了蒋蓉女儿的电话，老人患脑梗塞不省人事，已经住院急救。

我赶到医院病房，蒋蓉老人已经处于深度昏迷状态。此后她在病床上坚持了近两年，但始终没能醒来。

一诺千金。蒋蓉老人一定是有预感的。她一定要在她脑子还清醒的时候，实现她的承诺。

之后的几个月里，诸事不问，全身心沉浸在书稿的写作里。有一天，我从电脑前摇摇晃晃地站起来，胸口闷得慌，喉咙口仿佛有什么障碍物，使劲咳出一大口，一看吓了一跳。一口血，鲜红鲜红。

《花非花》出版后获得了一些奖项。我一直以为，这首先是对蒋蓉老人的褒奖。遗憾的是，蒋蓉老人已经见不到了。每次我走向领奖台的时候，我总能感到有一双含笑的眼睛，深情地注视着我。蒋蓉老人于2009年离开人世，享年90岁。她去了她的花器仙国，想必那里是真正的蓬莱仙境。

之后的几年里，不断有人来打听《青蛙荷叶壶》的下落，也有人不惜出高价求我转让此壶，但我从未心动。于我来说，收藏这样的一把壶，就是收藏一段珍贵的历史，收藏一位世纪老人的至诚情愫。

水常流，花常开

蒋蓉老人离开我们五年了。

五年，一千多天；她一生钟爱的紫砂又经历了许多风雨彩虹。我想，要是她还活着，肯定会出来说话的。她颤颤巍巍，她喜忧参半，她会为紫砂的盛世欢呼，她会为新人的成长高兴，她眼睛里容不得沙子，她会以中肯的臧否，婉转的真言，对业界的不正之风予以老祖母式的诫训。

有人说，可惜蒋蓉已经不在了。

可事实是蒋蓉几乎无处不在。她的作品行色匆匆一路攀高，频频出入于国内各个拍卖场所；她的故事活色生香口口相传，古老紫砂的每一寸寻常巷陌都会念叨她的名字；她是紫砂天空里皎洁的月亮，是徒子徒孙们永不褪色的话题；走进任何一个紫砂会所或店铺，蒋蓉式的壶款在橱柜里绽放着经典而恬淡的微笑。一百年了，紫砂的从艺者繁若星汉，但如蒋蓉般灿烂的艺人能有几何？

紫砂有蒋蓉，真好。

今天的人们，面对百年蒋蓉，除了缅怀与敬重，还有叩问的勇气吗？比如，面对蒋蓉的赤子情怀，人们会因为自己的欲壑难填而惭愧吗？面对蒋蓉的穷经皓首，人们会因为自己的朝三暮四而惭愧吗？面对蒋蓉的一丝不苟，人们会因为自己的粗制滥造而惭愧吗？面对蒋蓉的淡泊明志，人们会因为自己的沽名钓誉而惭愧吗？面对蒋蓉的高风亮节，人们会因为自己的小肚鸡肠而惭愧吗？面对蒋蓉的勇于创新，人们会因为自己的安于克隆而惭愧吗？

面对蒋蓉，今天的人们还想说什么？还能说什么？

史书说官德毁，民德降，艺德必低。世风日下的社会风气，似乎给某些不安分好好学艺的紫砂艺人一个"雄辩"的理由。老一辈艺人把学艺比作寒天喝凉水，黑夜渡残桥。今天的人们还能领会那种滋味吗？蠡河泣、紫砂泪，一把纯净的紫砂土，如果它能开口，它一定会在千度成陶之后江河滔滔：吾本素朴，从来草根；千年踟蹰于乡间，清心涤尘，质本洁来，还自洁去，欢颜只为天下苍生，而今金粉重罩、机心深重；非人非鬼、吾已非吾矣！

所幸，我们还留存着怀念的温度。

所幸，更多的紫砂传人正在艺途求索。

窃以为，怀念蒋蓉，就是重新洗涤人们已然蒙垢的虔诚之心；怀念蒋蓉，就是追寻那些被忘却的经典意义；怀念蒋蓉，就是让人们重新出发，去探究大师的成才之路。我们终于知道，一个真正的大师，必得有高远的心境人格，有苦其心志，劳其筋骨，饿其体肤的艺德修为，有棒打不回、矢志不渝的终身追求。今天的人们，还愿意把自己的一生交给山重水复的精神羁旅吗？还愿意在寂寞的青灯黄卷里熬到天老地荒吗？紫砂的"高烧"多年不退，普遍的浮躁已成痼疾。可以毫不夸张地说，在今天紫砂繁荣的景象背后，一张巨大的危机之网正向我们悄悄包围。那种可能到来的危机，不是因为紫砂原料匮乏，不是因为紫砂工艺失传，不是因为紫砂收藏市场萎缩，不是因为紫砂投资者信心减弱，而是某些紫砂从业者的心灵出现了问题。是的，关乎信仰、价值观、道德规范，乃至行业守则的一切，确实值得某些浮躁的紫砂人好好深思。因为，当太多的灵魂被金钱所腐蚀的时候，必定是紫砂的悲歌四起的时候，但愿这一天，并不在一步步地向我们逼近。

能够获得书写蒋蓉的机会，是我一生的莫大造化。过去的五年里，本书入围了第四届鲁迅文学奖，获得了全国第五届报告文学奖、第三届徐迟报告文学奖和第三届江苏省紫金山文学奖。根据本书改编的30集电视剧正在筹拍之中。所有的这些荣誉，都源于蒋蓉老人的崇高艺德和人格力量。而我，不过是沾了一位紫砂老祖母的光。这样的机缘，一个作家一生能有一次，足矣足矣！

重版该书，让我又一次走向寻访蒋蓉之旅。2012年的早春，为了修订即将重版的《花非花》书稿，我沿着蒋蓉当年生活过的街巷、村落、作坊，采访了数位当年熟知蒋蓉的紫砂老人，捡回了许多当年遗漏的珍珠。岁月何堪回首，思念依然无限。在蒋蓉逝世五周年的日子到来之际，我希望这部增添了许多珍贵细节的蒋蓉传记，能够为紫砂文化的勃兴尽一份绵薄之力。

如果，这本素朴的小书还不足以告慰蒋蓉老人的在天之灵，那么，继续蒋蓉未竟的紫砂事业，当是对她最好的纪念。

吾本素朴，从来草根；千年踟蹰于乡间，清心涤尘，质本洁来，还自洁去，欢颜只为天下苍生，而今金

粉重罩、机心深重；非人非鬼、吾已非吾矣！

吕家壶

和吕尧臣大师成为忘年之交，是2004年早春的事了。

一份缘。从一个温融的下午开始。

希望能写一部别开生面的"壶传"，由壶写人，因人写壶。在几个月的时间里，在宁静的太湖边，在对绵绵往事的追忆中，慢慢地走近了一位古典与浪漫融于一身的性情中人。

渐渐明白一个道理，紫砂茗壶的骨子，其实是绚烂之后一种质朴的回归。风流与飘逸，豪放与内敛，都是壶家的精神境界。

这些年紫砂几起几落，时下又炒得更热，正所谓一壶千金。壶系人做，壶亦在做人。在我看来，壶外之吕公，比他的那些壶更有情趣。一个性情中人，率真而不矫饰，古稀之年童心依然，唱滩簧，拉二胡，打斯诺克，跳华尔兹，样样皆是高手。某次高朋满座之际，吕公坦言喜欢女人，当然是亮丽高雅的女人。天下没有比女人更漂亮的风景了。毕加索、徐悲鸿、刘海粟都如是说。又问，在座的有不喜欢的吗？众人面面相觑，会心一笑。有一次，吕公悄悄跟我说，看了一部纪录片，非洲女子的乳房特别丰满，路途太远了，真想去非洲写生。我说不远，上了飞机睡一觉就到了。吕公遗憾地摇头，说，我连北京也懒得去，一出远门就头大。

非洲太远。但这并不影响吕公的一路洒脱。几十年我行我素，每每在驰骋心怀之际，灵感叠出，信手拈来。世间美好的东西，皆心向往之。曰：无论大美或真美，首先须有内美。此番历练，在心而不在手。世俗之人焉得真谛？六十岁以后的吕尧臣敢作敢为，将女人之玉体化为壶身，四件一组的《女人系列》，让人体之美在紫砂壶上进行了一次诺曼底式的登陆。《贵妃壶》、《爱之欲》、《伏羲壶》、《贵妃出浴》等等。一片叫绝之余，也不乏"有伤风化"的闲言碎语，吕公一笑，当补品吃了。紫砂艺人，功亏一篑的是性情、学养，拼到最后，技巧退到一边去了，文化底蕴在说话。做了大师仍要否定自己，否则就只是大师傅一个。

散淡，平和，达观。闲话不听、闲事不管；优哉游哉，不愤世嫉俗，不说别人坏话。赞美俗世生活，喜欢自由自在地做。某次在北京，我的一位老师家里，见到汪曾祺先生的一幅花卉，落款乃一首打油小诗，读来蛮有意味：

吾有一好处，平生不整人；写作颇勤快，人间送小温。或时有佳兴，伸纸画芳春。草花随处见，鱼鸟略似真；惟求俗可耐，宁计故与新。君若一番喜，携归尽一樽。

字里行间的那一份散淡与真趣，颇似吕公。是的，我从吕公的壶艺里，常常能够品出类似汪曾祺散文的恬淡冲和的意境。

给吕公写的书《尧臣壶传》，八年来一直在加印中。"吕粉"的队伍更是在逐年扩大。年过七十的吕公还在往前走。你说他什么都无所谓，但你不能说他老。他真的一点也不老。思维，感觉，壶艺，等等等等。在我来看，他哪里是在做壶呢，分明是用一坨泥在挥写自己的性情。古典与浪漫，逍遥与洒脱，绝技与睿智，全被他融入壶里了。

200余件可圈可点的各式壶艺原创作品，造就了一个吕尧臣。那些藏之名山的作品是会说话的。一顶"壶艺魔术师"的桂冠，足以让吕公在"醉陶居"瑞安享天年。但他平生最满意的作品，决不是什么壶，而是两个儿子。长子俊庆，忠厚腼腆、做壶好手；次子俊杰，人称"紫砂少帅"。泱泱陶都，子承父业的制壶世家多矣，但如知心朋友一般相处，惟吕氏父子。没老没小，如忘年交。譬如，吕公与俊杰可以合看一本人体艺术摄影集，造型神韵一一道来，心得互见；又譬如，父子俩打乒乓球，杀得难分难解，天下可让，球却不可让。吕公说，孩子的天性要让其充分发挥。做儿子的朋友，乃为父之最高奖赏，自己也年轻。据说吕公并无家规，也没有逼着儿子从小捏壶。但俊庆俊杰深浸其艺，爱壶若痴。尤其俊杰，仿佛天生为壶艺而生。少壮时便出手不凡。他擅音韵，懂绘画，创作上力避模仿父亲，不役于物象而重心智所悟。少年赢弱，乃习武功；一路"心意六合拳"练得炉火纯青。入紫砂圈，发现武功和壶艺的最高境界其实是一致的：和谐即是大美。武功与做壶的法度同样如出一辙：内敛而不事张扬，骨子依然是虚静。俊杰近年雄崛于壶界，蜚声于海外，新作迭出而气象多变。竟与练武互通，异曲同工之妙，得之欣然。又解囊百万善款，在井冈山捐建希望小学而功德并重。所谓功在壶外，此为一例。

　　一把紫砂壶，收尽乾坤日月，引古今英雄折腰。多少工匠湮没了，留下来的珍品能有几何呢？阳春之于俊杰，金秋之于吕公，灿烂一片而景色怡然。忽然悟到：灵性放大，便能超然物外；身心合一即自成春秋。

　　吕氏家人远离尘嚣，于太湖之畔搭几间石屋，晨沐霞光，夜听涛声，心海艺航，法归自然。极目远眺，那迷人的璀璨处，决非虚幻之海市蜃楼，而是实实在在的砂海风景。

素朴如天籁，浑厚似长者，大器宛钟鼎，婉约比月华。

传馨

馨之初

传紫砂泰斗顾景舟年近五十岁时，尚是单身一人。某日，朋友做媒，为其介绍一位上海女性，此女已届中年，肤色依然白皙，端庄之余略显矜持。景舟持重，相见之下并不表态。叫过身边一位女徒，为其把关。女徒眉清目秀，气若幽兰，端坐于景舟身旁，俨然自家女儿。少顷，于师父耳边低语，这个阿姨蛮漂亮，顾辅导，这一次千万不能错过了呀。景舟淡然一笑，对女徒道，将你的手，给阿姨看看！女徒不知师父何意，遂将一双玉手放到上海阿姨面前，这双手粉琢玉雕、修长灵巧，直看得那上海阿姨将自己的手缩了回去。景舟呵呵笑道，阳羡紫砂女，一样胜天仙。次日，上海阿姨突然离去。女徒纳闷，直问之下，景舟抚壶抿茶，缓缓道出缘由：原来，上海阿姨在顾景舟处作客时，偶见一盆枝芽未绽之水仙，脱口道：洋葱头还要这么宝贝啊！一句话让顾景舟大跌眼镜，连洋葱头和水仙花都分辨不出，简直恶俗，一切无从谈起，赶紧走人。女徒听罢内心震撼。从此晓得，一个女性，若只徒有其表，无非绣花枕头；人之内涵，决定壶之品位。尤其紫砂女，手比命重要，心比手重要。

女徒名叫张红华。蠡河边长大，窑场花红，不让须眉。

馨之蕾

一个真正的紫砂艺人，他（她）的命是活在壶里的。壶中非空，留存着紫砂艺人的心性、元气、慧根。人活百年，壶存千秋。张红华一生制壶、琨玉秋霜。勤勉与求索，欢愉与梦幻，全然与壶相契相关。早年转益多师，先王寅春、后顾景舟门下学得真功。半个世纪苦苦修行，如封缸甘醇，经年弥香。紫砂界从来就分三种人，一种人长袖善舞，里外发光，总是制造新闻，聚焦媒体；一种人攀龙附凤，藤缠巨荫，总是随波逐流，人云亦云；还有一种人，老实敦厚、本分守己；总是终年躬耕、不问春秋。张红华显然属于第三种人。壶功在手上，秘籍在心头。光器花器筋纹器，无非器也。若壶功高超，可称美器；若壶境曼妙，乃属大器，古人说大器近道。何谓"道"耶？知行合一是道，天人合一是道。"道"乃紫砂高境，亦是中国传统文化之高境。千千万万的紫砂艺人，起步于器，止步于美器，望尘于大器，而"道"在何方，则非所想也。先师如顾景舟辈，当属得道之人，名壶垂史，那是何等之造化。张红华讷于言却敏于行，她起点高，人品正。心有高师，胸有高境。当时的紫砂厂，七老艺人意气风发，众星拱月桃花流水。书画名家如刘海粟、李可染、唐云、谢稚柳、程十发、冯其庸、白雪石、范曾、韩美林等，经常来厂与师傅们有唱和之作。张红华虽是小字辈，但人品好，壶又靓，名家们都愿意与她合作。如此耳濡目染，张红华甚得益彰。素坯似无锦绣，出窑一屑沉香。于一泥案、一板凳；于一坨泥，一双手。制壶面壁时万籁俱寂，心如静水。一壶出手，众皆惊讶，但见神气健朗、花姿冰玉，若清魂洗濯、神骨萧疏。方家评判红华之壶，严谨而精美。正所谓：素朴如天籁，浑厚似长者，大器宛钟鼎，婉约比月华。

馨之果

世人论壶，无非料型功款工，殊不知气韵、气息之紧要。支撑一柄壶，往往不是技术本身，而是艺人之气场。上品乃清朗虚静之气，中品乃平庸敷衍之气，下品乃混浊猥琐之气。承天地甘露、稻饭羹渔，气乃一个紫砂艺人五腑之精华，当一生养蓄，方从善如流。纵观张红华壶品，气息如空谷幽兰、德馨醇和。《太极提梁壶》，绵绵浩然之气。一柄亘古提梁，穿越凌空太虚，全手工拍打成型，佳构天成而尽显紫砂肌理妙境，于千度烈焰中修炼得道。壶盖暗合易数，经天纬地而见苍茫穹宇。壶身扁腹型，丰而不腴。壶嘴势如裂帛，蕴精卫填海之功。一壶提手，千古悠然。《美华提梁壶》，柔版之江南吟唱。羽裳广袖，翩然迎风。古人评说书法线条，称：晋尚韵，唐尚法，宋尚意，元明尚态，清尚气。张红华版紫砂壶之线条，看似随心逐意，实则深蕴内功。或晋或唐，或明或清，兼收并蓄，心到手到。美华提梁则更尚一个"情"字。浓情，深情，纯情。来路出处，全从线条的千回百转中一一交代。三友同堂壶，松竹梅一路同行，君子诗画穿越古今。蓄万壑松风、冰肌玉骨，草木性情。壶钮老梅铁虬、修炼百年；绞泥雨花石盘绕壶周，星汉璀璨，华彩斐然。壶身斜纹筋骨风动，板荡尤见忠贞。《双竹提梁壶》，双竹缠绕，力度与法度之二重奏。竹贵性情，古今难摹。陈曼生言，仿竹之器，功夫不必十分到家，但须见天趣。张红华之双竹提梁壶，则功夫与天趣兼备、形肖与神韵交融。峭拔之间洋溢清刚之气。紫砂象形肌理，演绎惟妙惟肖；大自然生机郁勃，跃然壶柄之间。提梁苍劲，有奇崛之功；枝叶柔秀，见雅逸之韵；壶嘴昂扬，似气节夺人。制此巨壶，仿佛倾红华一生之心力，清音余响犹在耳边。此壶荣获国家山花大奖，倾倒一片粉丝。《方竹提梁壶》。此款仿竹方器，尤见壶功长短。此竹非彼竹，端的是傲骨虚心、君子清晖；正所谓峻节千丈、稳若磐石。静观全壶，曲与直、虚与实；遒劲与纤柔、婉转与刚直。若峰回路转、柳暗花明。功力已化浩气，紫砂泥到张红华这里，已是信手拈来、白云苍狗；无心插柳、水到渠成。《玉笠壶》，仿民国艺人冯桂林作品。早年王寅春师傅亦有此作。

张版玉笠壶承继先人传统，面貌则全然一新。笠为冠，玉其神，虚实相间、变幻有序。冗繁削尽留神气，壶到生时是熟时。此壶虽非巨制，却大器满盈，赢得诸位书画大师青睐。刘海粟、朱屺瞻、黄苗子、冯其庸、范曾等分别在不同泥色之玉笠壶上挥毫，或题诗，或作画，再添神韵异彩。《银台醉客壶》，筋纹器中佳构。简洁质朴近乎寒陋之士。然一醉春风，荡漾心魄而襟袍温暖。风清非歇，幽音凝空。故乡风雪夜未央，唯有美酒独自香。《石瓢提梁壶》，典型文人款式，曼生精魄、百世流芳。此壶强调气质、格调、意境，亦是对制壶者文化素养的考量。腹有诗书，气必华贵；张红华选本山老段泥，细心研摹曼生筋骨气度，加入自己多年心得，兰气息、玉精神；冰雪姿、骨无媚。活脱脱一幅立体《高士行吟图》。天下文人心相通，经北大友人举荐，此壶赠予时任联合国秘书长安南先生。安南得壶，喜出望外。壶如紫玉，传递东方文化，见证古国神奇。仿佛一柄在手，至味在口。此段佳话不胫而走，为国内外收藏界所关注，媒体按捺不住好奇，一路猛料络绎不绝。张红华稳坐家中，关闭手机。临河小窗下，依然泥案铿锵、壶音袅袅。张红华言，紫砂艺人最可贵的，要坐得住，一双手不能歇着。做，还是做；做是硬道理。寒天喝凉水，暗夜渡残桥。那是古代兵家的写照，也应是紫砂艺人耐住寂寞的精神根底。

以张红华近200件原创作品而言，她应该站在中国紫砂大师方阵的最前沿。但我们屡屡在华贵隆重的场合却见不到她的身影。清虚淡泊、归之自然。快七十岁了，她才出了一本书，并没有相应的宣传推介。掩卷怀想，厚重的并不是书本身的分量，而是她人品、作品的分量。大清江河流，相知惟明月。谁是真正的大师，谁的作品能够真正传世流芳，是我们这个浮躁时代所不能回答的。但我们打开张红华的书，心便能渐渐沉静，而答案也愈益明朗。

沉香

—— 沈遽华《鱼罩壶》

一直记得那盏灯，裴先生的灯，不是那种耀眼的亮，是接近黄昏的颜色，从容，淡泊，温和。裴先生就在灯下做壶，他的表情永远是笃定的，散淡的，不慌不忙的。

在沈遽华的记忆里，裴石民先生确实有名士气。他其实真可以去做个教书先生。他喜欢紫砂，投身紫砂，那是紫砂的造化。他一辈子做了多少好壶啊。

沈遽华和她的先生李昌鸿一样，也是顾景舟的嫡传弟子。可幸的是，1963年，沈遽华因为喜欢做花器茶具，又被分到裴石民先生工作室学习。当时，裴先生门下的徒弟很多，在同辈中脱颖而出的沈遽华，不久还当上了"小辅导"。

在沈遽华的眼里，裴先生的作品，那份厚重、飘逸，那份古朴、风雅，不是寻常之辈可以学到手的。无论光器，还是花器，裴先生都十分精到。他的壶，出水特别爽。当时壶界有句话，"七寸注水不泛花"，说的是，提起那茶壶，须七寸高，往容器里注水，必得顺畅有力而水不溅花。

裴先生的作品当然是这样的，他要求别人做到的，自己先做到了。

沈遽华喜欢裴先生的风格。如此骨肌均匀，那般娉婷韵度，真正让人羡爱。几十年后，她仿制裴先生的《鱼罩壶》，心得尤多。

沈作《鱼罩壶》，是一件非常大气的作品。整个器型，像一个"酉"字，有一种大开大合的气度。裴先生是个大气的人，他做壶，首先讲气韵，然后讲法度，这是书法里的讲究，但裴先生把它们用到紫砂壶里来了。一把壶，先看气质，后看气韵是否贯通。技术层面上的东西，放在一边再说。生活中的鱼罩，不过是个普通对象，没有人在意的，但在裴先生的眼里，那就是一种诗意。沈遽华仿裴先生的壶，先把这一点捕捉到了。她的线条，出手像甩水袖一样洒脱，是那种云卷云舒的境界，壶钮圆润，不像是安上去的，像是长出来的。这是沈壶之一绝。壶盖是那种大写意，像一个戴着斗笠的渔夫，你看不到他的脸，但你能感受他的悠闲、散淡。壶颈颇短，是壶盖与壶身的连接，工整，简洁；壶身开阔、大度，让人感到，那是一肚皮诗书，一肚皮山川，一肚皮磊砢不平之气。江山也好，天下也罢，只要山常青，水常绿，茶常热，花常开。人生就真正不差了。沈遽华太了解裴先生，她仿他的壶，不把这些意思表现出来，裴先生不答应的。早先，裴先生常常这样说，一把好壶，是有气息、有灵魂的，否则，就和水罐一样的了。

沈遽华在仿《鱼罩壶》的时候，是有自己的考虑的。裴壶的壶嘴，直冲而挺拔，沈壶则秀韧柔润；裴壶的壶盖偏平；沈壶的壶盖，略坡起了一些，这样，就显得丰而不腴。壶底边角，裴壶棱角分明，沈壶则圆稳细润。如果把裴壶和沈壶放在一起比较，你会觉得，裴壶老到，书卷气浓，沈壶秀雅，妍致华丽。

仿《鱼罩壶》，沈遽华内心有一种神交故人的感觉。她说："裴先生在壶上的用心，你必须自己亲手去做，才能体察得到。做完了，你真的不敢和裴先生的壶放在一起比。工艺上，你可以做到严丝合缝，一丝不苟。但在气度上，要超越故人，还得好好修炼呢。"

制壶，沈遽华已经修炼了大半辈子，可她还要修炼下去。因为艺无止境，还因为她心境高远，那境中，想必有飞练千尺、淋漓万壑；当然还有松风明月、艳丽晴岚。

金缕曲

——鲍志强《一粒珠》

昨夜西风凋碧树，独上西楼，望断天涯路。

这是鲍志强大师喜欢的古人名句。他喜欢那种志存高远的境界，曾几何时，他青春年少，便立志要把它融入他的紫砂壶里。

人无精神，便如槁木；文无精神，便如死灰。同样，壶无精神，便为俗器。此乃古人哲言，也是志强大师对人生、壶艺的领悟。

挥洒性情于丹青翰墨、镂刻才艺于壶坯陶器；春秋独步，紫田耕耘；开不败的花季在他的刻刀下、在他的泼墨中、在他的壶艺里，散发出馥郁的芬芳，在流淌了千年的蠡河边，形成了一道旖旎的风景。

他的陶刻作品在国家级评比中屡获大奖。

他的壶艺作品独树一帜、知音天下。

他还是装饰设计家。他的书卷气息和文人情怀，无不体现在他的每一件陶艺装饰作品中。

40余年的刻苦磨练，负重修行；阅遍了亘古刻凿的岩画到殷商时期的甲骨文，春秋战国以来历朝历代的木雕、石雕、碑版、治印、砖刻、造像等传统精萃，筚路蓝缕、锲而不舍。一入艺门即在师辈引领下刻苦钻研、披砂拣金；他敬畏传统，拟古而不泥古；锐于创新，破旧而不忘传承。代表作品吸收了古贤精脉，又有自己清新面貌。

梅兰竹菊皆君子，飞禽花卉传神采。吴云根、任淦庭等一代宗师对他的影响是毕生的。寒窗苦学的回忆，美好而难忘。一个小小的门徒，一把小小的刻刀，一个小小的志愿。师傅，我走了；走不尽天涯路，峰回路转；师傅，我来了，众里寻他千百度，蓦然回首，那人正在灯火阑珊处——那就是志强大师几十年来追求的境界。双刀、正刀、冲刀、切刀……鲍志强从传统的技法一路走来，创造了"乱刀"这一新技法，又汲取了清代四王、四僧的文人笔墨趣味，充分利用陶坯的特性，以刀代笔，龙飞凤舞，传达出宣纸上无法显现的金石韵味。

读志强大师的壶艺和陶刻作品，仿佛跟随他走进那苍茫的十万大山，一路叩访先贤，随处可掬雅景；地道的中国气派，风雅的东方情调；如果再熏一支香，配上古琴和琵琶，清歌一曲，将栏杆拍遍，满地月华，人与壶皆可醉也。氤氲的茶香里，恍恍惚惚，仿佛是列祖列宗那深情的凝眸，风萧声动，笑语盈盈；说什么功名，道什么显赫；醉里挑灯，看那芳菲世界，风流云散后，还是返璞归真。

鲍志强喜欢古典诗词，乃集诗家之精华融入壶中。他的《金声玉振》《古风》、《天趣》、《三阳开泰》、《紫玉飘香》等作品，都体现着他对古典文化的深刻领悟和化古为己的独到功夫。

回眸那历代壶艺名家，志强大师偏爱邵友廷。也许，历史上的邵友廷不如邵大亨、陈曼生那么有名，但邵壶《一粒珠》等作品，却是紫砂史上光芒万丈的作品。丁亥秋冬，友人邀鲍大师参加《仿与放》壶艺活动。他毫不犹豫地选择了《一粒珠》。

在志强大师看来，《一粒珠》好比是考虑紫砂艺人情怀、功力、气度的一个衡器。那个浑圆之器，可以给人无限的遐想，需要用一个人全部的精气神去填充。

圆球腹，短弯流，环耳柄；平盖，圆珠钮。砂泥呈紫红色，坚致光滑，包浆细润。这是茶壶层面上的一个容器。它是实用的，是可以在茶客的摩挲中愈益光亮的器。从精神层面上讲，它是丰饶之结晶，是上苍与大地对人类的恩赐，是人类跪拜天地、是用心造出的感恩之果。

志强大师仿制的《一粒珠》，便是这样的一个器：它的所有线条都消遁在那个浑圆之球当中。是气场充沛之器。就像百川归海，那是有之无，无之有；是苍茫之博大，是飘渺之细微。是唱诗，是吟咏，是放歌，是巫山云雨，是千曲百折，是天下归心。

制作《一粒珠》，志强大师仿佛与先贤进行了一次深刻的对话，等于经历了心灵上的一次洗礼。

舀不完的蠡河水，写不尽的徽州墨，做不完的紫砂壶。志强大师灵感飞扬、风生水起而又波澜不惊，儒雅的书卷气伴随着黄龙山的白鹭，翩翩飞去，朝着那彩虹飞架的境界。

冥冥之中,那青山故人,松风水月,常在心头回荡飘逸。

佛骨仙心

——毛国强《井栏壶》

丁亥仲秋，一粟大师要到杭州去。

一粟，毛公国强也。为人敦厚、儒雅，紫砂江湖有口皆碑。

是日秋意浓郁。但见溪云初起，山雨欲来。杭州阡陌巷，唐云艺术馆。拜见一代宗师，曼生与壶。曰：每观曼生之壶，如读沧海，心起苍茫而物我两忘，江山才情尽收壶底。

毛公告诉友人：已来拜过多次了，只为感受那一份绵绵不断的气息。

壶，形而上也；气息是超越一切的因素。毛公乃紫砂人中之文化人。书画篆刻无所不精。人也特别良善、厚道，笑起来，弥陀佛一般。

又见到曼生壶了。静默良久，心有所寄。正所谓：故人恩重，来燕子于雕梁；雅士情深，托凫雏于春水。

唐云有八把曼生壶，那是老人家一生最自豪之收藏。先生已驾鹤西行，但每把壶上，尚留有先生之体温。

一粟大师心仪曼生，已非朝夕；14岁入紫砂之门，跟淦庭恩师学艺。恩师常常念叨，继往开来者，曼生也。学曼生，必学彭年之功；得曼生精髓者，杨彭年也。

屈指算来，光阴荏苒，已五十春秋。一粟大师已记不清楚，这50年来，寒冬酷暑，晨钟暮鼓，他仿过多少次曼生、彭年之壶。丹青游艺，笔墨抒情，一粟大师练就一身技艺，以刀代笔、势如破竹；龙飞凤舞，璧壶生辉；文雅之气，充盈乾坤。冥冥之中，那青山故人，松风水月，常在心头回荡飘逸。

心，总是与曼生、彭年贴得很近。近朱者赤，观杨彭年壶，如对月观花，感受那绵绵浩气、君子之风；每读必有心得。井栏壶，温润如玉，拙中藏雅，看似坚卓，愈品愈读，则满目妩媚，为一粟大师之最爱也。

丁亥之仿，乃一粟大师之重要出击；"品重东坡、步武曼生"，字字珠玉，乃一粟大师重仿井栏壶之心声。

如何解读《井栏壶》？

井，心也；地泉滋养而经年不枯。栏，则如人之肩，稳若钟鼎。仿壶如临书，筋骨面貌，精神气质，贵在似与不似之间。

一粟大师深得禅机，如抚弦在琴，妙音随指而发，师古贵而不泥。彭年之壶，当若圭帛；一粟之壶，品貌非凡，神气之韵，妙在天然而与众非同。丹青功底，刀笔绝技，一粟大师艺心驰骋，信马由缰；水流云在，月到风来。井已非井、栏亦非栏；曼生风骨、彭年血肉；器型丰秾、玑胜于骨。

壶之精气神，乃一粟大师力贯长虹，契领全壶而独领风骚也。

50年弹指一挥间，一粟大师名作等身而谦逊如常，宽厚待人而笑口常开。回眸看壶，藏之名山而放之四海。尤可一提之事，乃造名壶《九州岛明月》作国礼，赠海峡彼岸连战、宋楚瑜先生，深得连宋赞叹。此等美谈，不胫而走。为两岸壶迷所深颂。

这一把《井栏壶》，泥选"底皂青"，凝华且聚玑；壶中藏壑川，蓄不尽一粟大师一生之厚德也。

白头吟

——王石耕《串顶壶》

说王石耕先生是紫砂界的一个奇迹，一点都不夸张。

88岁了，每日还制壶不辍。

"每天，我6点多就起身了，7点准时去工作室。坐下来就做壶，连续4个小时，中间不歇的。"

石耕先生声音洪亮，思维敏捷，脚步生风，上楼梯气不喘，跟人握手的时候，劲道也是蛮足的。

"我的养生之道，就是埋头干活，泥凳之外的事，我什么都不管。"

王石耕是王寅春先生的长子。16岁跟随父亲制壶，此后70春秋，其间虽有断续，但痴爱紫砂之心，从未更改。"王氏紫砂"是这里的一块金字招牌，三代传人，壶艺个个了得。石耕先生是省工艺美术名人，研究员级工艺美术师。代表作有《九件希菊套壶》、《六方提梁壶》、《五头贵方茶具》等。

丁亥年，秋爽菊香之季，石耕先生撇下手头的订单，虔心仿制父亲的《串顶壶》。为什么？石耕先生说不为什么，他以前也经常这样，仿父亲的壶，追忆父亲的那些往事，自己就变小了。心跳得像年轻人一样。多少年前的事，就像发生在昨天。

"老茶壶，应该经常拿出来泡泡茶的。"石耕先生说。

我想，老壶泡新茶，应该是一种沧桑而清新的境界吧。我的朋友、作家潘向黎说："无论老壶还是新壶，都是有年纪的。可以说，没有一把紫砂壶是新的，任何一把紫砂壶一出炉就有历史了，那来历，足够让人肃然起敬。"

说得有理。故人远行了，故壶的温度还在。款式就是年纪，就是来历，一直可以连接到它的前世。

问：《串顶壶》是寅春老先生的原创吗？

答：不是。是时大彬的式样。但是到了我父亲手里，加进了他自己的理念，和时大彬的完全不一样了。

问：有哪些区别呢？

答：主要是在风格上。时大彬成名早，风格比较张扬。我父亲这一辈人，都仿过时大彬的壶，这是必修课。他性格内向、温和、敦厚。壶的风格也是这样，许多人说他是仁者风范。

问：那么，你仿的《串顶壶》，跟你父亲的有何不同呢？

石耕先生呵呵地笑了。起身，把刚做好的壶坯，放在我的面前。

石耕版《串顶壶》，初看，有一种沉雄的大气；细细端详，则如一个性情活泼的老顽童，拙拙地在那里盯着你看。你看他，他也看你，眉眼活跃着，仿佛不是泥胎，而是真身。性情呢，决不是老谋深算，而是气定神闲。偶尔，老夫会聊发一些少年狂，耍一点老小孩脾气，但无论怎么看，都可爱得要命。技巧层面上，你不能再用"圆润"、"端庄"、"线条流畅"这样俗汤气的词儿来形容它了。石耕先生历练了70年，技巧的栏杆，早就一跃而过了。紫砂艺人掌握技巧应该并不难，要紧的是气质上的蓄养，它能决定你走多远，有多少造化。想当年，寅春老人仿时大彬的《串顶壶》，说不定心里还憋着一股劲，要跟时大人过招呢！石耕先生何尝不是这样，老爷子仁者无敌，他何不来一个童心无忌，100岁的老顽童，白头吟飞雪。他这样告诉我们，那些创造了诸多传世壶款的故人，如今他们都还活得鲜健。像时大彬，就活在大彬壶里，让一代一代的艺人去仿，他贴着壶边窃笑。陈曼生在他的"十八式"壶里肯定活得滋润，且不提什么"振兴溧阳"的锦囊妙计了吧，那鸟官不当也罢，哪有玩紫砂壶悠闲？寅春老人一生设计创作了多少壶样？现如今，又有多少紫砂艺人在仿寅春壶？《串顶壶》里，老人家那股绵绵的浩气，岂是平庸之辈可仿的？石耕先生活了88岁了，他终于明白，紫砂艺人是可以长生不老的，像供春、时大彬、陈鸣远、邵大亨、陈曼生……，又如顾景舟、王寅春、裴石民、吴云根、朱可心、任淦庭……他们真的还活着，活在他们的作品里，千秋万代。

大美婉约

——曹婉芬《三足圆壶》

"在娘肚皮里，我就开始做壶了。"

或许，那是前世之情缘，今生之眷念，曹婉芬生下来就在窑场打滚，会走路就学捏壶，地道的紫砂世家，不做壶，还能做什么？上世纪50年代，高小毕业，就是大知识分子了，婉芬跟书包说再见，她要像妈妈、外婆那样，做一个紫砂女子。53年前的一张老照片早已泛黄，一群年轻的紫砂艺徒，挨挨挤挤，像雨后的向日葵。曹婉芬站在前排，长长的秀发，明眸皓齿，一脸笑容，阳光洒在她灿烂的脸上，50多年过去，那一份青春的风采，还在吐露芬芳。

婉芬大师一生做了多少壶？蠡河的流水会告诉你，满天的星辰会告诉你，还有时光，岁月，年轮。朝花夕拾，今夕何夕？婉芬大师虔诚回忆，语调平缓：她入门时的师傅是朱可心，后来，她又得到裴石民、王寅春、顾景舟等先辈的指导。那是她命中造化。转益多师，滋润其心。婉芬大师练的是童子功，冬夏春秋，晨钟暮鼓；一招一式，可圈可点。

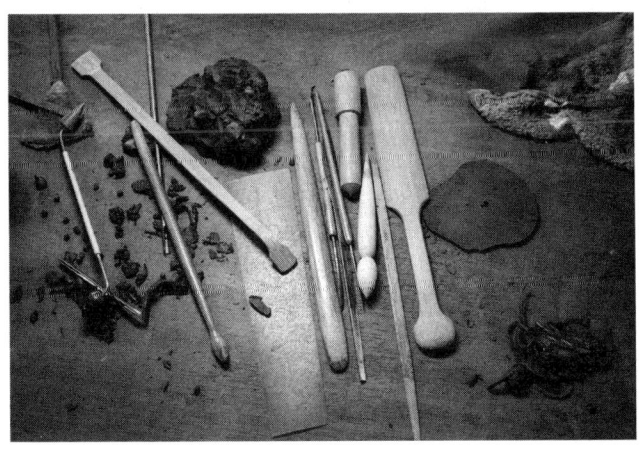

先贤说，壶不过小器，术不过小技，道则大如乾坤矣！何谓道？贯天地，悟古今，方得灵气；素雅琬琰则体态多姿，则道在壶中。先贤又说，砂壶制作，本是五行并举：取泥于山、碎裂炼泥，是为土；酌水五湖、翻揉成形，是为水；搭拍片泥、微见形萌，是为木；琢刻雕镂、诗书画印，是为金；紫壶石莹、焰火横飞，是为火。婉芬大师深得个中三昧，她敬畏传统，崇拜古人，觅砂壶秘籍，养文人气质。每做一壶，或粲然可爱，或宝气横生。经典作品《四季流芳》、《壶艺掇英》、《怒放》、《巅峰》等屡获国际、国内大奖。壶入名山，人淡如菊，心则疏放，情境则永葆隽永清雅。

若问婉芬大师，悠悠古人，滔滔古壶，最爱者何耶？婉芬大师首推大彬宗师。1984年，大彬三足圆壶悄然出土，紫砂人奔走相告。婉芬大师心仪大彬，自此每年必仿，旧雨新知，紫玉碧云，尽在案前心头。

婉芬大师之三足圆壶，体态从容，蕴涵天机；华美婉约，动静交融；精含于内，神见于外；如曲河流水，蜿蜒深谷。

制壶，必究精气神韵。婉芬大师以为，心境即气场，充沛流溢则盈韵流芳。行神于线，行气于型，壶则顾盼生辉。这一柄三足圆壶弯流妩媚，暗韵太极；壶身有青铜遗风，气质萧然绝俗。款型雍容大度而能蓄万物。壶柄柔弯，如仗藜行歌，劲道蓄满；壶底三足，亭亭玉立，清风与归而飘然欲仙。

仿大彬，不可拘泥墨守，借其型而立己之风格，则大彬更活现神气。积累与底蕴，尽半个世纪，这便是婉芬大师。

又问婉芬大师：与大彬壶相比，风格上有何区别？婉芬大师谦逊，笑而不答。有行家品曰：时壶豪放，曹壶婉约；时壶浑厚，曹壶清朗；时壶沉雄，曹壶恢张。

赏曹壶，思大彬，心飞翔；流水今日，明月前身；若梦似幻，其韵悠扬。

火凤凰

——曹亚麟《扁圆壶》

曹亚麟不太喜欢仿造古壶。

"对古人、古壶,我并不是不尊重。临摹经典作品,也是必要的。问题在于,你老是摹仿老人家,自己拿不出东西,好了,学得越像,自己就丢失得越多。就算你做得跟老人家一模一样,那也不是你的。语言,气息,面貌,都不是你的。"

在曹亚麟眼里,那些即使是惟妙惟肖的仿古砂壶,并没有自己的个性,既无个性,何以称艺术?充其量,一具美丽的"僵尸"而已。

似乎偏激了些?

语言。气息。面貌。这些词,对于紫砂壶,似乎不太常用。人们说起紫砂壶,总是说如何端庄大气、如何风雅滋润。

说起古壶,曹亚麟如数家珍。时大彬,陈鸣远、邵大亨、陈曼生……在他看来,古人做壶,大都是为了挣饭吃,那时的壶,哪有今天这样的价格?充其量糊口而已。一千个匠人里,能有一个称得上艺术家的,就了不得了。为什么?有文化的人可以去教书,当先生,哪怕当个师爷、账房先生之类,也比做泥坯强啊。所以,留下来做紫砂的,大都文化不高。"宁可抱子投河,决不学做紫砂",这句当年的流行语,就是紫砂界的真实写照。哪像今天这样的盛世,紫砂壶跟着时代水涨船高,紫砂艺人言必艺术,似乎个个变成艺术家了。

通晓了紫砂历史,再来看紫砂老壶,结论是"两极分化"。一极,乃古人精品,今人可以在工艺上超越他们,但在气度上,难以达到那样雍容、优雅的境界;另一极,则有太多的老茶壶,粗而滥,居然脸皮厚厚地混到今天,还以老祖宗的面目示范后人。有些艺人居然捧为圭臬,用一生的精力去摹仿,岂非太可悲也!

可是,一向不喜欢仿壶的曹亚麟,偏偏在丁亥年的秋天,仿了一把古壶，《扁圆壶》。

"因为，我比较喜欢李仲芳这个人物。他的壶，线条里有境界，器型中见魂魄，虽然，扁圆壶这个名字起得有些随心所欲，但和壶的意境蛮相合的。圆中见扁，扁中有圆，从壶的气度看，李仲芳应该是个性情中人。"

不过，李仲芳留给今人的《扁圆壶》，只是一张模糊的老照片。曹亚麟却能从中感受到那一片独特的气场。他仿李壶的定位是：鉴其型，传其神，不拘泥，开新面。

所谓"开新面"，则是表明，壶的架型，整体与局部的关系，所有起承转合，全部由自己来决定。

大胆使用弧线。那是极具现代感的线条，纵与横，直与曲，方与圆，骨与肉，点与面，起伏交错，组合成旋律感极强的块面，器型是古人的，气息是现代的。所谓气息、气场，并不是虚炫的说法，那是对一种意境或状态的特指。曹亚麟从艺数十年，好读书，善思考，触类旁通，常常从音乐中获得灵感。在他看来，一把壶，就像一首歌曲，有舒展的起板，有平缓的过渡，有缠绵的抒情，有激越的高潮……它的各个声部都是和谐的。 从视觉的角度看，紫砂壶非圆即方，亦方亦圆，那是由各种立体符号组合而成的魔方！你必须投入其中，转动魔方的每一个块面符号，正确的答案永远只有一个！

解读曹壶，但见壶嘴扁圆，壶盖扁圆，壶把扁圆，壶腹扁圆……生则扁圆生，死则扁圆死。扁圆似曲，似诗，似波浪，似峰谷，似火中凤凰，向死而生！

如果把曹壶和李壶放在一起比较，你会感到，此扁圆非彼扁圆，那是熟悉的陌生，是仿与放的变奏；你会感到，数百年的历史长河从无断裂，源与脉丝缕相连、息息相关。李仲芳当在历史的深处仰怀长笑，紫浪新潮，高手辈出，他应该欣慰，足以欣慰！

相怜得莲 相偶得藕

—— 吕俊杰《莲华》

夜奔，深山古寺；

坐禅，一念三千；

修行，石朽云荒；

参悟，天地清明……

这是紫砂工艺大师吕俊杰的禅意系列新作《菩提》、《百衲》的意境。相怜得莲，相偶得藕，最近他又潜心创作，推出第三款力作《莲华》。

莲心清苦，藕丝幽长。六界众生原本皆持孤明如灯的心灵，当释迦拈花，迦叶微笑的瞬间，能有多少生灵即时豁然、忘境忘心？吕俊杰深谙舍妄求真、舍染求净、离苦求寂的佛家主旨，以莲花入壶，扁腹壶体，如钵似磬；又如蒲团清坐，佛道清幽。简素明式风格，洗练、质朴、收放自如。壶体下端虚实两线，阴阳交辉，乾坤若定。壶嘴蓄力上冲，刚柔重奏；壶把居高凭风，观莲无语。壶面丰腴，似朱宣丹颜，出神入化的紫砂绞泥，如泼墨丹青，幻真莫辨。自古莲影易写，莲魂难觅。吕氏家传绞泥，乃当今壶艺一绝。丝丝缕缕的线条，为精魂美魄所附，如驿路行者，昼夜苍茫；于游走中营造出一种涓细无尘的质朴清素，一种繁华消隐的云水襟怀。皈依之心虔诚，禅境兼工带写，仿佛白石老人简约苍虬笔意。莲影墨韵，浮生般如梦似幻。十二颗纯金莲心，镶嵌于莲影之中。似偈语，浩淼三千，似佛心，诉说永生。莲蓬壶钮，取四十年紫砂老段泥，天工微雕，鉴寿山神刻，化玉雕丰韵。卷舒开合处，大匠见天真。莲蓬与莲影，若前世今生，相对无语而心心相惜。壶附两杯，若荷叶田田，听取蛙声一片。净几明窗、焚香煮茗，幸与高衲谈禅；豆棚菜圃，暖日和风，围炉畅叙人生；手执莲华，清风满怀。满天星斗是禅，潺潺流水是禅，采菊东篱是禅，悠然南山是禅。笃定大千世界，皆闻禅苑清音。

满天星斗是禅，潺潺流水是禅。
采菊东篱是禅，悠然南山是禅。
笃定大千世界，皆闻禅苑清音。

仿与放

蠡河留住了手艺。陶器，那是时间留在人世的信物。岁月储藏了艺人的激情，梦想，心愿。手艺精致，便是代代相传、口口相传的理由。壶，依然是陶器，无论怎么超越，不改本性天真，手艺在天老地荒的嬗变中，点化无数冥顽之心。蠡河永不干涸，它流淌如斯，艺人创造的迷茫欢愉，混沌清澈。最终奔向天堂。

沿蠡河向东，一直走到梁溪。这是40年前，少年路朔良的一次人生行走。他是宜兴人，古时宜兴称荆溪，而梁溪便是无锡了。家父子瑜先生，早年执教于宜兴，结识壶艺泰斗顾景舟，君子之交，贵于交心。后来子瑜先生举家迁徙梁溪，家藏顾景舟传器一枚，褚红色，珠圆玉润。乃路氏家宝。后来路家式微，顾壶无奈出让，获三间瓦屋之价，让朔良内心震撼。自此投身紫砂，为养家，亦为自己心底之愿。放眼紫砂界，壶手浩浩荡荡，何处有他一席之地?早年他擅诸木巧器，或雕或镂，精妙于手、熟谙于心。而五色砂土可塑之大，可谓变幻万千。想那古时宫廷百器，大抵青铜饕餮，尤殷人崇神尚力，无论礼器、酒器、祭器，无不彰显厚重、富丽、神秘之美。而紫砂肌理丰富，或粗犷如黄钟大吕，或细腻如羊脂白玉，往往被人忽视。朔良先生崇尚青铜之器，阅古籍，探幽境，搜寻历史文脉，有心将久违的历史遗物，在紫砂壶上还原;亦让紫砂材质与青铜媲美。方家以为，陶器悠久，乃青铜之祖。后来青铜贵显，为王者所享，传器尽现至尊威严。陶器则大量流向民间，为天下苍生所用。朔良先生以为，既然青铜从陶制器型中化来，那么，紫砂壶为何不可借鉴青铜风格、体现青铜韵味，让肌理丰富的紫砂尽显王者之风?

调砂，将五色土慢慢调理;衣衫憔悴，觅青铜古韵，千百遍窑炉试砂片。朔良先生功课卅载，无异滴水穿石。而青铜之美，不光材质，还在于形制、纹饰、铭文三者相得益彰，考量制壶者诸般功力。如《双头吉祥提梁壶》，集民间吉祥寓言"五福献寿"、"太平吉象"为壶体主旨，以青铜器纹饰壶之口端、顶盖、流錾，壶之四角分别饰以蝙蝠镂雕，壶面之一为旌旗，另一端为硕大蝙蝠，将民间口彩、谐音寓意、繁复工艺融于一体。体现青铜器繁丽、富贵、威肃、安谧的风格。

青铜遗韵，紫砂金石，互显品味而不夺本真。所谓砂质铜韵、交相辉映。《蟠炉壶》的横空出世，乃从"大明宣德炉"化来。"大红袍"朱泥，稀缺金贵，烧制工艺亦失传已久、难上加难。仿青铜，无非手段；求其魂韵，为紫砂所用，则天工开物；又如佛心开光，筚路蓝缕。此壶出窑，通体虹光焕彩而金声玉振，壶身巧饰八条夔龙纹带，与壶钮的镂空云龙合数为九，象征九五至尊。青铜器纹饰与紫砂装饰技法相融合，不改紫砂真容，又显青铜特质。方家以为，此壶无论成型、装饰、材质、烧制工艺皆堪称完美，文质并茂而足可传世。

朔良先生心仪紫砂花器鼻祖陈鸣远，将"朴雅精巧"镌刻于心，且以文心入壶，陶刻、塑镂、粉泥、嵌泥，诸艺兼长。他不仅将青铜酒器、祭器、礼器上的纹饰移植于紫砂器，还借鉴玉器、漆器、竹器等工艺装饰手法，丰富、开阔了紫砂壶的装饰视野。纵观紫砂史，如此丰富多变的表现手法，实为少见。

《琴壶》，朔良先生心意之作。群山，清溪，帆影，茅庵。幽幽古琴散曲，缕缕清茗悠韵。天风清拂，诗心自古。此壶方器，外形高古端穆，颇有吴越名琴遗风。七条凸起弦线，转折九十度，穿越壶盖之桥式壶钮，连贯壶身腹背直至底部，自上而下，转圜舒展，毫发无异，工艺之精准，叹为观止。壶体中央堆塑山水，或雕或绘，诸艺老到。小鼎长泉处、文火细烟升。琴音纷如劈絮，知己影落寒江。壶制毕，余音萦回，朔良先生乃作《琴壶记》，记述心怀，俗世纷繁，知音难觅，空山无人，水流花开。琴棋书画，胜过花月美人。

朔良先生骨子里是个文人。殊癖诗书，亦好墨戏。清风吟月，白云衔山。"问心入世何所求，百年长河留远声"（路朔良诗句）。他还创作许多文玩摆件、以及充满青铜遗韵之紫砂礼器，如鼎、簋、鬲、爵、角、觚、尊、壶、盘、缶、盂等，看似信手拈来，实则良苦用心，其惟妙惟肖、匠心独具，让玩家爱不释手；其文气氤氲、抱璞含真，皆发自襟怀。藏家有云：仿之古器，放之才情。朔良先生亦时有大件问世，如紫砂三足软耳鼎器、紫砂双龙瓶、紫砂大花觚器等，器型宏阔，铜纹凝重，饰法多变。虚实得当，静中寓动，典雅清丽。彰显其驾驭庞大繁复器型之功力。

　　楼头看山，城头赏雪，窗前品月，舟中观霞。观朔良先生之紫砂传器，如春江行舟，意气风发；又如老僧坐禅，千古悠悠。其独特面貌、笃实辉光，常人难以复制，功力已若非凡。紫砂艺术殿堂的长廊里，相信能留下他一行深深的脚印。

紫砂壶与女红，有一份天然的亲近。

美人壶

紫砂壶与女红，有一份天然的亲近。有一些优雅的款式，仿佛天生就是属于女人的。女人把自己的心情揉进五色土里，用自己生命的温度去感动那一杯土，那土得了造化，便如精灵一般，开出璀璨的花来，那花，常开不败，四季飘香；又映照着女人长长的美丽。

虞美人：壶影摇红

在许艳春的眼里，一把紫砂壶，就像自己的一个孩子。她做的壶，必须像她，肯定像她。率真、清新、素雅、干净。一个不矫饰的女人，她的壶当然也是浑然天成的。当一个紫砂女跨进艺术学院的大门，接受正规的艺术教育，然后又回到生她养她的紫砂窑场，她的壶艺作品就兼具了学院与民间的两种气质，它们像水乳一样交融，流溢于许艳春的每一件精心之作中。《绿泥嵌贝壶》，仿佛如充满浪漫情调的都市夜曲。韵律般的贝壳镶嵌于壶身，有一种活泼跳跃的动感。典雅的名贵之重，飘忽的红尘之轻，集于一壶。夜巴黎。欲望之都的喧嚣之页被轻轻翻过，留下的是灯火阑珊处的沉静、安宁。从器型上欣赏，它脱胎于古代漆器工艺，举手投足，隐现着古典作品的庄重与矜持。许艳春的闺心春梦，在这件作品里也窥见一斑。节制的浪漫与纷繁的想象，最终被揉进了紫砂泥里。许艳春的能力，还在于把紫砂泥片像绸布一样折叠起来，香云纱，像旗袍一样精致雍容；又像折纸工一样，随心所欲地表现她要表现的东西。《四方如意》，仍然是古典的款式，但制法的变化，让壶的肌理，竟然呈现出皮肤般的温情，率真与自由的品性，已然从森严的制壶法度中突围出来。那壶犹如祈求平安的卧佛，为人们默默地纳福迎祥。在制作工艺上，许艳春虽然遵循古制，但观其壶品，处处流露独特性情与气质，打破一般意义上的工整与对称，寻求被释放的形体的自由。一种清新版本的"许氏"手法和语言，诠释着新的紫砂理念。《提苞》的自由与奔放，《竹壶》的气定与神闲；《意竹》的细腻与清婉，《壶与陶》的古意与新风，仿佛手心与手背，翻手若云，覆手为水，在心性牵引下，营造出一个婉约的江南。心意熔铸的壶，是这般灵气了得，自然流转无限风情。《柱鼎壶》，是在传统作品《柱础》上的变形，似柱如鼎，又非柱非鼎；如一位敢扛鼎、有担当，经纶满腹、厚重稳健的辅君之相。山雨欲来、水波不兴；如此的相国风范，演化在一把壶上，盈盈一笑间，上下五千年；一壶浇却江山恨，且将世道当壶道。此壶的亮点还在于：通体陶刻装饰，为几近封刀的鲍志强大师，那是大雕不群，天马腾空的气势；行草诗篇，刀刀见功、字字玑珠、满目生辉。

在紫砂壶的本体面前，前卫也罢，传统也罢，一切都将成为躯壳。只有从容与淳朴的本质，才能潜入紫砂壶的内心。许艳春始终以恬淡的微笑，沉静的心态，与她的壶一起，穿越红尘紫陌，追寻那极致完美、人壶俱老的一天。

浪淘沙：壶韵流芳

紫砂壶的创作过程，好比是十月怀胎。那壶，最初只在紫砂艺人的脑海里活蹦乱跳，最后，瓜熟蒂落，带着制壶人的体温和生命气息，来到人间。这样的壶，不但有灵性，有情感，更有一种与制壶人息息相关的生命体征。我们看唐朝霞的壶，扑面而来的，就是这样一种母性情怀，雅洁、妩媚，又有须眉不让的担当。有时，我们无端地会生发出一种感动，为了一份简朴的美好，一份不着一字的娴淑，让我们感到，一个女性，一旦把她与生俱来的母爱倾注在紫砂壶上，就像寸草报答春晖，那春天的光泽，会长久地留在心间。

唐门紫砂，作为老字号的紫砂品牌，在紫砂界有口皆碑。唐朝霞作为唐氏第三代传人，自有一份得天独厚的滋养与领悟。"用茶壶说话"，是老唐家的家训。在每一个平常的清晨或傍晚，天边，有雁阵飞过，唐朝霞的心，有时会跟着它们一起展翅蓝天。但最后，还是飞回她的紫砂作坊，她的根在这里，她要在这里开出花来。《母子情深》，是唐朝霞最具母性力量的作品，壶为桃形，虬枝苍劲；壶把与壶嘴以桃树枝干装饰，桃叶点缀壶身，壶盖滴手，设计成一对相依为命的母子猴，母慈子爱，动人心魄。将一把壶拥入怀间，只觉得亲情博大，天地悠悠；一颗心被填得满满。《秋韵》，运用紫砂成型中难度较大的筋纹器制壶方法，以秋天成熟的瓜果为形体，将壶体均匀等分为二十六瓣，筋纹从盖顶放射到盖口的盖沿，再舒展过渡到壶体及壶底中心，气通脉贯，藤把编织成软耳提梁，韵致闲逸，得体舒展。那筋纹，似菊瓣；那菊瓣，似秋韵。正所谓：千红万紫尽飘流，香心只为故人留。《蜂菊》取材于春天的田野，蜂音杳杳，采蜜迢迢。动中有静，动静相宜。那是我们久违的情景啊。壶身等分为十六花瓣，壶盖为花蕊，壶钮设计成一只小小蜜蜂。它简直是上帝派来的小小天使，那么稚态可掬。让人感到，平淡的生活里，有这样一把壶相随相伴，所有的寒苦都是可以抵挡的，所有的寂寞都是可以驱散的。这壶，圆满，率真，更像一个信念，它是随遇而安的，又是坚定不移的，不管到了谁手里，它都情愿与之相守，只要你好好待它。无论怎么看，都有一种宠辱不惊的气度，看去若有似无，就在那一壶沸水间，袅袅上升。

那一日摄制组正拍唐朝霞的专题，两位虔诚的壶迷专程从广州赶来，一路劳顿，征尘未洗；他们收藏唐朝霞的壶，也是收藏一份至诚的友情。他们爱唐朝霞的壶，等于留存一份念想，一份心灵的依托，唐壶就是他们终生的不离不弃的挚友。奔波打拼的生活一旦悠闲下来，唯有一壶流溢的茗香，可以抚慰心头的块垒，浇却烦恼与忧愁。让生活永远充满和美，唐朝霞愿意给壶友们献上一瓣心香。她的《感恩》、《笑雪》、《合欢》、《美人肩》等作品，既有女性的柔婉、细腻，又不乏刚性力度。一个紫砂艺人的想象力有多远，他的艺术道路就能走多远。唐朝霞心里有爱，有欢乐，有激情，当她回眸一笑的时候，那新出炉的壶，也正笑得灿烂。

踏莎行：一壶馨香

创作一把壶，就是与灵感的一场邂逅。温玉般的紫砂，难得沉淀出这样涓净的制壶人，恬静雅丽，像月光星影，波澜不兴。她就是吴亚亦，一个从艺30多年的紫砂艺人，她的每一把壶都带着生命的温度，都绽放着丰富独特的表情。做壶，仿佛修道；一心潜行而义无反顾。感恩的日子那样绵长，是因为紫砂赋予她很多、很多，是因为倾诉衷肠需要独特的方式。漫长的岁月里，吴亚亦把一切情感融进紫砂壶里，壶就是她的精神世界，她的生命年轮。

吴亚亦壶艺作品的特色，贵在灵动鲜活的民间意趣。《神灵玉鼎壶》，是一件看似法度森严的鼎器作品。器型宏大壮观，镂雕的图案里有精神的飞扬，壶嘴、壶把则体现着一种不受禁锢的张扬与浪漫。夸张变形而倒置的象鼻，被作为壶把，隐喻着吉祥的意思。壶嘴的装饰华贵而隐含着吉祥动物凤凰的形态，凤凰在中国古代被认为是超越了普通的动物而具有喜庆色彩的长寿仙鸟，也是人们对美好生活的一种期盼。在古代，它还是吉庆、圆满的象征。壶盖上双龙衔珠，体现着王者风范。这样一件工艺繁复的作品，体现着制壶者锲而不舍的耐心，更显示出一种举重若轻的功力。《六头安居茶具》，壶中藏杯，可分可合。九九归一，合则圆满。隐喻着中国家庭分聚合一的结构，机巧中尽现天成，也是对中国几千年的农耕社会作出的最形象的诠释。吴亚亦作品的装饰感很强，充满民间审美情趣的如意、回纹，吉祥的花卉鸟兽，都会被她赋予特殊的人格意义，通过比兴、联想、借代等手法，表达出高洁脱俗的志趣以及对美好生活的愿望。《文房四宝壶》，雅集了中国传统的笔墨纸砚，让这些文化符号巧妙组合，汇聚成壶，堪称意趣高远、传神。这件超大型壶艺作品，造型上器宇轩昂、挺拔雍容；意境上畅神怡情、大度豁达；工艺上尽显火候、细腻周密。无论泥色、质感、造型、品相、力度、镂雕、篆刻，都达到了相当的高度。《蝠在眼前》是一件仿青铜器的紫砂香炉。沧桑感极强的青铜色，增添了高古的意蕴。民间传说里的蝙蝠，与福谐音，被认为是福寿德善的象征。在这件作品里，吴亚亦充分体现了她作为一个富有激情的紫砂艺人的浪漫想象，以美轮美奂的工艺造诣、用大胆夸张的制作手法、借鉴古代宫廷祭器的造型，赋予香炉以华贵、繁复、逸丽的品质，骨力洞达、巧拙相生。是紫砂艺人膜拜上苍、感恩生活的一瓣心香，是紫砂材质无所不能、无所不像的淋漓体现。

《源源流长》、《牛盖提梁》，都是高提梁、高难度的光素器作品。如果说，"润"是紫砂壶盈盈宝爱的终极境界，那么，光器作品的一招一式，都是为了向"润"的迈进，所作出的修炼般的努力。出新意于法度之中，寄妙理于豪放之外。一个气场充沛之器，一个润中有棱、飞流婉转之器，一个丰沛浩瀚的世界。你不能用简单的工艺流程、紫砂流派来衡定它们的归属。它们大道归真，它们静穆天成。平静的清流里，有悟道与修身。绽放的，是心灵之光，是至善至美之花，那花儿，如素素的康乃馨，开放在吴亚亦沉静的内心，开放在她每一件至诚的作品里，永不凋谢。

临江仙：红袖暗香

说的是梅花寂静，一种大美境界。寂静里冰雪般晶莹的喧嚣，是静止状态最耐读的容颜。说的是壶，范建华的紫砂壶。她内向讷言，总是未语先笑，要说表情，似乎全投入了紫砂，筋纹器精致美丽，花器丰满灵秀。有人这样赞美她，壶上花事，不开到荼蘼，总是欲罢不能。

范建华早年跟吕尧臣大师学徒，后来在母亲曹婉芬身边学艺。30年时光恍若刹那，她从一坨质朴的紫砂泥里，见证一个恢弘绮丽的世界。她的童真梦幻，她的豆蔻年华，都可以寄放于此，发扬光大。

范建华壶艺特色之一：花器中精于梅花。壶上梅魂，自是冰清玉洁。古人诗云：疏影横斜水清浅，暗香浮动月黄昏。《硕梅茶文具》，取挺而直的梅段树干制作笔筒。筒体上苍老残破，渲染出梅的沧桑阅历，衬托出它的坚贞兀傲。以大朵的梅瓣与一段老桩巧妙结合，做成笔洗；又以夸张手法，把花瓣的花片变形对合，制成一只别致的印泥盒；又用一段弯曲盘绕的树干，作成一段笔架。那梅花，有的怒放，有的含苞，枝影横斜，各显风姿。这样一组梅花文具，考验着范建华的象形写实功力。如一群梅花仙子闯进一位寒窗苦读的书生斗室。梦里虚空，天地温馨；墨香伴随着茶香，书香里透现着红袖添香。古人养梅爱梅，今天的人们也许难以理喻。这寒冬里的奇傲精魂，其实就是文人士大夫的精神写照。范建华的梅花壶、杯清奇高洁，有乱真的趣味，有闺阁的雅致，有阳春的暖意。《报春组壶》，于古朴造型中加入俊俏女儿态，对称中的韵律感，一扫苍凉落寞，尽现虬枝苍劲的梅韵风骨。生命中犹可承受之峻峭，窥见一斑。《清趣茶具》，宛如温柔版本的《梅花三弄》，幽深的巷陌里，梅壶如梦，氤氲着幽远、清雅的茶香，水汽一般飘柔，一直浸润到人的内心。正所谓：千里耐寒又逢君，骨格清奇见素心；众芳摇落独暄妍，重觅幽香满园馨。

范建华扎实壶功的另一路，是筋纹壶器。《四方菱花对壶》，是她的代表作之一。让我们叹为观止的，是它们被分别赋予了阳刚、阴柔之魂的线条，从容编织着菱花的王国。体现着一种百折不挠的真心，那阳刚之壶，雄健、遒劲，蓄满威猛之力；那高柄提梁，一提千钧，宛若顶天立地之须眉男儿。那阴柔之壶，绵延之柔，素雅之和；若黄花闺阁，似窈窕之梦。这样一对宝爱之壶，刚柔相济、阴阳互补，是中华审美文化的生动体现。《吉祥鼓》，《菱花紫璧》，莫不是从民间吉祥符号中提取的精灵，它们依附在一把壶上，便照亮了一个混沌的世界。无论达官贵人、平头百姓，皆可从中得到一种精神的抚慰，一种品质的飞扬。《春晖》，是一个被展现的少女梦，是红袖里闺密的余香。《花开五福》，是对庸常生活的期盼，也是对幸福时光的感恩。范建华就是这样执着于她的壶艺，她特别欣赏古人杨万里的一句名诗：人与梅花一样清。梅花的忠贞不渝，梅的遒劲挺拔，将一直引领着她，迈向那艺术的理想境界。

蝶恋花：尺素阑珊

紫砂界是个热闹的"场"，星如流花，川流不息。有一个紫砂艺人，她总在那灯火阑珊处，仰着一脸沉静的笑。一转身，她会拿出一把壶来，那是她真切的表情，细细看，那壶和她一样，早已笑得满园春色。那壶底，稳稳打着她的印章：陆虹炜。

于平实中寻找诗意，在诗意中寻找哲理，是陆虹炜壶艺的一大特色。人没有翅膀，但心可以飞翔。创作的时候，心便是手，手便是心。世界是那么寂静，可以听到那砂质的呢喃，唱诗一般圣洁。心依然可以飞起来，飞翔在万里碧空，去摘一朵白云，去剪一段彩虹，然后，把它们融进壶里。那是一把《翔》壶，昂首迎风，一柄飞天般的提梁，一力承受着千钧辎重。壶身如鸟腹，亦是刚柔兼具之器。有一位作家见到它，禁不住这样击节吟颂："黑夜逝去了，你就在黎明飞翔；乌云来临了，你就在暴雨里飞翔；冬天过去了，你就在春天飞翔；童话消失了，你就在现实里飞翔；爱情破灭了，你就在悲剧里飞翔；天空崩裂了，你就在海底里飞翔；海枯石烂了，你就在信念里飞翔。"

《天通壶》，竹节幻化出天机：心通即是天通，无意即是有意。造型的准确、洗练、干净，增一分则肥，减一分则瘦；彰显着陆虹炜不凡的壶功。那历经风霜的竹节，凌虚而谦然，如屈子九歌，凝云自如；又如迎风而立的君子，苦心孤诣，修身而养心。

《婉玉壶》，活脱脱一块璞玉雕琢而成，是闺房里的珍玩，是女儿家的一瓣心香。壶体砂粒如珠玉饱满，质地粗犷而归于浑朴。不枉东风吹客泪，豆蔻相思终有期。壶上梅蕊，冷艳冰雪。月未圆，天如水；研朱墨，情难开。

《龙吟壶》，尊龙在天庭的一个潇洒亮相。那龙颜恩威有度，积天地之气，一壶贯穿。让世界沉静，倾听龙吟；东方一支利剑，云霄里，大匠运斤。携一壶，集念想，可夫瀛海征帆，可去千山独行。

《神曲壶》，音符跳荡的柔版。那一脉铺砂，意韵飘柔的曲线，如南天雁阵，虚渺而浩荡；又似缠绵的五线谱，流溢出叮咚的交响。此曲只应天上有，人间哪得几回闻?陆虹炜已经把她的壶带入了音乐的妙境。若说把玩，那壶仿佛红颜知己；若说沏茶，那壶已然是高山流水。

读陆虹炜的壶，如沐春风，如饮甘霖；集古今大美，夺经典神韵。壶煮山边泉，茶香案上书。她诗意地穿行于紫砂艺界，用精心制作的壶谱写的一行行瑰丽的诗句，正是她慧心独具的生动特写。

木兰花：曼妙灵泉

一把紫砂壶可以是一个故事，一段情愫寄托，一个无可言说的念想，一个美丽瞬间的定格，一个哲理深远的成语。紫砂艺人李霓的代表作品之一《随方就圆》，看似一个非常生活化的名字，一个貌不惊人的器型。但细细关注，你会发现，它不仅散发着中国儒家哲学的温暖气息，还体现着处事圆通、内心方正的中国古人的处世方略。明快的飞把，表明舒展健朗的生命状态，三弯流，壶身从润圆慢慢演变为方正，那不经意的过渡，是一种不动声色、大智若愚的表现。从工艺上看，这样的过渡需要一种定力般的壶功。李霓是李昌鸿大师的爱女，她早年师从李碧芳，水滴石穿、功底扎实。崇尚文人派作品。所谓文人派，一是素面无华，二是行云流水，写意而又工整。顾景舟大师堪称文人派领袖。高山仰止，景行行止；李霓心仪顾老，作品得文人派神韵，如《翔云提梁》，碗型，云纹缭绕，流线贯穿壶体。点与线、线与面、明暗与虚实，演绎出一派洒脱无羁；壶嘴，似直非直，出水三尺不溅花；那提梁悠悠，如千年古藤。浑然一体，内涵丰富。李霓还非常崇拜朱可心前辈，他是另一路风格的壶艺泰斗，讲究紫砂壶各部位的匀称协调，一把壶放在眼前，无论壶底、壶腹、壶肩、壶把、的手、壶嘴，应该像人的五官四肢一样比例协调。《白云提梁》就是李霓的一件典型的"可心风格"作品。这一柄提梁笃定从容，静逸华美，有诗赞叹：莲界千嶂静，梅天一雨清。壶体风格则集顾、朱两家之长，可谓知白守黑、顾盼生辉。

李霓从小受到家学影响，母亲沈遽华大师耳提面命、家训严厉；父亲李昌鸿大师不仅善壶艺，亦精书法、陶刻。李霓的丹青才艺别开生面，无论工笔写意，皆能酣畅淋漓、信马由缰。她还精于遴选矿石，自己研磨、配制砂土。一个内心沉静的紫砂女，掬水月在手，弄花香满衣。千里远山碧，一条归路长。她的心情藏在壶里，美好的壶藏在她的心里。心与壶，总是这般不离不弃，终

生厮守。酽酽的茶水中，荡漾着她的泉芳春气；蓦然回首，那壶亭亭玉立、杳
杳如无，正把我们带向一个美妙的境界。

汉宫春：峻节清风

佛家说：菩提本无树，明镜亦非台，本来无一物，何处惹尘埃。

一把名叫《盘石》的紫砂壶，放在我们面前，它形态沉稳、素面无华；壶
钮仿古代铜镜，高天在上，铜镜如心。仿佛在说：壶在外，心在内，常拂之，
心净无尘； 心中有尘，尘本是心。壶身如盘石，肩线，圆角，藤把，如清风峻
节，气逸质伦。

它的作者名叫吴淑英，一位世代抟陶的紫砂女。温柔、恬淡、细腻、耐
心。这些看似紫砂矿土一样质朴平常的品质，一旦融进紫砂壶里，那壶便得道
不凡， 面貌娴丽。吴淑英喜欢说这样一句话：心手合一，方有好壶。那心是文
心，是一壶之魂。文心滋润着吴淑英的壶艺岁月，心里的花渐次盛开，手里的
壶便有了呼吸，有了风骨、秉性、造化。那壶或如伟岸丈夫，或似瑰丽佳人，
或如洞箫幽兰，或似侠骨柔肠。

壶与人一样，要有胸襟、气度、风格。吴淑英喜欢读书，那些她爱读的
书，慢慢就变成了她气质的一部分。又像春风细雨，潜入壶中。《荡漾壶》，
壶钮如水滴，晶莹剔透；壶盖连接到壶面，圈圈涟漪，归于平静。壶嘴似一朵
俏皮的浪花，一壶在手，端的是心如水，德润身，曲则全。吴淑英为了表现那
涟漪的形态，在河边一呆就是半天。虔诚并不是一种外在的姿态，而是内心的
一种祭祀般的修行。

佛家讲究万物在心，追求修世；道家讲究无牵无挂，追求避世。佛家想超
脱今世， 道家则是修行今世，究其原理。都是一种修行。有时候，紫砂艺人追
求壶艺的境界，也是修行，那等于是精神上的出家，都知道那是一条不归路，
只能往前走，你才能见到那理想中的彩虹。

《有容乃大》，温婉雄丽的光素器。它像一个布袋和尚，壶肩平坦，丰腰

鼓腹，憨态可掬。壶盖若穹庐；弯流与壶把呼应相生，两圈平行的流线束住壶腰，平添韵律之感。肩平担日月，肚大容天地。佛家的理念是平和的，能容则大，不能容则小。一切随缘，不强求，不诱惑，不任性，不偏袒。一壶好茶水，送与天下人。那壶茶水饮之不尽，可以滋润日月、天地、苍生。

《舞春秋》，柔韧与力度的重奏。壶嘴、壶钮分别象形为男子的臂肌和女子的纤手；壶身为地球形，青春、热血、信念；搏击与竞技，雅奏与礼赞，都化为一根根绵柔而刚健的线条，变成世界上最丰富的语汇。该壶为第九届世界健美操锦标赛特制，壶把则是被抽象了的会徽。当国际健美操协会技委会主席约翰·艾德金见到这把壶的时候，禁不住赞叹说：世界应该像她这样美！

《大雅》，以拙写雅，简要极致的典型之作。艺以拙进，道以朴成。壶身器型如打坐的老者。对山开我襟，旷然无俗尘；回首枫林晚，白云花雨深。那老者躬身起驾，行至天涯，最后坐化成一把老壶，大雅不雕。

选择自己合意的紫砂泥，对于一个紫砂艺人来说，就像作家精心选择文句，画家精确调配颜料；那些被吴淑英精心选配的紫砂泥里，有她的心性、情感、审美、追求；古人说：语不惊人死不休，丹青难写是精神。在寻常岁月的每一个清晨与黄昏，吴淑英与紫砂为伴，朝朝暮暮、寻寻觅觅。在那一把把脱颖而出的壶里，记录着一个紫砂女的款款深情。

点绛唇：云肩倩影

见到顾婷的壶，人们会联想起一些美丽的文字，比如玉树临风、冰雪聪明。那些壶，有的像美人回眸，洞开明媚笑意，有的像盈盈春水，流溢着婉约清澈。

《云肩三足壶》，像一个宋朝的女子，团坐在时光的浮萍上，浅浅地清唱，她鲜亮的眉眼与香草般的呼吸，会让每一个藏家与茶客心醉神迷。云肩，该是云纹的披肩吧，在一把充满诗情的紫砂壶上，它就是美丽的韵脚。那壶嘴，仿佛少女朱唇，眩目的娇艳在圆润中游弋。壶把，美人腰，也许几十年、也许几百年，她一直凝固在一个等待飞翔的姿态。

顾婷是工艺美术大师顾绍培的膝下娇女。和两个姐姐一样，她从小就跟着父亲，在火与焰交织的窑场上感受紫砂陶器的魅力。一种与生俱来的灵气，一份常人难得的家传，还有一份感悟、一双灵手，都给了她，仿佛她生下来就属于紫砂。当她拿起一团紫砂泥，一个在心底萌芽的故事，就这样开始了它婉转的章节，万千的温情回旋着从她的指间绵绵溢出。《锦云玉柱对壶》，是顾婷和丈夫汤杰合作的代表作品，一个举案齐眉的伉俪故事。那一对倩影在凝眸中相互祝福。线条消隐，愉悦的细胞占领了所有的部落；化做平平仄仄的爱情词章。铺砂点彩的壶身图案，决不是简单的生命胎记，而是在沉默了几万个冬天后，终于被释放的春天的诗意，它闪耀着砂质的华光，在吉祥的紫色里尽情歌唱。《怡然三足》，直流朝天，跳跃的鱼儿，变成欢快的壶钮。壶身，金色的池塘；在一个明快的阴天，让我们穿过深深的雨巷，在丁香的微笑里伸一个舒展的懒腰，旧年的春华已然变成苔痕，只有剪春的乳燕，用痴情的歌吟，书写着紫砂温润的章节。《联璧提梁》，架构宏伟之器。有博大的胸襟，包容的气度；提梁，情深的伉俪相互支撑。十指连心、心心相印。即便是春水老去，即便是春水老去，即便是秋光消隐，信念的火炬始终高举。璧玉为证，祝福的钟声从天堂冉冉降落；风雨结相知，殊途亦比肩；青山觅桃花，流水寄心签。功名浮云渡，悲欢若轻烟；从此伴君行，路遥芳草远。《平安如意》，少女在暮色苍茫时分倚门而立，向远方的亲人的拳拳祝福。器型如心型花瓶，瓶则平安之谐音，如意饰纹以碎金般的铺砂点缀，若天上锦云，似礼花绽放。《一路连科》，以"鹭"谐"路"，以"连"谐"莲"，壶嘴与壶把设计成夸张的鹭鸶形态，壶盖仿古时官帽，也是步步高升之莲台，壶身用铺砂的莲瓣装饰，中国的隐喻和口彩文化，在这里被演绎得淋漓尽致。

比水边的柳还要柔绵，比天边的月还要清澈，那就是顾婷和她的壶。在蠡河的静波流淌着青春的华彩的时候，在窑场的烈焰成全了晶莹的陶器的时候，顾婷用她的壶，向平淡的生活致敬，向钟爱她的壶迷，谱写着沉甸甸的紫色的华章。

念奴娇：彩练当空

那时花开，说的是江南陌上，那嫣红姹紫、盈盈艳艳的花，遍布在四季的原野。紫砂艺人常常是这样来感恩的：将那花季的精灵，心手相传，抟泥成壶。正所谓：刻玉雕琼作小葩，清姿绰约洗铅华；原本砂器乃素心，芬芳只为报春华。是的，那花魂纵身一跃，羽化而登仙，精脉与气息，则沁入紫砂壶中，成为紫砂王国中别开生面的一支奇葩。于是人们把它称为花器。

高建芳早年拜当代花器壶艺泰斗蒋蓉为师。漫长的岁月里，她在恩师的指导下，逐渐形成了自己的面貌。正如一个高明的画师，之所以能够准确地描绘美丽女人的千娇百媚，除了娴熟的技艺，还因为他对女性有着独特而深切的感受。高建芳的花器作品《枇杷壶》，壶身为碧绿的枇杷叶片，那绿，纯粹得让人陶醉，有一种先声夺人的惊艳。壶盖与滴手，设计成娇嫩黄色的枇杷果形，那一抹温暖的质感和情色的光影，仿佛是华美的凝固的诗行。壶把虬枝苍劲，有一种脱俗的热烈与奔放，莫如说是对俗世生活的真心赞美。《金灵子》，是仿生象形壶艺中的高难度经典作品，那晶莹的露珠般的质感，若不是天生玉成，又是如何妙手所为呢？惊叹紫砂泥，幻化出霓裳蝶韵，惊叹一双手、一颗心。终于知道，紫砂艺人的敏感心灵，比她的技艺更重要。心灵的调色板上，赤橙黄绿青蓝紫，谁持彩练当空舞？那呼之欲出的色彩，是生命的体验，是心灵的渴求。是高建芳经过千锤百炼的紫砂语言，如杜鹃啼血，每一个细节都写满了至真、至美、至爱。

《荷花青蛙壶》，是蒋蓉大师的原创作品。高建芳在师傅作品的基础上大胆创新，荷花壶身，莲蓬壶盖，卷曲的嫩叶卷成壶嘴，毛茸茸的荷枝弯成壶把，红菱、白藕、乌荸荠分别作为壶的三个底座。那花瓣开得多欢腾呵。红粉靓梳妆，根底藕丝长；摇曳见风姿，国色妒天香。壶的每一根线条都贯通着柔美，高建芳式的柔美；色彩，更是高建芳式的静美，灵动而不妖冶，奔放而不娇俗。

在紫砂花器的王国里，高建芳像一只辛勤的蜜蜂，采集着甘甜的蜜汁。

作为蒋蓉大师的传承人之一，她以女性特有的细心、敏感，以独特的审美感受观察生活，不拘泥陈规，匠心巧用，看似信手拈来，实则用心良苦。那花季的深处，是她的一颗永不懈怠的追求之心。

悬壶物语

一个艺人在成名前总是孤单的。不知熬了多少年，荣誉和名气都来了，但他（她）也许更孤单了吧。因为，世俗意义上的成名，不过是一个新名词四周发生的误会的总和而已。

我们今天将在这里讨论程悬。没错，她就是那个风风火火的紫砂艺人。阳光，爽朗，灵气四溢；经常挂着一个善解人意的笑容，但据说在辩论的时候从不给对手任何喘息的机会。回头看一看她做的那些壶，一个个非常安静。有的腼腆，有的憨厚，有的秀逸，有的端穆，总之都那么光彩照人。你可曾想过，最初，它们只是一些沉睡了千万年的矿石，天老地荒，风化成泥。溶入水，变成泥团，一个名叫程悬的女子拿起它们中间的一块，就在那一瞬间，她的心情，状态，以及拍打成型过程中每一次的手随心动，都决定了最后完成的壶是这一个，而不是那一个。她的心性、品格、慧根全部留在了壶里。对于紫砂艺人来说，这几乎是一个不可逾越的暗障。想来，她的这些作品已经生长有年，不经意间，她会带着我们穿行于她多年积累的数十件作品之中，那是一次聚沙成塔般的徒步旅行，最终，让我们心悦而感叹的，是那些层出不穷的发现与创造。事实上，制壶技艺上的纯熟，略有天分的人操练多年，终可达到；但一个壶手要想进入收藏级别，岂是一个"艺"字了得？那份所需的气度，从容，品性，决不是岁月的丹炉可以熔炼，冥冥之中的那只魔手，在你刚出发的时候，它就遥遥一指，你的终点将定在哪里。

所谓造化，真是前世修来的吗？没有人能够说得清楚。程悬的天空碧蓝如洗，是因为她心性坦荡，有风有雨；女子不为风月误，因为有志；心无旁骛，一份虔诚幻化在壶上，就变成道。道可道，非常道。那正果修来，与资历无关，跟禀性有关；与名气无关，跟悟性有关。

做壶，历来是个苦差。冬做三九，夏做三伏，那是什么滋味？一张冷板凳，长年累月，每天坐十几个小时，那是什么概念？通常，媒体介绍成名的紫砂艺人，总是说他们从小就立志投身紫砂。知道内情的人就会在一旁窃笑。吕尧臣大师曾说，当年和他一起进紫砂厂的学徒，有100人，以后数十年，纷纷撤退，最后只剩下他一个人。程悬的学艺故事据说也可圈可点，所有的细节都围绕着"坚守"二字。我想，支撑这一份坚守的，应该是她内心那种对传统的敬畏和五体投地的崇拜，更重要的，是一份骨子里的喜欢。想一想吧，一个人要是真正喜欢上了一样东西，什么办法也没有的。况且，是紫砂造就了程悬，泥性与心性，从来都息息相通。水流云在，月到风来。惟有紫砂能更准确地传达她的心志，彰显她的才情，铸造她的个性。是紫砂改变了她的生活，还给她带来一茬一茬的朋友。源头活水，脚步生风；程悬的"现在进行时"气场充沛，路途顺畅。顺便说一句，所谓气息、气场，并不是虚炫的泛指，那只是对一种意境或状态的特指而已。

一种持久的观点认为，就紫砂壶而言，守旧就是创新。而脱离了传统的所谓"创新"，只不过是稀释了紫砂本体语言的瞎折腾而已。紫砂界永远熙熙攘攘，南拳北腿，各怀绝招。程悬是小字辈，她常常在那灯火的阑珊处看热闹。光景看得腻了，还不如想一想自己的心事。怎样才能突破自己？那种潇洒的纵身一跃，真的太难了。沉寂的梦想，总是越过迢递的关山，在高阔的云端游走。但最终，还是要回到现实。程悬的制壶故事和柴米油盐排列在一起，有着太多的人间烟火味。那些列祖列宗的老壶，像出土的秦俑，表情神圣而又诡秘，你能超越他们吗？程悬虔诚地磕头，然后转身离开，那不是她想的问题。她要做的，是如何把更多的精气神投入到那一团团泥中。宽容的上帝，总是让每一个勤勉的人都能获得自己的一片天地。那些庸常的日子，那些气定神闲的时光，有一团泥在手里，心就趋于沉静。壶心我心，惺惺相惜。那松风，水月，朝露，霞光，都可以被她收入壶中。其实，传统也好，创新也罢，都是紫砂所需要的。看程悬的壶，有时你会莞尔一笑，那种丰盈的款动，那种优雅的呓语，让人感到，手执这样一柄壶，是一件多么开心的事。说它高贵，它是质朴的；说它平常，它是雍容的；说它古典，它是时尚的。程悬是把自己做进壶里了。技巧与名头之类，在这里已经黯然失色。那壶，最好是放在居家过日子的案头，伴随着寻常日子，听窗外风声雨声，翻一本泛黄的旧书，遥想着前尘往事，看壶上那一点点泛出的经久的幽光。这样，一直可以想到人生的尽头。

　　最后，作为朋友，我希望程悬能够多腾点时间，看书，默想，哪怕闲逛，也不要那么忙好吗？少做些壶，哪怕有再多的定单，有再多的粉丝，都别管他们。人缘好，朋友多，路子广，这些都是现代人成功的基础。但你把别人"摆平"的同时，也把自己摆平了。人生就是这样，这一头多了，那一头就少了。紫砂最爱是虚静，明白了这样的道理，你的壶会做得更好。

作家与紫砂

我的作家朋友里，好像还没有不喜欢紫砂的。

2006年，王蒙来了。我陪他去紫砂厂，季益顺大师提供了两个紫砂茶杯的泥坯，王蒙坐下，提笔运气，分别在茶杯上写下两个孙儿孙女的名字。那天王蒙很高兴，他突然提出，他想和老伴合做一把紫砂壶。我告诉他，那需要很长时间，而且那是一种专业的工艺。王蒙笑着说自己做着玩的，不会拿去评职称。后来许多紫砂艺人争着和他拍照，壶终于没有做成。出来的时候他悄悄对我说，人生最重要的事情就是玩。

后来我的朋友钱兄把王蒙所有的作品名称刻在一对壶上，让王蒙夫妇非常开心。那对壶乃本山绿泥，茄段款型，做工精致。王蒙夫人得壶，用两手紧紧抱着，别的什么，她都不要了。王蒙一高兴，又挥毫题字：激浪排空海未惊。那是写境界的句子，非常妙。

从2004年开始，来宜兴采风、玩紫砂的作家，应该是一张长长的挂一漏万的名单：何镇邦、陈建功、丹增、李敬泽、梁鸿鹰、张胜友、张陵、阎晶明、吴义勤、潘凯雄、葛笑政、艾克拜尔、陈世旭、毕淑敏、何立伟、韩小蕙、阿成、周明、范小青、黄蓓佳、潘向黎、熊召政、柳建伟、吴克敬、叶辛、赵丽宏、赵本夫、苏童、叶兆言、格非、范培松、林建法、汪政、谢有顺、周梅森、肖克凡、储福金、阎连科、刘醒龙、李建军、何向阳、彭学明、王彬彬、王必胜、贾梦玮、周晓枫、葛水平、叶弥、何志云、王干、王山、吴义勤、刘和平、陈歆耕、陆梅、尹汉胤、舒晋瑜、赵瑜、赵智、南妮、朱燕玲，等等等等。

作家朋友来了，送什么壶呢？一般的商品壶拿不出手，工艺师的壶金贵，吾等囊中羞涩；又不肯轻易"以文换壶"，怕辱没了清高。于是开发了一款"徐风督造"的秦权壶，自选泥料，请民间高手制作，然后配上锦盒，用工楷写就证书，再送朋友。

朋友得壶，自然高兴。临走时每每调侃：徐风你就写紫砂，这个我们写不过你。

苏州作家荆歌得了我一款秦权壶，大喜之下写了一篇文字，到处发表。于是常常有作家朋友从天南海北给我打电话，说你送荆歌的壶，什么时候送我啊？

有一次他又来宜兴，我说求求你不要再发那篇文章了，稿费倒都归了你，鄙人背了虚名，哪来这么多壶送人呢！

为什么文人喜欢紫砂壶？这跟紫砂质朴内蕴的特质有关。紫砂器的构造拥有自由和灵性，可以暖手温心，可以成全一种委托生命想象的大美，于是品呷香茗、把玩砂壶渐渐成为古时文人的风气，人生感怀寄寓其中，枕石醉陶已经足够，仕林官场已经忘情。若果既能诗书立世，又能游戏人生，在一把紫砂壶上寻找入世与出世的平衡点，那岂不妙哉！紫砂壶不用上釉，朴拙自然；合于文人的本性。一个小小的壶坯上，既可以题写壶铭，以抒发自己的人生感怀；又可以篆刻花虫鸟草，以寄托行云流水的性情。天下哪一种陶瓷器皿能与之比肩呢？想那才高气傲的徐文长，为了寻觅一把紫砂壶，专门从绍兴跑到宜兴，还写下了"青箬旧对题谷雨，紫砂新罐买宜兴"的诗句。宜兴多溪山，一壶盛风流；茶陶欢欣处，恍惚是仙洲。许多传世的诗文与画卷，就这样不经意地从文人们的胸中流泻出来。有一句流传千古的禅林法语只有三个字："吃茶去"，那是叫人把缠绕于心的世间烦恼抛却一边，以空虚清明的心境去过一种清淡无为的生活。

原来，紫砂壶的骨子里，就是一片文心。

一千年，一万年，愿文心开满紫砂。

在那波涛尽头处

从名古屋中部机场宾馆出发，抵达日本陶瓷重镇常滑市，我们的汽车只用了15分钟。星期天，早晨八点钟，安静的小城还在酣睡，干净的马路上几乎见不到行人，只有道旁盛开的樱花在和煦的晨光里绽放着恬静的容颜。

寻找一个中国紫砂艺人，金士恒；时在晚清。100多年前，他来这里教日本人做壶，不经意间留下一段传奇。宜兴紫砂器输入日本，于今已非常遥远。当时的制壶名手惠孟臣和陈鸣远，名气竟然越过了太平洋，在东瀛一带登陆。人走不到的地方，一把壶却能走到。想那日本人，模仿的功夫特别厉害，这也许可以归结到大和民族的某些品质。他们的富士山上没有紫砂土，不光富士山，全日本所有的山上都没有那种神奇的居然能透气的紫砂土。但是，日本人对于他们没有的东西，总是特别地睁大眼睛。关于宜兴紫砂壶，他们的兴趣和渴望，一直可以追溯到江户时代的末期。

于是，昭和11年，他们从大清国请来了金士恒。

常滑在海边。金士恒想必在海上颠簸了许多时日，才辗转来到这里。常滑的背街旧巷还保留着一百多年前的建筑，那些太老的木板房子，黑魆魆的，四周都用角铁包裹起来，仿佛要支撑起一段摇摇欲坠的历史。我的目光一时有些恍惚，仿佛金士恒随时会从一间老房子里走出来，但他背后的蓝天和蓝天下颓废的烟囱，却明明白白地告诉我，世界早已换了人间。

仿佛每一条用陶器的碎片拼成抽象图案的小道，都有可能通向金士恒的故事。路旁的矮墙，则用上了釉的陶罐垒成，排列成一种沧桑的质感，显示着日本人善于经营的耐心。矮墙后面的木板老房子上，爬满了苍凉的古藤。我们的第一站，是到一位名叫近藤的陶艺师家做客。

　　近藤先生60多岁了，他的家族世代抟陶，据说爷爷曾经跟金士恒学做过茶壶。我的第一个问题是，当年您爷爷是怎么向你们描绘金士恒的？你们家是否有收藏金士恒的作品呢？

　　近藤先生的笑容有些茫然。他太太，一个和蔼的小个子老妇似乎比他通达些，在旁边叽咕了几句，翻译兼向导孙峰先生告诉我，老一辈的艺人在聊天的时候，偶尔会说起金先生和朱泥烧。但是，年代太久远了，又有谁能说得清楚呢？

　　话题很快被切换。你们从中国来？很好。欢迎你们来做客，待会儿我们一起来做陶艺好吗？没关系，不会我们可以教你们。

　　近藤夫妇如此热情，让我们有些感动。按照中国人的礼仪，我们给近藤夫妇赠送了紫砂茶壶和书籍。而近藤太太已经把几件沾满陶土的日本和服递给我们，她让我们穿起来，坐到矮凳子上。每个人面前放着一个转盘，上面放着一坨陶泥。近藤先生打开了某个开关，转盘慢慢地旋转起来。

　　手拉坯？这种工艺在国内陶瓷产区相当普遍，而紫砂壶的成型，靠的是以全手工拍打身筒，手拉坯与它相比，充其量只是小儿科了。

　　我又提到了金士恒。资料上说，金士恒在日本最大的贡献，就是教会了他的徒弟们全手工制作茶壶的技艺。但为什么你们还是用手拉坯的方法制作陶器呢？

　　不知为什么，近藤夫妇对我的问题总是兴趣不浓。他们挽起袖子，决意要当我们一回师傅，似乎不教会我们做出几个杯子或碗碟，就不会罢休。

　　半小时后，在近藤夫妇手把手的传授下，我们每个人都做出了属于自己的"作品"，无论杯还是碗，都带着从紫砂壶造型脱胎出来的意味。小小的成就感洋溢在我们每个人的脸上，内心的欢愉则一直维持到近藤夫妇向我们收钱的时候。

　　陶泥费2000日元，教练费1000日元，烧制费800日元，邮寄费1000日元……

　　怪不得我们一来，他们就敦促着要教我们陶艺。什么金士恒，他们不感兴趣；在他们眼里，我们就是几个从中国来的旅游者，而他们这里，也许是常滑市无数个旅游点中的一个，是商业性的，类似于我们国内的某些陶吧那样。

　　请原谅我们的笑容突然变得有些僵硬。翻译替我们交钱的时候，我发现近藤太太态度变得更加谦和，她甚至是在一边鞠躬一边数钱，就像我们在日本的大小商店里见到的态度客气得过于夸张的营业员一样。

　　近藤先生也在一旁优雅地笑着。

　　我知道，近藤先生收费并不多，折合成人民币，真是便宜极了。但此刻友情仿佛被金钱劫持了，被突然抽空的热情便变成了一具躯壳。

　　翻译孙峰先生是我的老乡，他在日本生活了好多年了。对于刚才发生的一幕，他解释道，日本人做事一是一、二是二，刚才他们为你们服务了，当然就要收钱。在金钱问题上，别说是朋友，就是父母跟儿女，都算得清清楚楚。

　　这就是中国和日本的区别。这样的困惑想必在金士恒的旅日生涯里也会遇到。史志说他在这里待了半年就离开了。想来文化背景上的差异，是完全可以让朋友分道扬镳的。

　　站在常滑市最高的松寿山上，鸟瞰山坡上大片妖冶的樱花深处的那些星罗棋布的陶艺人家，我突然找不到感觉了。去哪里找金士恒？也许，对于这座不带温情的小城来说，金士恒只是一个历史上的匆匆过客。

想起了一个日本人的名字，平野忠矢。万延、文久年间，他是这里的一名医师。此公酷爱宜兴紫砂壶，居然到了神经兮兮的地步。为了证明日本也有紫砂泥，他几乎跑遍了日本的山山水水，结论是上帝太偏爱中国人了，为此他大哭了一场。常滑市有一种天然紫泥，虽然没有紫砂泥可塑性强、透气性好等诸多优点，但毕竟泥色酷似，聊胜于无。于是平野忠矢就鼓励、指导一位名叫片冈二光的陶工试制紫泥壶具，起名曰：常滑烧。这就为常滑生产朱泥陶器奠定了基础。日本人的茶道是从中国学的，扫地，焚香，诵经，烹茶，日本人学得非常周正。在外来文化的吸纳上，他们最厉害的就是"拿来"和仿造，这样就缩短了他们自身发展的时间。

那么，为什么日本人要请金士恒教授制壶呢？

答案，终于在常滑市的民俗资料馆找到了。

一个最重要的关键词是：玉露茶。幕府末期之前，日本人喝的是通过煎煮后的抹茶，器皿类似于煎中药的带手柄的陶罐。明治初年，他们发明了玉露茶，那是一种碧绿温润、形状优柔的散茶，老百姓不敢造次，只有在小范围的日本上流社会才可以喝到。那么娇嫩的茶芽再放在火上煮，岂不是暴殄天物？其时，宜兴的紫砂茶壶已经通过郑和七下西洋等途径流向日本。玉露茶就是要紫砂壶来泡，这一点几乎是当时日本上流社会的共同认识。对于中国人制作的紫砂小壶，日本人非常崇拜。可是，常滑的陶工世世代代只能生产缸碗瓢盆之类的粗货。前面提到的那位平野忠矢先生，以足够的勇气，攒够了船票钱，飘过大海来到了中国的宜兴，站在丁蜀镇的窑场上，他感到一种极大的震撼。龙窑很威武，喷吐火舌起来简直雄伟极了。他在附近租了间小屋，悄悄地住下来。开始的时候没有人搭理他，一个东洋赤佬，语言又半通不通的，这里的紫砂艺人没有愿意跟他玩的。幸亏平野忠矢会些医术，窑场上谁有个头疼脑热的，平野先生略施小技就手到病除。时间久了，大家就慢慢接受这个日本人了。平野忠矢最感兴趣的是全手工打泥片镶接成型的制壶技巧，在他看来这是中国人的绝技，他的国家没有，高贵的玉露茶至今还是用粗陋的茶碗来泡，他很着急。他有一个大胆的想法，就是把中国人请到日本去教授壶艺。

时势造就英雄。金士恒就在这时出场了，几乎所有的历史记载都这样描述：光绪5年，也就是1879年，日本人的记载则是明治11年，金士恒和吴阿根两人，东渡日本，在常滑市陶瓷产区教授壶艺，在日本引起轰动。

终于，在常滑市民俗资料馆，一个寂寞的角落里，我们找到了金士恒。

两张放大的黑白照片，记录了一双正在做壶的手，而不是一个中国人的面容。那是一双什么样的手啊，出奇地颀长，魔幻般灵巧。为什么日本人不拍他的脸呢？这样的拍摄角度很容易让人想到，日本人感兴趣的，不是他的脸面，而只是他的手。第三张照片是做壶的侧影，日本人强调的还是他的手，但因为他是站着，半弯着腰在干活，拍摄者只能竖拍，所以我们终于勉强可以看到他低着头，半侧着身体的面容了。黧黑，瘦削，一顶绒线帽盘住了他的辫子，一缕长长的花白的头发荡在他苍老的脸上。

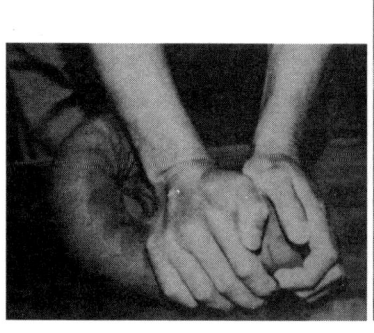
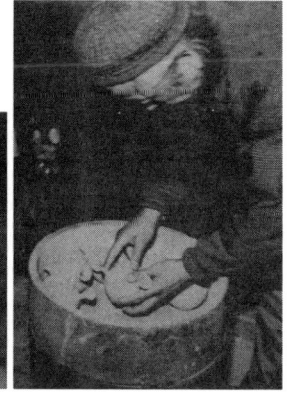

金老前辈，我们来看你了。

我们应该在这里跪下，虔诚地磕头。

岁月久远，履历模糊。原籍徐州铜山县，13岁即到上海，投身于文人官宦瞿子冶门下，研学诗文篆刻，进行着一生中最重要的修炼。瞿子冶是海上名家，精于书画、紫砂收藏并能设计壶款，有"子冶石瓢壶"传世。金士恒在那里学得到的本事想必十分了得。瞿子冶告诫他，紫砂在宜兴，你要真正精通紫砂壶艺，光在上海是不行的。于是他前来宜兴，接通地气且深造壶艺，最终成为一名技艺圆熟的大师傅。他很可能无家无小，即便浪迹天涯亦无任何羁绊。那一段上海阅历对金士恒非常重要，比起那些足不出户的草根艺人，他见多识广，有文化根基且性格活跃，去日本那样遥远的地方，对于一般的紫砂艺人来说，简直是天方夜谭。但金士恒在上海时，就跟日本茶道人士有接触，他把它看做是人生的一次机会。吴阿根能与他结伴而行，想必是那种生死契阔的金兰之交。他们的自信在于各有一手制壶绝技，还有一点非常重要，那时甲午战争尚未爆发，国人心目中，中国乃是世界之中央大国，日本不过撮尔小国而已。他们上路的那天一定有酒相送，金士恒会对送行的人们保证，他们不会在那个东洋小国盘桓太久，教会了他们制壶的技艺，他们就一定早早回国。

也许在日本人眼里，吴阿根只是金士恒的一名助手，查遍常滑民俗资料馆，笔墨吝啬的日本人只字未提他的名字。

关于金士恒，当时的日本人还是很崇拜的。《常滑市志》认为，金士恒最大的功绩，不光是教会了日本艺人制壶的技艺，而且他还为了适应日本人的审美观，创作出了既保持中国茶壶本色，又符合日本人的喜爱和饮茶习惯的壶艺作品。由此，他们把金士恒做出的茶壶命名为：朱泥急须。朱泥是日本人对紫砂泥的叫法，而"急须"则是日本人过去对酒具的称谓。

在金士恒的照片旁边，陈列着几件由金士恒创作的朱泥作品，其中有一件龙凤陶罐，造型巍峨宏大，雕刻精细微妙，日本人毕恭毕敬地在说明书上写道：此件由金士恒指导创作的作品，后来敬献给了明治天皇。

金士恒版的"朱泥烧"，在常滑的各大窑场不胫而走，收藏者们以能获得一枚金壶而不惜角力。金士恒的影响，还扩大到日本当时其它的几大窑口，如獭户烧、大谷烧、有田烧、九谷烧、清水烧等。各个窑口的头面人物都来常滑与金士恒过招，金师傅江湖历练、不卑不亢，让日本人找不到岔子而暗暗服气。

与在国内不同的是，金士恒的壶，在日本常滑经历了一次"变脸"，日本人认为，这体现了他的灵活和机智。日本《常滑民俗资料》是这样记载和归纳的：

金士恒在日本制作的茶壶与在国内的作品相比，显得"做工粗糙"，不追求精细。造型简练而不繁复，装饰手法朴素简洁，这符合日本人的审美观，因为日本人崇尚自然，不喜欢过于花哨的装饰；

金士恒特别设计了冲泡日本玉露茶的小壶，颇似中国南方广东、福建一带功夫茶的那种小型壶具。常滑的艺人把金士恒的小壶称为"水滴"，因为它的容量非常小，就像文人、书法家磨墨时用来添水的那种小瓶一样。为什么金先生把壶做得那么小呢？他比较理解日本人。当时的玉露茶非常稀少、名贵，只有达官贵人才能享用，用小壶来泡玉露茶，可以一小口一小口地细细品尝。

金士恒留下的用书法题写的作品名称，一共有四件。分别为："朱泥匏式茗瓯"、"朱泥仙春壶"、"朱泥急须"、"梨皮急须"。可以想见，这四件是金先生的得意之作，他在常滑期间，主要就是制作这些样式的茶壶，因为他知道，日本人非常喜欢这样的款式。

在上述四件作品中，被称为"急须"的只有两件。那是金士恒融汇了中国和日本两国的茶具特点，既不脱离中国茶壶的造型，又适合日本人的饮茶习惯。

在日本常滑，金士恒出尽了风头，这毫无疑问。他第一次用全手工打泥片镶接成型的制壶方法让那些虔诚的日本徒弟们眼花缭乱。当第一把器型饱满、优雅灵动的朱泥茶壶呈现在人们眼前的时候，他轻松地嘘了一口气，然后，从腰间解下一枚图章，稳稳地打在壶底。

那图章上镌刻着六个大字：大清金士恒制。

这个细节一下子就把金士恒这个人物给撑起来了。

日本人对这枚图章颇为不爽。曾经多次婉转地向金士恒表示，是否可以不打这枚图章？或者，换一枚"常滑制陶"的图章？金士恒说不可，这是他的出处和来路。日本人虽然心里不痛快，但对他的气节很佩服。

金士恒的日本徒弟们非常刻苦，后来成器的主要有三个：鲤江方寿、伊奈长三和杉江寿门。他们跟着金士恒从最简单的打泥片开始，进行着严格的制壶训练。后来金士恒对三个徒弟说，虽然我不能打你们的图章，但今后你们有了满意的作品，可以打我的图章。徒弟们大悦，争先恐后把所制之壶拿来，希望能打上金师傅的图章。但金士恒非常严格，拿来的作品里，凡是他不满意的，那颗图章是不会打上去的。

金师傅对日本人有礼有节，里里外外磊磊落落，一个中国民间的草根艺人，就是用一枚小小的印章，把自己的国家系在腰间。

若干年后，金士恒的徒弟之一鲤江方寿，被日本人誉为陶瓷艺术的奠基人。常滑市中心，矗立着他高大的塑像。人们在仰望他的时候，能想到他背后还有个中国师傅吗？按日本人的气量，不可能为一个中国人塑像，并且称他为鼻祖。宽容地想一想，这里面也有一个民族尊严问题。

1986年，日本常滑市举办了"金士恒展"，所展出的几十件金士恒作品中，大部分是从日本民间征集的珍藏品。常滑市教育委员会教育长都筑万年在开幕式上说：

自古以来，一直以制造大型粗糙陶器为主的制陶地——常滑，终于出现了像茶具这样精美的陶器，其背后必须有广阔、深远的文化积累，否则就是形式上的模仿，不可能出现制品本身所具有的根本魅力。而指导这一最根本部分的人物，不是别人，正是金士恒先生。（日本《砂艺掇英》下册）

至少在公开场合，日本人还是给足了金士恒面子的。

当时的常滑市政府甚至还邀请了中国宜兴官方首脑率领陶艺代表团前往访问，代表团成员之一的顾绍培（现中国工艺美术大师）回忆说：日本人对金士恒很重视，评价也很高，展出的作品非常精彩，有茶壶、陶瓶，水盂，也有字画。大多作品都是从民间收藏家手里借的。

从那时到现在，时间过去了30多年，今天的日本人还记得金士恒吗？

在常滑民俗资料馆，我通过翻译孙峰先生与该馆的一位资深馆员中野久晴先生有这样一段对话：

问：您还能提供更多的有关金士恒的资料吗？

答：抱歉。因为金士恒在常滑只待了半年多，所以有关他的资料很少。

问：在日本，有专门研究金士恒的人吗？

答：好像没有。金士恒是战前来日本的，那时的日本人把中国看得很强大、也很神秘。战争之后大家才知道，原来中国并不如想象的那么强大和神秘。从此日本再也不怕中国了，从那以后，日本人把目光转向了西方，不再向中国学习了。所以也不可能出现专门研究金士恒的人了。

中野先生说的那场战争，显然是指甲午海战。在那场屈辱的战争中，中国的北洋舰队以全军覆没的结果宣告失败。从此中日关系揭开了恩怨深重的篇章。

这一番大实话，与日本人在公开场合对金士恒的评价，宛如一枚硬币的两面，融合得天衣无缝，仔细地玩味，真让人警醒得出汗啊。

美国人本尼迪克特在他的《菊与刀》一书中这样写道：

　　日本人既好斗，又和善，既尚武，又爱美；既蛮横，又文雅，既刻板又富有适应性，既顺从又从不甘任人摆布，既忠诚不二，又会背信弃义，既勇敢又胆怯，既保守又善于接受新事物，而且这一切相互矛盾的气质都是在最高的程度上表现出来的。

　　金士恒在日本期间，有一个人是不能不见的，他就是东京著名陶艺鉴赏家奥玄宝（一说奥兰田）。此公是个超级壶迷，他多次到中国访问，将集录的32件茗壶图谱，于明治4年出版了《茗壶图录》，洋洋两大卷，从紫砂壶的源流、式样、形状、流把、泥色、品汇、小大、理趣、款识、真赝、无款、衔捏、别种、用意等娓娓道来，共14章，文辞颇多妍丽，见识则十分别致。32件茶具均被他作了拟人化的命名，如梁园遗老、倾心佳侣、凌波仙子、卧轮禅师等等，通篇洋溢着一位熟谙中国传统文化和东方审美观的日本士大夫的紫砂情怀。金士恒十分敬重这本书，他们的见面是应该互赠礼品的，金士恒的袖中，想必藏着一把精巧的壶，当然是从中国宜兴带来的紫砂壶。当奥玄宝接过这把壶的时候，他看到金士恒的笑容里，有着紫砂一般的质感，朴憨中尽现灵韵。

　　金士恒和吴阿根真的只在日本常滑待了半年，就匆匆回国了。从情理上说，半年时间是短暂了些，中国人有句古话，"梁园虽好，终非久留之地"，无论如何，金士恒和吴阿根不辱使命，教会了日本人"打身筒"制壶法及壶体陶刻的装饰技法，使得当地的朱泥技术有了突破性进展，并且出现了小型精巧的壶艺作品，被史家认为是日本制作宜兴风格的朱泥茶壶之始祖。

后来，这里的人们欣喜地发现，金士恒还有新的作品在日本登陆，那是一些以汉代古瓦、铜镜为题材的大体量茗壶，工艺非常精致。人们由此确信，金士恒回国后仍然健在，他的壶艺已经恢复了原本的中国风格，那些壶表情淡定，蔼然自若，更具长者风范，那应该是他晚年生命依然旺盛的有力注脚。

在樱花妖冶盛开的深处，有通向古老登窑的蜿蜒小径，我们一路走去，满眼皆是金士恒的身影。鳞次栉比的陶瓷作坊高扯着黑白相间的旗幡，晃荡在和煦的春风里，仿佛在追忆一位远行的故人。我们来过了，便不曾离开，因为这里的每一寸土地皆有一位紫砂祖师的脚印，他洒脱地离去，留下的呼吸当与浩荡的清风同在。

金士恒的传世作品不多，但他的名字已经牢牢钉契在中日民间文化交流史上。吉林出版社出版的《紫砂鉴赏》一书，刊登了金士恒的两件《日本常滑对壶》，应是金士恒在常滑的率性之作。那两把壶直流冲天，壶钮如冠，壶把如弓，似团团如坐，如默默凝视，泥色呈黯肝色，沉郁而自如；那应当是金士恒的精神所在。

一百年、一千年过后，壶在人在，永不磨灭。

答客问

（访问者：汉隆文化机构）

问：您何时与紫砂结缘？

答：在2004年以前，我写过各种各样题材的东西，一直认为文学是可以疗救社会的。那时候就像一个斗士一样，写很多社会关心的热点问题，什么热门就写什么。到后来，岁数增大了，在社会上历练得久了，发现文学并不能疗救社会，但是它对人的精神、人格、内心等等，还是能产生一定的作用和影响的。2005年，我遇到一位高人，他劝我写紫砂，说："别的你就不要写了，或者少写。"我问："为什么？"他说："你写不过别人。中国这么大，比你写得早的，写得多的，看得深的，写得透的，多得是，为什么你不写紫砂呢？写紫砂，你有底气，你有地域的资源，地气充沛。而我们没有。我们来做客，顶多两天，第三天就走了，我们写不过你。"这是一位高人的指点。

还有一个关键是，本人喜欢紫砂，很年轻的时候就手持一把老壶，在紫砂界也有许多朋友。

如此，便开始写紫砂。先从纪实入手，两部紫砂人物传记，两部共16集的电视纪录片文学剧本，等于热身，然后拿出了一部紫砂历史散文《一壶乾坤》。接下来不写纪实的了，开始写虚构的紫砂小说，然后是电视剧、电影。

为什么我当时要写《一壶乾坤》这本书呢？因为我觉得，市面上为收藏家、鉴赏家提供的各种各样的紫砂书确实已经很多了，已经到了相互重复、相互抄袭这样一种状态了。但是，通过文学手段，以审美的方式来解读紫砂历史人物的书还没有完整地出现，在过去的几百年历史当中，有许多昙花一现的紫砂壶手、艺人，他们留下了传世的作品，但是他们自己像过眼云烟。身世也不详，作品被历史的烟尘所遮蔽。我觉得挺可惜的。翻阅了大量紫砂历史典籍之后，我在200多个有文字记录的艺人当中，选了近30个有代表性、有一定故事的人来写，这个不是小说，不可以像写小说那样去随意地虚构。但合理的文学想象、描写应该是可以的，也是必须的。这里面有个尺度问题，总之是不能去设计那些无中生有的桥段。它的定位，实际上就是一种记传体的散文，就像《史记》中的人物列传那样，用比较准确简练的文字来大致描写一个人。壶的背后是人，壶在人在命也在。我觉得自己作为一个作家，一个紫砂产地的一个文化人，来做这样一件事情，是有意义的。紫砂有文化研究，一直少见文学作品，我不敢说这是"填补空白"，但我可以下去试试水，这方面我跟徐秀棠先生有个不约而同的地方，我在用文字记载这些的时候，徐秀棠先生画了几十个老艺人的画像，大概还比我多一点。当然他是工艺大师，我只是个文化人。他根据记忆，有些人物画得很传神，很了不起。晚年以一己之力，为一批被世尘湮没的紫砂艺人造像。那里面充满了徐先生追怀故人的感情。

问：为什么紫砂工艺以壶为上？

答：在紫砂的工艺中，壶为上，壶是第一位的。其它的紫砂雕塑、陶刻、花盆、碟件、摆件、文玩当然各具价值，但还是比不过紫砂壶的名气。因为，壶可以跟人亲近，壶可以让人来用，可以把玩，可以跟人的一生耳鬓厮磨，这是最主要的一个原因。高振宇先生有句话，一把壶因为使用而获得灵魂，壶的生命因为使用而鲜活。而喝茶又是中国人开门七件事当中最讲究的一件事。中国的男人，但凡有些空闲的，哪一个不喝茶呢？中国的男人，但凡有一些地位的，或者手里有几两银子的，哪一个不为自己创造一个环境、摆个茶桌，进而弄个茶室什么的。谈最重要的事情的时候，旁边总是少不了有一壶茶。原来短衣帮的时候，他坐着一张竹椅子，挣了几个钱，他就要换一张榉木的椅子，最后还想换一张红木的椅子。当他用一张普通的茶桌喝着大碗茶的时候，他会羡慕那些手里拿一把壶的悠闲人，中国人的座椅跟中国人的地位一直是连在一起的。有了一把好的座椅，手里不能空空荡荡，就得有一把壶，这个壶是整天可以摸，整天可以玩的。而紫砂壶呢，它是一种让人越摸越亮，越用越爱的一种东西，紫砂壶用到最后，跟主人的气质会很相仿，这样，紫砂壶就成为中国男人的另一张脸。你发现，他的表情怎么跟壶一样啊，笑呵呵、亮堂堂的。就是没有文化的人，他也喜欢壶，你不要说这是文人的专利，不是文人他也喜欢，我在拙著《一壶乾坤》里写到过这样一个细节：乡下的老农，从白天到黑夜，一天中他最大的享受莫过于早晨起来，到乡下的老茶馆里喝一碗茶。他出门拿着一把壶，到茶馆去喝茶的时候，口袋里是没有茶资的，在茶馆的氛围当中，在氤氲的热气当中，故旧的知己、坊间的亲朋好友，在这里都见到了，人的生命就因为这些氛围的浸润变得很鲜活。茶喝到一半，这个人站起来了，壶盖一翻，表明我待会儿还要来的，不要把我的东西收走。这个时候他去哪里呢？来的时候带了一把秧苗，茄子的、萝卜的秧苗，拿到小街上去卖，卖了几个铜板，留下两个付茶资，还有三个铜板买两个烧饼，家里还有个小孙子，要给他吃的，或者抓一把盐。卖掉的蔬菜、秧苗，都是家前屋后种的，这个时候他回到茶馆，这壶茶再续水，喝到太阳一竿子高的时候回去了。这个是农民的生活，这把老壶并不是名家所为，是最粗糙的壶，但怎么经得起一双手年年摸、月月摸、天天摸呢？摸来摸去包浆出来了。所谓包浆，其实就是一种温存的旧气。是人的气息融入在器物里了。

问：请说说紫砂壶的古今对比。

答：这里要说到我们现在的紫砂壶跟古人的紫砂壶的区别，应该说在工艺上，我们现在的紫砂壶比古人的紫砂壶要精致得多。但是在气度上、在气质上却还不能跟古人比。比如说，先进的工艺、窑炉条件就消解了紫砂艺人的精益求精，为什么？我讲一个例子，古人做壶，拿到窑里去烧，是一次定终身。一座龙窑的窑位就那么多，紫砂壶在进窑之前是有师傅把关的，就像现代都市里的车位一样，就这么些"车位"，那些个烂车就不要停进来了。烧窑的大师傅拿起你的壶一看，说："哟，某人啊，你这个壶不行啊，烂壶啊！"他一看壶的泥料就知道这壶的缩头有多少，就估计出这把壶烧出来是什么样子。所以紫砂艺人都非常认真，因为千度成陶之后，它就不是泥坯了，没办法改了。

可是现在呢，都是烧两次，窑温都是由自己控制的，都是电窑，这把壶烧到六百度的时候，我就可以让它停下来，不烧了，等它冷却，这个泥坯虽然已经成型了，但是还是比较嫩，一看口盖，发现这个地方好像还不太行嘛，还可以再修，用工具磨掉一点，加点泥再弄弄、刮刮，等它干一干，第二次烧成，一下子烧到一千两百度。成了，一把好壶出来了。这样一来，紫砂艺人就不需要绝技了，就像是我们现在有了电子秤，那么"一招仙"、"一抓准"还有什么意义呢？还有一个，古代的紫砂艺人，他们生活在一种相对悠闲、封闭的生活状态当中，那个时候没有职称可评，没有大奖赛可参加，没有紫砂拍卖会，也没有紫砂博览会，做壶就是为稻粮谋，家里今天有米，他心里就一点不慌，我反正有吃的，看白云悠悠，享清风明月，他不会那么着急要去赶一把壶，他今天早上没有什么事，就在那儿做壶，有人进来喝茶了，他就把活儿放在套缸里，跟朋友一起喝茶。要是到吃饭的时候，朋友还没有走，那么去买点小菜、二两黄酒，两个人酌酌，喝完以后就是下午了，伸个懒腰，街上去转一圈，听听坊间的传说，人蛮开心的。回到家一看天色还早，又把活儿拿出来做做。他那种放松、悠闲的心态都是由心传手，传递到了壶上，不像我们现代的人，这个月是西湖博览会，下个月还有广州茶博会，再下个月又要评职称了，现在是个助理工艺师，如果把助理那两个字拿掉，变成一个工艺师的话，我这个壶价又上去三千，心里面很煎熬、很着急。壶坯刚上手，刚做出那么点意思，一个短信来了，一看，今天晚上有个饭局，是某老板请客，这个老板买起壶来厉害，一出手就是几百万。心想，今天晚上这个机会要争取的。虽然时间才下午三点半，但已经不定心了。今天晚上要去聚会的话，身上衣服这么邋遢恐怕不行吧，稍微要准备准备，洗个头啊，上街吹个头发什么的，说不定宴会上碰到有身份的女士呢，要注重形象才是，毕竟还是个工艺师嘛。这会儿他哪里还有心思做壶啊，三天下来，壶坯放在套缸里动也没动。心想，这样吧，索性找一个枪手来做做吧。反正对门的张三也是这样，隔壁的李四早就这样了。这样就造成了一种状况：有名的人都不怎么做壶，做壶的人却都没有名。为什么，社会风气对紫砂的影响。还有一个，紫砂一直在民间，当年做紫砂壶的，大部分没什么文化，因为读不起书。有的是考不上学堂，还有的找不到工作。那么就只能在家里做壶。这个圈子自古以来就缺少人文精神，缺少一种内敛、自省、警醒的精神，都是手艺人。现在的紫砂艺人，弄个小作坊，请个名人写一块"某某斋""某某阁"的匾额，就变成青年陶艺家了，跟个什么文人、大师拍张照，往店堂里一挂，仿佛自己也是文化人、是艺术家了。许多紫砂艺人心浮气躁，静不下来，也不读书，整天想着推销自己。上了展览会还想进博览会，进了博览会还想进博物馆，哪怕一个小青工，也想着最好三天以后，我的作品能被某博物馆收藏，让我们的某些博物馆变成了杂货铺一样，这种风气下，紫砂的人文精神就缺失了。

可是，为什么紫砂这么多年来还会这么火呢？原因有很多。按照我的理解，这个社会休闲的人多了，喝茶成为一种国饮。有钱的人多了，整个中国都在收藏。紫砂在某种意义上讲，是一份秘而不宣的礼品，你说它不值钱，它可以是寸土寸金，你说它值钱，它也可以客气地说不过是一把土玩玩的。你还真的讲不清一把壶到底值不值钱、值多少钱。甚至，现在它成为了某些人洗钱的工具。三十年风水轮流转，上世纪我们的紫砂壶大量地流到了台湾，为什么？

那个时候国内新兴的资产阶级还没有起来，大陆的企业有很多还没有改制，大家还在公家的食堂里吃饭，真正的老板阶级还没有起来，而台湾的市场发育得比较好，这个地方又是喝茶盛行的地方，又盛产高山茶，在这种情况下，当然关键的一点，当时台湾人比大陆人有钱，紫砂壶就都流到台湾去了。现在呢，国内出现了太多的一夜暴富的老板，他们挥金如土，玩紫砂壶不在话下。所以当年流到台湾的壶，又返回来了，收藏界把它称为"回流壶"。是的，很多人一夜暴富，何愁一掷千金？一把壶里反映出社会的变迁，真是耐人寻味的。

问：为什么说紫砂壶的生命是文人给的？

答：说到文人和紫砂的关系，按照我自己的理解，紫砂壶的生命是技艺精湛的艺人和热爱紫砂的文人共同给予的。中国的五行学说支撑了我们这个文明古国几千年，体现在壶上，它是土，要用到水，还要用火烧，做壶的工具是木头的，也有铁的，一把壶就是一个乾坤。这么一把壶，通过土、水、火、木、金，过去的壶还有镶金包银，现在也还有。当壶还是泥坯的时候，就把图案刻在上面，等它烧成以后，把金银镶进凹槽里面。文人觉得他这一辈子尽是纸上谈兵，是没办法获得一个乾坤的，但是有一把壶在手里，就会觉得握住一个乾坤了。这是其一；其二是跟中国人喝茶的习惯有关；最重要的是其三，历代的文人都有不得志的时候，那个时候为官的都是文化人，大家都会觉得自己的很多想法无法实现，诗言志，刻在一把壶上天天可以看，天天可以把玩。有的可以励志，有的可以怡情，不知不觉，文人就赋予了紫砂壶以生命，这是我的理解。

苏州有个大儒叫吴大徵，他把紫砂艺人请到自己家里来做壶，就像我们过去请裁缝给自己家里人做衣服，请木匠给自己家里打家具一样。其一，让他们看看自己收藏的古代酒器、漆器、青铜器，让他们长长见识。第二，让他们看看自己收藏的字画，也是长知识。第三，文人还可以自己画图，叫艺人帮他这样做。这些艺人就像饥饿的汉子扑倒在面包上，紫砂手艺人通常有一个特点，过目不忘，模仿能力极强，就像蒋蓉大师，她没有上过一天雕塑学院的专业课，但她在路边看到一头老牛，回到家就可以凭空捏出一头牛来，这让学院派的老先生们大跌眼镜、无法理解。因为这些艺人天天动手，他们细心地观察大自然，模仿能力特别强。原来善卷洞的创始人储南强请蒋蓉游趟善卷洞，他们点着松明火把从洞里出来以后，储南强对蒋蓉说："你能不能帮我用紫砂泥塑一个善卷洞？你看，这是图纸。"蒋蓉说："图纸不需要了，它都在我的脑子里。"回去以后就塑了一个善卷洞，非常逼真。把储南强老人吓了一跳。所以说，当这些紫砂工人到官员、文人家里看到那么多的好东西，等于是给他们恶补，交流就是这样产生的。也有比如陈曼生，他是主动到这边来，他拿出了"曼生十八式"，都是他提供的式样，实际上还不止十八式，就是这样交往的。民国时候的一批艺人都在上海有一段经历，在那儿做仿古枪手。因为上海是东方都市，上世纪三十年代出现了畸形的繁华，内地的很多有钱人发了财都到上海去定居，所以上海的古玩行非常的发达，紫砂作为一种杂件在古玩行里也有很多人喜欢。但是人都有模古和玩古的心理，在古玩行里说一件器物是新的，就等于是判它死刑了，都喜欢玩老的，壶也喜欢玩老壶。老壶只有几张模糊的照片，顾景舟他们这些人到了上海以后，就在古玩行里仿老壶。古玩行里经常会有文人来往，像江寒汀、吴湖帆、来楚生他们这些人，一天有一半时间是泡在古玩行里的，这样大家就认识了。顾景舟就拿出一把壶坯，说："某兄，今天你在这把壶上面画几笔吧。"文人就回应："好啊，这把壶不错。"他们之间的唱和就是这样开始的。但是，顾景舟在他七十岁之前，跟他艺术档次相当的画家、书法家在他壶上写写画画，他还能接受。七十岁以后，不能接受了。他认为自己的境界还在往上走，而那些书画家还停留在原来的水平，这个时候他的壶上已经不需要任何人来作装饰了。实际上，顾景舟自己也是一个文人了，他的古文素养，对传统文化的认识，他的书法功底、鉴赏上的学问，一般文人何可企及？顾景舟的成功，难道不是文化与紫砂完美结合的成功吗？你那一笔烂字，写在纸上谁要啊，但如果你写在壶上，而且写在顾景舟的壶上，那你不得了了。又譬如，这把壶出自个手艺平平的普通工艺师之手，而吴冠中路过此间，在上面画了几笔小桥流水，下面还有一个吴冠中的签名，那就"点泥成金"了。文人跟紫砂就是这样的关系，我想我已经讲清楚了。

　　紫砂艺人拿到一个文人设计的壶样，就像一个演员拿到了一个剧本，一个是编剧，一个是演员，演需要二度创作，这个问题不能由设计的人来解决，而是由做的人来解决。我是编剧，我写了这个东西，那你怎么把文字的东西变成立体的东西，还要看你的演技，这个道理是一样的。但凡设计壶样的人，他对紫砂一定是比较懂的，一般不会设计在工艺上会出现太大问题的东西出来，而泥的可塑性又是非常大的，怎么弄都可以。比如有一种泥，被大家称为"黄金缎"，当它是矿石的时候，是红的，红中带绿，烧出来就是米黄的。所以对这些泥性，玩壶的人都懂。玩壶的第一层面是玩壶，第二层面就是玩泥。古人经不起失败，他不会还没有经过实验，就直接把一把壶放进窑里烧，他会做一些试片，就是把这种泥敲成一个小片子，放在窑里烧，看烧出来是什么东西。蒋蓉的一把壶，有时候要烧十几次，用泥片，不是把这把壶放在窑里烧，要把这些泥料的泥性搞清楚再来做壶。

　　问：如何看待现代壶艺的创新？

　　答：顾景舟说过一句话，改掉古人的毛病，就是创新。他说这个话蛮有意思，先是古人，然后是毛病，关键在于一个"改"字。你不懂古人，怎么改掉他的毛病？创新又是建立在什么基础上的呢？

　　紫砂壶的创新跟书法有点类似，我们看一个人写的字，要看来路和出处，你是哪一家的？紫砂壶也是这样，如果是光货，那是有一些经典样式的。最近有个机构在评选"紫砂十大经典款式"，我看，至少它强调了紫砂的经典性。然后，人们在这些经典样式上自己进行改变，也算是初级的创新。完全离开传统经典的创新，壶就没有实用价值，不大容易养。比如，奥运会来了，有人就做一把鸟巢壶；开世博会了，有人就做什么中国馆壶、英国馆壶，等等。这是创新吗？简直恶俗。生生地把艺术品降格为纪念品。一点想象力都没有了。有的人把紫砂壶的实用功能看得很重，要用、要养、要拿在手里把玩的，这也没有错。当然也有人宣称，他的壶不考虑实用功能，就把它放在橱窗里当摆设的。那也没错啊，只要你能自圆其说。紫砂的创新大抵还是应该向它的毗邻艺术学习，比如说玉器、青铜器、漆器、酒器、祭器等等当中有取之不竭、用之不尽的造型，紫砂壶向它们学习，可以丰富自己。它还可以到音乐、诗词、家具，甚至建筑里去寻找灵感。紫砂壶又是口彩艺术，中国人喜欢讨个吉利，口彩蛮重要的，比如说紫气东来、一路连科、事事如意。比如"事事如意壶"的柄就是柿蒂纹。人家一看到就知道，这是讨吉利的。

紫砂和景德镇的瓷器不一样，最大的区别，比如青花，它是要经过很多道工序，由几个人完成的，而紫砂从最初的泥料开始，到最后从窑里烧成，都可以是一个人完成的。就是说一个紫砂艺人对所有工序必须全部都懂，这样他才能做一个好艺人。而景德镇的艺人，有的是专门调配釉水的，上釉是一门艺术，不是一个做拉坯的人能懂的，拉坯的人就只管拉坯，比如一天就拉五十个坯，拉完就回去休息。紫砂艺人从做工具都要自己做，为什么？不懂工具的就不会做壶，要根据自己的手势、习惯来制作，工具有一百多种，所以顾景舟教徒弟做壶，先教他们做工具，工具会做了壶也会做了。景德镇不一样，拉坯的就是拉坯的，上釉的就是上釉的，烧窑的就是烧窑的，弄泥料的就是弄泥料的，最后在上面画画的就是画画的。一把壶上就刻满了一个紫砂艺人的心情和气息，由手传心。我的一部电影《壶王》里面就这样一句台词："紫砂艺人手比命重要，心比手重要。"就是这样的一个道理。

静远堂

答应给一位朋友写篇文章，好几年了，一直无从下手。

如飘渺之清风，一直找不到书写张利烽的感觉。这并不是说，利烽在我心中没有深刻的印象。事实上他经常云游在外，行踪不定。有时他在宜兴，或许他又去了云南；更多的时候，奔波在宜兴与云南的路上。他爱宜兴，因为宜兴有紫砂壶；他爱云南，因为云南有普洱茶，比普洱茶更爱的，是西双版纳的妻子、女儿。若是在古代，他便是茶马古道上的一条汉子，抽长烟杆，嚼槟榔，喝青稞酒，腰间有长刀，怀里有哗哗的银元，当然还有爱他的女人。不过，我所知道的张利烽一旦在宜兴落定尘埃，便是挺安静的一个人。读书，刻壶，作画，非常用功。常常感叹，此人有一颗比十万八千里还远的心，却能一连多天安坐在一张不足一平米的椅子上。掌上乾坤，壶里茶香；浓酽清淡，皆能自得。一个北方的男人，举手投足间抖落着江南旧书生的风采。一圈朋友围着他转，他围着一圈朋友转。喝茶，聊天，灌酒。一张干干净净的脸，不见江湖上的习气，不见艺人圈里的戾气。一个疏朗、宽厚的笑容，笑得没心没肺，老天爷拨云见日地帮他，在宜兴他收放自如，清风朗月，朋友多多。

利烽钟情于茶画。画面上常见一前世书生盘腿打坐。或逸老散人、清风落寞；或缁流羽士，茶香袅袅。那该是古人《茶疏》里的境界，庭院蕉石，银碗盛雪，炭火烹茶；心于闲适，听歌拍曲；鼓琴观画，明窗净几。于茂林修竹间，松风竹炉，提壶相呼而皆畅快乎。

利烽之茶画用笔疏朗有致，线条利落，人物活泼，意境宁静。寥寥数字的题跋，颇有智趣。仔细端详那些古装的画中人，愚愚傻傻的大智慧。笃定人生，石烂海枯。偶或能忆起唐寅的某首言志诗——"不炼金丹不坐禅，不为商贾不耕田。闲来画作青山卖，不使人间造孽钱。"其间洒脱高骨，亦有岁月静好，人生圆满的境地。

发现一壶茶，钟爱一壶茶。无论山穷水尽，从来不离不弃。看一个男人有没有深情，便去看他有什么癖好。有癖好的男人，自我会比较打开。说甚么茶之道，那是一条晃晃悠悠的小径，须得壶来帮助寻觅。不知喝下多少茶，方才知道，那所谓茶道，原是实现心灵自由这一最高境界的途径呢。窃以为，利烽的茶画，多半反映了他自己的人生状态。他一直在书写自己，前生后世，全都预支了去。那个披破烂袈裟或道袍的人，端的是他自己呢。从宣纸转移到紫砂壶上，利烽的刀笔刻画着曲径通幽的茶道：无相的自己，心底简单质朴，通过一壶茶，领会"和、敬、清、寂"的意境。那是修炼人格的道场啊。

据说紫砂圈里的许多人喜欢利烽画的茶老头儿。坐禅于紫砂壶上，想必那是一种特别自在的感觉。似乎老人家坐下就不想站起来了。一盏在手，至味在口。天地山川，星汉灿烂。一千年不过是个瞬间而已。

有一次，在利烽盛邀下去了云之南。一个安谧的夜晚，在滇池边上，小清风，水初沸，瓦屋纸窗，清泉好茶，茶具也都温温地素洁着。我等便这般围坐，天被聊得好高好远。"静远堂"的屋顶下，一壶袅袅的茶，在我眼前生起了山水、草木、庵堂、茶炉、活泉、炭火。茶带着我越过高山峻岭，让一挂瀑布洗濯灵魂，耳边却恍恍惚惚地听利烽说出四个字：正、静、深、远。

恍然一悟，那是无一物之念的、无事安心的一片白露地啊。

喝过了那通茶，复看利烽茶画，便感到一种诚恳，一种真切，一片慢慢化开的天真。那种一半春山一半茶，一半禅意一趣的气息，是入世的也是出尘的，在甚嚣尘上的今天，还有什么能让一个凡俗之人安静下来？我们的身边充斥着太多的垃圾食品与书刊，却缺少利烽茶画这样的足以暖心慰骨的精神食粮。紫砂有利烽参与，何尝不是一件幸事？

还有一次，在宜兴紫砂界的拜师仪式上，向着鲍志强大师，利烽恭恭敬敬的三叩九拜让我动容。他的神态，够得上是一种灵魂出窍的虔诚。仿佛把自己的一切都交出去了。让我觉得他是通体带着禅味的，或许在得道的路上他已经行得比我所见到的更远。雾里看花终觉浅，秀才人情纸半张。不预计开花，不奢望结果，即便鲜芽张扬，也绝不放逸。当生发愿，当生成就。永远学习菩萨的修习禅定，勇猛精进。这便是我心目中的利烽。

桃花马上，春衫少年侠气；紫泥斋中，夜衲老去禅心。

好久不见刘小酩

十多年前见到小酩的时候，他已经很老了。

是他的壶老。壶坐在那里，浑身苍老浑朴之气。小酩其实那时还很年轻，但他不爱说话。一脸驼色，与他的壶很匹配。后来见他做过一把"拙夫子壶"，铭句："大象无形，大巧若拙；智隐慧化，逍遥问道。"渐渐懂得他的心思。

在宜兴，靠做茶壶成名，太难了。有一次与小酩喝茶，掰着手指，说紫砂界起码有5万人在做壶。这5万人就像一个宝塔的塔基，是垫底的；一层层上去，挨挨挤挤的都坐满了人，工艺员、助理工艺师、工艺师、高级工艺师、省工艺名人、研究员级高级工艺师、省陶艺大师、省工艺大师、国家陶艺大师、国家工艺美术大师……最高的塔尖上，就坐着那么几个人，胡子都一大把了。

把一生搭进去，你也未必爬到那个塔尖。

小酩自嘲。说，我知道自己在哪里。

其实，成名的"捷径"离小酩并不远。通常，谁都想拜个名师，一能学到制壶的"秘籍"，二来也借借师傅的光。宜兴人厚道，既然拜到师傅门下，逢年过节、师傅家有什么红白喜事，就要像干儿子干女儿一样，逢节必礼，季季朝拜。中国人讲究感恩，师傅给你起个斋号，题个字，合个影，这些你都要心里有数，师傅有什么活儿吩咐，你要帮着干，别的什么，你不要多嘴。你要记住，师傅从来都是对的，都是为了你好。这是其一。

第二呢，你得参加紫砂主流圈的活动。如今官方、民间的展览活动很多，许多展览是评奖的。你得弄清，哪些是靠谱的，哪些是忽悠的。所谓靠谱，就是其实不怎么靠谱，但它颁发的"证书"是官方认的，评职称有用的。你要认真准备作品，但光有好作品显然不够，礼品的准备，要像作品一样认真。因为，好作品据说非常多，而好作品的标准，从来是智者见智仁者见仁。获奖的名额呢，据说又特别少。谁都想获奖，谁都在想办法结识评委。你得让人家知道你。万一评委看走了眼，而你出手偏偏轻了，那不等于白扔吗？

好了，手里积攒了几个奖，可以去考职称了。那也是一套愈来愈完整的"规则"，你先得去摸清庙门，参加一系列的培训、考试，混上指定的某校文凭，耐着性子，熬，5年晋升一次；如果你想"破格"，"规矩"就更严密，难度想必更大。这时候最忌的是心猿意马、患得患失，你得狠狠劲去争取。你就这样想吧，别人都往这条路上挤，壶好，还得有职称，不懂壶的人网上一查，哦，这人是高工，放心了。

第三，你得结交媒体。懂得包装自己。现在宣传紫砂的报刊很多，媒体的写手也卖力，但是江湖文人也满天飞。紫砂本身就是个江湖，几百年来，水何曾清过？要相信，大半江湖文人也是凭良心吃饭，有时候，他们还就是比"体制内"文人会来事儿。你要掏出心窝跟他们交朋友，宣传时自己不要脸红、胆怯，谁都是在这么吆喝。

最后一点比较重要了，要想办法结交领导和老板。今天的世界，虽然还是镰刀斧头当家，实际上官员和老板联手，才是这个社会真正的主宰者。对一般人而言，领导就是他的环境，他的心态。而老板肯掏钱买壶，才是硬道理。你看，名人的宴会，哪一桌不是老板挨着领导？你要想办法挤进去，哪怕只有一条缝，你也要拿出吃奶的力气去挤。名师门庭——领导推荐——文人捧场——老板买单——媒体包装。好了，收藏界已经对你瞪大他们原本有些小瞧你的眼睛了。

显然，刘小酩最后选择了退却。不排除之前他暗地里或许做过某些努力，但他总体上或许还是缺乏那种种"进取"的能力。他内心有些清高，但还不至于拒绝送上门的包子。他只是觉得太难。主流紫砂圈内一定有他真心仰慕的大师前辈，他只是屡屡没有机会接近他们，感受他们的气场。但是，他完全可以在内心向他们致敬，学习他们的经典作品。写到这里，我不禁为小酩这种与生俱来的清高感到庆幸，他的清高背后，或许还有那么一点点自卑。他或许觉得，与其千方百计去接近大师，还不如在家里潜心研究他们的作品。尽管他只能面对大师们出版的一堆堆茶壶书典。所以，在主流的紫砂聚会上我们见不到小酩，在名家云集的工艺展会上我们也见不到小酩。这十年间，虽然还是有一些权威的博物馆、艺术机构收藏小酩的作品，但刘小酩自己把它们忽略了不计。一个非常可能的场景是，当主流圈的紫砂频频被追捧的人们用鲜花、气球、彩带、红地毯裹挟起来的时候，正是刘小酩在清冷的民间紫砂深处辛勤躬耕的时候。

民间。后来我们知道，那是一个多大的气场。古人说，一勺水，便具四海水味，世味不必尽尝。太多的艺人，在民间的深处，安安静静做自己的功课，小酩们如是。职称、奖项、名誉之类，统统放到一边。但是，责任与担当，却还在心窝里养着。做一个干干净净的紫砂艺人，在一个并不干净的世道，比我们想象的更不容易。

10年不过一瞬。小酩临摹曼生十八式及明清、民国诸家传器。心追古人，希图以圣贤为骨，以文心入怀；灵感若瀑布天落、其喷也珠。他行走，无功利目的，只凭性情，与文人艺友结拜，与众多壶迷切磋。人生奇逢，无如好书良友，所谓清福，只在茗碗炉烟。心，彻底放松了，推窗便见岚光晴气。

对紫砂的感悟，却与岁月俱增。泥色、器型、镂雕、书画、工具、烧成。器做到极致，无非美器，如何抵达"道"的境界，心手合一、知行合一、天人合一，却是紫砂艺人一生的追求。

那是一生的修炼。修炼固苦，却没有爬那个塔尖心累。

小酩的自信在于，就紫砂壶本身而言，无论你是"主流"还是"非主流"，在信息飞快的时代，人们最终还是要看作品。过程不重要，结果才重要。将来有一天，也许什么证书、职称什么的都用不上了，就像古代武士摆擂台一样，各自拿出一把壶，往桌上一放；或者，每人一块泥，当场制作。结果马上就出来了。

干净。自然。正大气象。小酩的每一件壶器都是他的宣言。地气在民间，文化积淀在民间，新鲜的艺术空气更是充盈于民间。它们滋养着小酩。新近一枚壶，名曰:凤凰于飞。翼遮昊天，背负重霄，吐霓虹之气，依日月之光。那艺术的凤凰，从传统的根底里飞出来了。古人又说，武士贵在无刀兵气，书生贵在无酸腐气，山人贵在无烟霞气，紫砂壶贵在无匠人气而文心清朗。小酩做到了，桃花马上，春衫少年侠气；紫泥斋中，夜衲老去禅心。

无酒不欢。无泥不醉。好的小酩，不要改。我们不太见到你的时候，正是你在路上飞奔的时候。

地与气

嬗变之年

去向何方

记忆中的那天早晨，太阳非常新鲜。天很蓝，没有云。一个太平凡的日子。大楼里非常安静。话谈完了，部长大人离开的时候，挂着如释重负的表情。从这一刻开始我终于知道，从现在起一切都将改变了，这幢大楼对于我，已经凝固成一个符号，我将离它而去，不会再回头，它只是我的一处终将模糊的背景。

消息像风一样传播到大楼的每一个角落。希望我调离的人们大概已经在额手相庆。走廊里遇到的有些原本谦恭甚至阿谀的目光已经开始走样。电话一个接着一个，有客套的恭喜，毕竟是升了嘛；有知情的惋惜，为什么会这样？有的人表示愿意跟我走，如果那边需要的话。还有的人落泪了，说你还能回来吗？

不就是一次调动吗？不就是去文联坐冷板凳吗？多年前，路过市文联所在的那幢大楼的时候，我曾开玩笑地和同事们说，那里可能是我的终老之地。如今一语成谶。好在人未老，山还青，水必定会长流。为什么我留恋这里？也许只有我自己知道，这顶破乌纱帽并不足惜，而是电视这个欢喜冤家让我欲罢不能。是电视给了我广阔的视野，给了我创作的激情和更多的坚韧从容。

鱼不抗拒水，人不抗拒命。一切手续都在加快按程序进行。我提出要去一趟北京而终于获得恩准。早春的什刹海的夜晚，寒意很浓。在离郭沫若故居不远的　个绍兴酒店里，三位北京朋友在我有些消沉的叙说里不断地向我劝酒。N兄发现我内心其实还放不下电视，他建议我给央视的G兄打个电话，说这哥们又升了。你要是真那么爱电视，就到北京来跟他干。之前我和G接触颇多，彼此印象非常不错。我的片子在央视得奖，他功不可没。电话通了，听到了G粗犷热情的声音。他正在筹建一个新频道。你愿意来吗？他的话语和以往一样直截了当。我心里有些潮起，但不知该怎么表达。一直没有说话的Y兄推了推我，说，你已经不是当北漂的年龄了，何必呢？

Y兄对我，对宜兴太了解了。他常说宜兴是中国最安静美丽的小城，是最适合人居住的地方。

在以后的一周里，关于当北漂的话题不断被提起又不断被否定。生活是非常实际的，你可以选择放弃，选择离开，选择北上。颠沛流离的生活倒是无所谓，但那条路未必就适合你。当一个人的面前出现很多条路的时候，关键就看你选择什么了。那些日子里，我和自己的内心进行了无数次交谈，皈依文学吧，我的心说。得便是失，失便是得。从此以后，你可以躲避，远离是非，做自己喜欢的事。这是人生大幸啊，你还计较什么呢？

离开电视台的最后两天，我觉得时间分分秒秒都那么宝贵。我频繁地找一些人谈话，感谢他们在工作中对我的支持，感谢他们对我的宽容理解。男儿有泪不轻弹，只因未到伤心时。其中，和个别人的谈话是艰难的，到这时候我才知道，人与人之间的误解、怨恨，是可以藏得很深的，不到关键时刻，是不会暴露的。原先以为，我对个别人的批评，只局限于工作。但人家把账一笔一笔记得很清楚呢，现在你要走了，他也不必对你装孙子了。

以我今天的心态，我依然要真诚地对他们说一声对不起。聚散皆缘，大家都是兄弟姐妹，我在副台长兼文艺中心主任的位置上，没有很好地照顾他们，也许我的管理有时过于简单粗暴，也许我的存在本身，就让他们感觉到一种压力。太强势而不够温和；我没有和他们进行沟通或者沟通得远远不够。我忘记了我们是在一种什么样的体制机制下混饭吃。什么事业？不就是一个饭碗吗？徐某人啊，你还是在大战风车啊！还有一些我原本想做好的事情却没有来得及做。亲爱的兄弟姐妹们，虽然你们中间的少数人对我有意见，但我依然思念你们，这种思念时间之长、程度之烈，是我始料不及的。经常是在梦中，我和你们在一起参加大型晚会的录播，在一起拍摄记录片的某个场景，在一起剪辑那些永远剪不完的片子。我不会忘记为了拍摄一个三秒钟的渔火镜头而在冬天的寒风中等待三个小时的情景，我至今还记得你们每个人的笑容，熟悉你们每个人的特点，我会永远珍藏那些永难磨灭的往事，记住你们赐予我的点点滴滴。

一无所有的力量

那种心无所依的渺茫感竟然如此强烈，而且难以排遣。文联你好，徐某人来了。没有一兵一卒的常务副主席，三间空空荡荡的办公室。我的前任坚守在此20年，遨游于丹青墨海，终于平安落地、功成身退。移交工作仅只几分钟，我接过的仅是一颗公章。没有一张像样的办公桌，也没有电脑、传真这样一些基本的办公用具。我的前任是位书画家，他的办公桌兼书画台还是自己花钱做的。如今他要退了，这些属于他的私人物品理应拿走。领导宽慰我说，不急，慢慢来。而我的心起码已经绝望地死过三次。感谢妻子，那天她恰巧遇到财政局的领导，说起文联的现状，领导说打个报告来吧，批一万元，办公用品还是要添置的嘛！

黑色幽默翩然降临。我到文联后接待的第一批客人，并不是那些过去的朋友，而是纪检部门的两位干部。他们非常和蔼地告诉我，有一封寄自广电局"群众"的匿名信，反映了我的"一些情况"，希望得到我的核实。他们说，这样找我，也是为了保护我，对我负责。看完信我居然非常平静，没有一点愤怒。仇恨其实是一种胆怯，在过去的岁月里我已经习惯与小人过招。我估计这封信还会在其它的路途上游走，并且在关键的路口设置陷阱。问题出在这封信的本身，它也太轻薄太小儿科了。如此，我必须感谢小人，他们很辛苦，长期担任我人生道路上的陪练，从来无怨无悔。不过，这一次应该让纪检部门来郑重地还我一个清白了。

回想平生，颠沛流离几十年，一直在熙熙攘攘的人群里穿行。现在突然静下来，恍若梦幻。早先我的同事拍过一部片子，叫《一个人的学校》，说一个偏僻山村，一位女教师用复式教育方法，同时教几个不同年级的课程。现在看来，那个女教师还是应该被祝福的，她有学生，有课本，有课堂，最关键的是她有信念，有成就感。徐某人有什么？枪已缴，弹已绝，好像曾经拥有的东西全都离开我了。是的，此地风景不错，围墙外面就是龙背山森林公园，窗外灌木葳蕤，花草茂密。但我的眼睛好像出了问题，最初的一段时间里，那些绿色植物在我眼里，怎么看都好像是被做旧拉毛的黑白片效果一样。

心境不好。身体也配合着出现问题，连续的发热咳嗽，失眠盗汗，浑身乏力。好啊，真好！人生滑入低谷，一切都不动声色。

我惶惑。一头雾水。平生乃庸碌之辈，早年辍学，草根挣扎；靠文学换得饭碗，战战兢兢，数十春秋竟一日不敢懈怠，如此而已！

一时的错觉是，世界如此之大，人群熙熙攘攘，但无处可以倾诉。就像四周都是海，但你却找不到水喝。

想起了苏东坡的一段文字：

得罪以来，深自闭塞，扁舟草履，放浪山水间，与樵渔杂处，往往为醉人所推骂，辄自喜渐不为人识。平生亲友，无一字见及，有书与之亦不答，自幸庶几免矣。

一个直指心灵的声音，沙哑而高亢，愤怒而温情：一切都会过去，没有什么大不了的。啊，它每一个音符从远处奔袭而来，直接穿过我的肌肤，跟血液融合在一起，然后温暖无比地爆炸。我能听到那无声惊雷发出的巨大轰响。

一周过去了。周围的花木渐渐有了颜色。

四顾茫然，有什么事情可做呢？我终于想起，有一件我一直没敢答应的事，现在可以启动了。紫砂工艺大师L，曾郑重邀请我给他写一部传记。当时因为太忙，事情就搁下了。L是我非常敬重的紫砂大师，写他个人的传记其实也是为紫砂艺术立传，弘扬紫砂文化。心有灵犀一点通，L大师的儿子来电话，大师要见我，约我去他的醉陶居喝茶。春天的太湖边，红肥绿瘦，环境幽雅。醉陶居的茶香和主人的热语如同春风拂面，让我感受着消失了多日的快意。从这天起，我将和一位68岁不言老的紫砂大师一起穿越时空，去回顾、感受半个多世纪的风雨历程。几乎是每天午后，大师派车来接我，醉陶居的下午茶总是飘着酽香，那些抖落着灰尘的陈年往事，在大师口中，像一个个精彩的段子，萦绕于心。但我记录文字的手竟然多次抓不住笔，伴随着一阵阵的乏力、头晕、畏寒，身子感到很虚。这在以前是从未有过的。原来，没有力气就是这个样子啊！大师说我气色不好，建议我休息几天。但我觉得还能坚持。我相信生命力是一种与生俱来的禀赋，有的人充满斗志，一生都在前赴后继；有的人虽然看似悲观，但即便是在颓唐的态度背后，也隐藏着对生活深深的不如愿的热爱。有大心大爱的人才配写作，患得患失的人不如早点走开。醉陶居的清风明月滋润我心，大师的坎坷历程激励我奋力前行。紫砂本体的质朴内敛，素面无华，恰与我内在的某种情结暗合默契。我的采访在2个月后得以全部完成。"五一"劳动节的时候我照例还在劳动，休假的最后一天，我拿着刚写出的两章去给大师看，彼此心同而皆欢。之后便开始真正的埋头写作。那一天离去时突然感到，上苍的恩惠正在不动声色地降临于我，从此坐对雨声云影，面朝松风萝月，俗务不再缠身，小人远离，口舌消隐；哪里去求得这般洒脱啊？大梦猛醒之后，便是身心的纵然一跃。有时写着写着，便从早上到了黄昏，房间里光线已暗，窗外天空在不经意间换了颜色，暮色清凉，日光隐退，能够看到远处空旷原野以及绚烂的落日晚霞，周围逐渐亮起万家灯火，虚幻而真实；有时是从深夜写至凌晨，思绪沉浸其间，和天地一起醒来，看到沉寂的天空一点点明亮。尽情品咂大寂静的浓度，像蜜，像酒。向空中伸出双手，然后深深呼吸。楼下的树木和道路，笼罩迷离梦魇气息。鸟儿叫得清脆，那种光线和蓝色的转换，仿佛带着整个宇宙的秘密。哦，新的生活已经既定，仿佛一条白茫茫湖水中被劈开的路途。

易水乃是沧浪之水，东去难留；
明月却是自己的明月，可以滋养心田。

沧海一声笑

大师传记获得成功，书由上海文艺出版社出版，厚重而华美。和那年端午节一起到来的，还有我的一部新出版的长篇小说《浮沉之路》，还是作家社，N兄责编。上海、南京、济南、无锡的多家省市报纸正在连载推介。文联工作也打破沉寂，在领导关怀下有了起色。隐蔽在市府大院7号楼深处的文联办公室被我荒谬地命名为祈皓楼（谐音而已，决无祈求皓月当头之奢望）。这里已被开垦为我的一个文学生产基地。虽无瓜果瓢香，但亦回黄转绿而生机显露。一个在朋友的茶座上被反复说起的计划：编一本《名人笔下的宜兴》，正在启动之中。这个书名最初出于C兄之口，他堪称书画鉴赏专家，文化功底既深且厚，却又是保一方平安的公安局长。可谓文武之道，张弛有度。企业家W兄，亦是我多年至交，在我遇到困难的时候，他总是鼎力相助。他当时并不知道，《名人笔下的宜兴》到底会编成一本什么样的书，只是基于对我的信任，慷慨地提供大笔资金。此外，还借给我一辆皇冠3.0汽车。有了粮草辎重，还须兵勇才行。文联有编制，但非公务员调不进来。体制像一张温情的笑脸，经常开满莲花，但她一张嘴你才发现满口钢牙闪着寒光。多番折腾之后，终于找来一个在徐州打工的大学生，小C，宜兴人，一个清瘦腼腆的农家子弟，学中文的，人很精干。光杆司令徐某人终于有了一个兵。同时加盟的还有绰号"野猪"的C，专门从事出版设计，据说可以三天三夜连续作战，像动物般凶猛，又人脉广泛，故得野猪美名。他在工艺学院教书，我用一纸市政府的介绍信把他借来文联，负责"名人"一书的美术部分。古诗词方面，则请了X先生帮忙。我们的第一个目标就是去宜兴日报仓库里那些被封存的旧报纸，前后20余年存档的全部报纸，足足拉了一汽车。以我的经验，这份宜兴唯一公开发行的报纸里面一定深藏着许多宝贝。宜兴是个太神奇的地方，文化博大精深，渊源悠久绵长，形态丰富多彩，菁华质高形美。古往今来，不知有多少文化巨匠、骚人墨客在此留下不朽华章。若能把古今名人抒写宜兴的诗词散文书法绘画荟集起来，必定是蔚为大观的一桌文化盛宴。我等不才，干这活儿不求名利，惟了却一个多年心愿而已。20余年的报纸堆在我的办公室，像一座小山。每天我像一个拾荒的流浪汉，盘桓于这些发黄甚至发霉的文字之间，有时劳累一天，也只是徒劳地吃一饱灰尘。活该我长期四体不勤，双手居然因了连续多天翻动报纸而痉挛不已。吃饭的时候，连筷子都抓不住。有时翻得几乎绝望过去，突然一个响亮的名字闪入眼帘，或是一篇散文佳作，或是一幅丹青妙制，像爱德蒙•邓蒂斯终于发现了基督山的宝藏，那份狂喜与激动，别人会以为徐某人中了头彩或者搭错了神经。这样的日子过得太快，我和野猪昼夜颠倒地分头出击，四处寻找资料和线索。野猪对丁山紫砂艺人聚居的地带采取了地毯式进攻，敲开了一个个紫砂艺人的大门，上世纪的文化名人、书画大家到了遍地陶器的丁山，必定与紫砂艺人们有唱和之作，那时的人比较淳朴，书画家们有口酒喝，就愿意给你画上半天，决不可能像现在那样，动辄以尺寸计算润格。我相信当时他们和紫砂艺人的唱和是非常愉快的。历代以来，紫砂的生命都是文人和艺人共同赋予的。想必那些信手拈来的题材，大都会与宜兴有关。通常是，一不小心，一件赞美宜兴的精品就诞生了，像郑板桥，像蔡元培，都在茶壶或花盆上题过诗。可是，也许那些好东西从诞生那天起，就被主人藏在抽屉或箱柜里绝少见出天日。那些日子里，我天天能接到野猪捷报的电话。我这里也连克城池，一路所向披靡。收集的古代名人计有王昌龄、李白、白居易、杜牧、李商隐、欧阳修、苏东坡、陆游、文徵明、唐寅、石涛、郑板桥、吴昌硕……等诸家吟咏、描摹宜兴的诗词文稿以及丹青佳构，近现代则有康有为、蔡元培、郭沫若、田汉、郑逸梅、徐铸成、于伶等人的妙笔华章。当代的书画家多若过江之鲫，必须大浪淘沙、佳中选优，最后确定以钱松嵒、吴冠中领衔，这两位都是宜兴人，扛得起当代中国画的半壁江山。当代作家阵容则略逊一筹。我和北京中国作协的Y兄联系，请他邀请一批当代著名作家来宜兴采风。这一年的9月，以中国作家协会副主席陈建功为首的一行16名作家造访宜兴。其中有玛拉沁夫、吴泰昌、苏童、叶兆言、陈世旭、范小青、熊召政、储福金等文坛骁将。他们在这里访紫砂、动笔墨、游竹海、品香茗。数月之后，多位作家将他们的妙文寄来，其中熊召政和叶兆言的文字最为精彩。

一年过去，这本集子竟已积累了70余万字，图片则有300余幅。万事齐备，只差一篇大序。当代文化名人中，王蒙是我们的不二人选。又是Y兄帮忙，他父亲尹瘦石和王蒙是至交，他和王蒙的长子王山也是哥们。这样，我的朋友名单中，就隆重地添上了王山的名字。他前后两次来宜兴，为他父亲的造访打前站。我则三上北京，盛邀王蒙先生来宜做客。最后，王蒙先生竟是借凭着资料就写下一篇极好的大序，而他在那年初冬来宜兴出席该书的首发式，自然成为当地的一件大事。大概他也没有想到，这本书的规模和体量竟然如此之大。当时我和朋友钱兄一起去上海接他，见面后他对我说了一句很幽默的话："这书这么厚重，可以砸死人的呀！"

如此，该书出版至今，已印两版，一直成为宜兴对外文化交流的厚重礼品。

上善若水

那一年盛夏，我正挥汗如雨地撰写大师传记。一天下午，突然接到W市长的电话。他告诉我，珠江电影制片厂想在宜兴拍一部反映紫砂历史的电视艺术片。他们希望在当地找一个既懂紫砂、文笔又好的作家当撰稿人。后来制片人H告诉我，他们通过朋友找到了W市长，当时市长大人毫不犹豫就推荐了我，并且立刻拿起了桌上的电话。

但我竟在电话里婉拒了W市长。

我的理由听起来非常充分，既然调离了电视台，那我就应该老老实实地金盆洗手了。这电视我不做也罢，免得让某些人夜里睡不着觉。W市长静静地听我说完，说："我记得你以前好像说过，想拍一部全面展示紫砂历史的片子的。"我说：今天再来回忆这件事，我觉得很对不起W市长。书生傲骨，古今皆然。同时也是文人的弱点。我并不知道W市长在我的调动问题上是持保留意见的。在中国的政治体制里，市长镇长乃至村长是干事的，但并不分管"组织人事"。以W市长当时的处境，他在任用干部的话语权上非常有限。但他还是勤勉工作、宽厚待人，最大限度地发挥着他的影响。过了几天，珠影厂的制片人H先生登门拜访，此公是个典型的壶迷，湖北人，九头鸟；谈吐则有广东人的精干。虽然彼此一见如故，但我并没有立刻答应撰写他们所要的电视文学剧本。徐某人不习惯在同一个时间里做两件事，其时，大师传记正写得难分难解，我必须日夜兼程地完成这一部，然后再投入另一部，H先生表示理解，但希望和我签署一份协议。仿佛闲散的生命舟楫突然划到了中流，从此再也不得懈怠；机缘的脚步则追得我有点喘不过气。真切地感到，有事情做、有东西写是多么的幸福。其实中国的文人所求甚少，内心能有一份清纯与空灵，环境能有一份理解与安静，然后，他就能拥有一份不再需要提防上下左右的从容，一份不再需要向周围申述求告的大气。给他一张纸、一支笔，他就可以像春蚕一样吐丝。

诚如W市长所说的那样，我曾经设想编导一部统揽600年紫砂历史的人文记录片。但由于种种原因，一直未能如愿。我也许在某个场合说过，不拍这样一部片子枉为电视人这样的大话。日理万机的W市长居然就记住了。我并不知道他一直在关注我的创作，经常向我的直接领导询问我的情况，多次向他们打招呼，要给徐某人的创作提供一个较好的环境，等等。我甚至不知道当时珠影厂在我不愿意接这个剧本的时候，曾想派出他们自己的编剧，但W市长坚持要让徐某人来写，并把这个作为合作拍摄的条件之一。后来我又知道，W市长热心帮助的文化人实在太多了。在他身上体现的，不是一个官员对文人的恩赐，而是对文化的敬重，对文化人的惺惺相惜的宽容。事实上，这一部后来被定名为《中国紫砂》的8集电视艺术片，如果没有W市长的直接关心支持，是不会只用一个多月就顺利拍摄完成的，他是真正的总策划总顾问。

我的剧本创作进行得非常顺利，之前，有关紫砂的种种想法，一直潜伏在内心的深处。这一次又调阅了大量历史资料，并采访了十几位紫砂艺人。落笔的时候有一种调动千军万马的感觉。8集剧本，每集6000字，我只用了26天就全部完成。这部片子的投资人，台湾壶迷Z先生，看了剧本很激动，决定追加一笔资金，要把剧本的精华部分用线装书的形式包装，随DVD一起出版。

　　一年以后，《中国紫砂》分获江苏省五个一工程奖和第19届中国电视文艺星光奖。精装本的DVD盒带在全国各地热销，它的影响还一直扩大到香港、台湾、日本、韩国、泰国等国家和地区。

　　但是，促成这部片子的W市长却悄然调离了宜兴。得到这个消息的时候我正率领文联代表团在新马泰采风。在马来西亚的一个边陲小镇的旅馆里，我和朋友L彻夜难眠。曲未终，人已离，江上数峰青。W市长是个难得的好人，好官。在他身上，有着一般官员少有的儒雅、宽厚。宜兴的干部群众是多么希望他留下来，再为这块他深爱着的土地干点实事啊。可是，在巨大的官场运作机器面前，民意有时脆薄得就像一张纸。这一夜，脑海里尽是这位亲民市长平易近人的点点滴滴。数天之后返国，当我们踏上家乡的土地的时候，W市长却已经离开了宜兴。老百姓听说他要走，就带着匾，送到市政府，上书：平民市长、人民公仆，宜兴群众永远怀念你。

　　据说W市长走的时候没有一句怨言。他是一个有大胸怀的人。包括我在内的许多人，都直接感受过他的人格魅力，受到他的影响。某一日翻闲书，读到一段文字，说近代著名诗僧苏曼殊某次被人欺负，内心压抑，他爬上高山之巅，真想跳下去了却此生。忽然一轮明月从云层里飘逸而出，清朗可爱，月光之下山河清明，了无纤尘。曼殊本有慧根，当下心中豁然开朗，长吟曰：易水潇潇人去矣，一天明月白如霜。郁达夫亦感慨道：为人须如曼殊，处世而不怨，如庭中梅花，坚韧而自香。

　　人要有果敢心。易水乃是沧浪之水，东去难留；明月却是自己的明月，可以滋养心田。在我的一生中，W市长是一位不可多得的益友良师。

一束日记

引言：

　　弹指之间15年过去了。今天的人们或许早已忘记了他的名字：潘根大。一个农民，一个死在自己复垦土地上的农民。

　　如风飘逝。

　　15年前的日记已然泛黄，那些往事却清晰如昨。翻开它们，心头依然会泛起阵阵波澜。

1997年2月11日　晴

　　为了寻访一个名叫潘根大的农民，我们驱车前往地处宜兴西北丘陵地区的鲸塘乡红星村。

　　知道潘根大这个名字，是偶尔从本台的一条新闻里。居然有这样一个农民，曾经当过20年乡办砖瓦厂的厂长，退休后赋闲在家，回首往事，猛然想起自己这20年间挖田烧砖，竟然毁了200亩地。站在村后的山坡上，猛然看到大片坑坑洼洼的废弃地时，心里更是难过，几番痛定思痛，他毅然决定，荡尽家底，借债复垦，以自己的余生来还清心头的债务。

　　听起来象一个虚构的故事。

　　在这条简短的新闻背后，也许有着一个生动的故事。

　　上午9时许，我们的汽车驶进了红星村。

　　红星村是个有着1000多人口的大村子。村前一条小河，横卧几只小船，白鹅花鸭点缀其间；打谷场上的草垛丛中突然窜出一条狂吠的黄狗，惊飞了一群觅食的麻雀。一派久违了的田园风光。

　　潘根大的家在村子的后面，从高大的墙门进去，是一个宽敞的院子，一个50多岁的农妇正在洗衣服，我们说明了来意，她怔了一下，没好气地说："死老头子，一早就到'黄泥筋'上去折腾了。"

听口气，她肯定是老潘的妻子了。

"黄泥筋"？

一个小伙子在门口探了一下头："大伯在岗上干活呢，我去叫!"

约摸过了十几分钟，潘根大回来了。

这是一个比电视里看到的还要朴实的农民形象，中等壮实的个子，黑里透红的脸膛上，镶嵌着一双灼光逼人的眼睛；尤其是那鼻子，"山根"笔直，显示着倔强的个性。

我们自报家门，老潘的神情有些疑虑，大手一伸说："进屋坐吧。"

进了屋，我们直截了当对老潘说起复垦的事，老潘抽着烟，沉默了一会儿，说："砻糠搓绳起头难，我现在困难很大，复垦也才开始，你们要拍电视？有什么好拍的?"

我说："我们就是要用拍电视来支持你!政府对土地复垦从来是很重视的。"

老潘苦笑了一下："村上人可不这么看，闲言碎语可多了。"

"她呢?"我指了指正在院子里忙碌的老潘老伴。

"天天骂我是神经病，有福不享；不瞒你们说，连我的儿子、女儿都反对我。"

"为什么呢?"

老潘又沉默了。

我打量了一下四周，墙上除了全家福的照片，还贴满了大大小小的奖状，那是老潘20年来办砖瓦厂的光荣历程，我突然觉得，这些光荣对老潘来说，实在太沉重了。

我还发现，墙角有一大堆空酒瓶。

老潘要留我们吃饭，我们客气地推辞，他脸一板，说："是朋友就陪我喝几盅。"

没想到，老潘能用大碗喝酒。

更没想到，第一次见面，老潘就用他的豪爽和海量征服了我们。

1997年3月1日 晴

今天，我们在老潘的复垦地边拍摄了第一组镜头。

站在山坡上极目远眺，大片被荒废的土地坑坑洼洼，在原野上显得十分刺目，可以想象，在过去的20年间，潘根大和他的农民兄弟，也是用血汗浸透了这块土地，他们曾经是自信的，经他们的手烧出的砖瓦，圆却了无数农民住高楼瓦房的美梦。他们陶醉过，迷茫过，而一旦醒悟，便以自己的行动来赎还良心上的负疚，这需要多大的勇气?这勇气又是如何形成的?也许，这正是我们所要挖掘的内涵。

C80大型推土机呼啸着在荒地上艰难地行进。老潘只穿了一件汗背心，大声吆喝着跑来跑去。这个复垦工程可谓巨大，老潘必须从别的地方运来熟土，填进那些坑坑洼洼(现在我们终于弄懂什么叫"黄泥筋"了，它是指贫瘠如一条筋的荒地)。山岗上围着一些看热闹的村民，我和摄制组的同事商量了一下，决定先采访村民们对老潘复垦的反应。我提醒大家在现场一定要抓住本质的东西，要拍出现场感，千万不要把真东西拍假了。

对村民们的采访还算成功，信息量很大。其实，村民们的担心不无道理，在这荒地上复垦，投入太大，而且，粮价低，卖粮难，收不回投资岂不蚀了老本?

中午时分，老潘的大儿子潘国军也赶来了，他足有一米九十公分高，35岁左右，身体发福，村上人都喜欢叫他的绰号，是个洋名:达德罗夫。找开玩笑说，应该叫亚历山大。如今他是一家采石矿的承包经营者，据说这些年很赚了一笔。他也反对老潘复垦，但又拗不过他。采访记者小谢问他，老潘复垦会有个什么结果?他苦笑一下，说他们做子女的无非就是支持他一些钱，让他弄个痛快，从效益看，这种复垦的结果只有四个字:劳命伤财。

而老潘的妻子说得更干脆:老头子不死也得脱层皮!

1997年3月20日 阴雨

今天下雨，没有出外景。

召集摄制组全体主创人员开会。我向大家提了一些问题，在潘根大身上，到底能挖掘出什么内涵，他的复垦体现了什么?应该怎样去表现?

大家认为，这个题材很容易流于一般的先进人物报道，譬如通过他来表现保护耕地的重要性，也可以把他写成一个惜土模范，或者从"人老心红"的角度，从一个农村老党员发挥余热入手，等等。

是的，如果是这样，这部片子一星期就可以封镜。但无疑糟蹋了一个好题材。

那么，这个题材好在哪里呢?

关键在于，一个毁了田，又再造田的农民遇到了很大的困难，他的性格、他的命运正在与这些困难的斗争中逐步凸现，丰富的情节正在展开。可贵的是，他的"现在进行时"的故事很饱满，而主题是再明确不过的了，这就是，通过潘根大复垦造田的曲折历程，来体现千百年来农民与土地的血肉感情。

人类与土地，这是多么博大的主题!无论在哪个国家，无论何种意识形态、何种文化背景，这个主题都会得到普遍的共鸣。

这个观点得到了大家的共识。

讨论中，大家提到，老潘的老伴对我们始终比较冷漠，拍摄上也不肯配合。我把这个任务交给了采访记者谢丽娟——她是摄制组唯一的女性，我要求她一定要和老潘的老伴交上朋友。

应该好好地拍。不能心浮气躁，急功近利。要跟老潘交知心朋友，真正地贴近他。

在手法上，拟采用跟踪纪实的方式。追求一种平实、稳健、沉着的风格。尽可能保留同期声。

我对大家说，局题材研讨会已把潘根大列为一号题材，我已经立下军令状了，只能拍好，不能拍坏!

1997年6月20日　晴

连续跟踪拍摄老潘复垦已经几个月了。从今天开始，我率摄制组住进了老潘家。行前，我让驾驶员小黄上街买了酒菜，从今天起我们开始自己烧饭，和老潘同吃、同住、同上工地。

中午，我们围着老潘家的柴灶忙得团团转，小谢烧了拿手菜：葱烤鲫鱼。录音师小薛也烧了一个青炒扁豆，而老潘不声不响地杀了一只鸡慰劳我们。农家草鸡，清汤白煨，真是妙不可言。

老潘又喝开了酒。他说："你们电视台送酒给我喝，我很光荣，还有两瓶我要藏起来做个纪念。"一喝酒他的话匣子就打开了，说起他年轻时的许多往事。摄像小夏趁老潘不注意，悄悄离开饭桌，支起了三脚架，打开镜头，红灯亮了……

应该说，我们的第一步已经成功了。面对我们的镜头，老潘一点也不拘束了。他已经把我们当成了朋友。

只是老潘的老伴还是一个人默默地忙着家务，和我们若即若离，总也热络不起来。

晚上，我们终于拍到了她和老潘在浴锅间对话的一场"重头戏"，那才是真正的夫妻间的对话，生活味浓，也有信息量，两个人矛盾、性格都出来了！

只是在光线的处理上，我们还吃不准。第一次实拍太暗。后来补了一点灯光，又太亮了，没有夜间的感觉，后来还是熄了灯，把摄像机的增益开关提升了2格，夜晚的效果出来了，特别是老潘洗澡泼水的同期声很清晰饱满(那也是老潘性格的一部分)，老潘老伴坐在灶窝里烧火，火光映红了她的脸，因而有一种油画般的质感。

又补拍了星光下的庭院、烟囱，录下了村前的狗吠，墙根下的蟋蟀叫。我们几个人被蚊子叮得满身都是疙瘩。小薛嘀咕了一句："乡下的蚊子真肥啊!"

半夜里，我们睡得很沉。不知什么时候，跟我睡一铺的摄像小夏把我推醒了。"你听，好像老潘在和谁吵架？"

仄起耳朵细听，真是老潘在大声叱骂着什么。这时，小薛也醒了，我们下了床，轻手轻脚下了楼梯，堂屋里亮着灯，从窗户里看进去，我们惊呆了！

老潘一手握着酒瓶，一手捶着胸，面对墙壁，大声骂着什么，却一句也听不清楚。一股浓浊的酒气从窗口弥漫开来……

老潘的老伴也起来了，她走到我们面前，低声说："把你们吵醒了吧，老头子经常这样的，喝了点酒，就发酒疯。"

她好像已经习惯了。

我猛省到，老潘复垦，承受着多大的心理压力啊，最近一段时间，他经常外出借债，常常空手而回。而田里的农活不等人，化肥要钱，农药要钱，人手不够找帮工，更需要钱，对老潘来说，钱就是血！他借酒浇愁愁更骤，"发酒疯"的背后有着多么酸楚的话题啊！

我更加明白了，我们的片子应该怎么拍。

1997年9月2日　晴

今天，老潘带我们到砖瓦窑厂去。在我们的拍摄计划里，窑厂也是一个重要环节，因为老潘在这里工作了20年。窑厂还在烧砖，工人们还在挖土，我们设想，让老潘和他昔日的老部下们在一起，他们之间会有些什么话题呢？纪录片的大师们经常念叨要为人们设计(创造)环境，让特定的环境来烘托人物。窑厂是不可忽视的一个"场"。

超出我们预计的是，当老潘肩扛锄头，突然出现在挖土的工友们面前时，现场的气氛十分活跃，对话也很精彩。大都是与复垦有关的，有担心的，也有冷嘲热讽的，很出戏。偏偏这时候，摄像机的电池用完了。备用电池搁在3里路外的老潘家中。摄像小夏急得直冒汗。等他乘着一位农民的摩托车风风火火一个来回赶到现场，这边的"戏"已经冷了。再拍就是"扮演"了。准备工作做得如此不细致，我当负首要责任。

1997年9月5日 阴转晴

今天重拍了窑厂的戏。同期声很好，现场采访也比较到位。但由于机位的限制，镜头拍得比较局促，如果事先再带一台机子，增加一个角度，就从容多了，现在的画面上，老潘和工友们交流的小全景不多，特别是工友们七嘴八舌，由于不是预先布置的，镜头来不及拉开，就显得缺乏声源。

但这场戏的气氛，特别是矛盾冲突都出来了，具有一定的冲击力。

1997年11月20日 阴雨

上午，老潘来电话，今天他要来城里看望我们。他兴奋地说，他那150亩复垦地，总共打了15万多斤粮食，平均亩产达到了1100斤。他成功了!他说我们陪着他吃了很多苦，他要送点新米给我们尝尝。

下午，他真的来了。虽然忙了一个秋收，但他的精神很好。小谢问：丰收了，你那老伴也高兴吧!老潘说，这几天正忙着晒稻，入仓，她也在忙哩。我说，不容易，明天我们就去拍她帮忙的镜头。老潘说，欢迎，现在红星村的老百姓都知道我老潘有电视台撑腰。我说，政府也会支持你的!老潘笑着说，不瞒你们说，市国土局要奖我4万元钱哩!

真为他高兴。

老潘又告诉我们，他还要继续复垦，准备先垦出20多亩水面养鱼，再养200头猪……

隐隐地，我又有点担心，原先欠下的钱尚未还清，再来这么个大动作，能承受得起?

老潘说，正因为欠下了那么多债，才考虑搞点副业，眼睛光盯在田里，光靠种点粮食，还不清债啊!

我说，你有信心继续搞，我们也有信心继续拍。

1998年3月5日 阴天

中央电视台社教中心地方组的编导们对《农民潘根大》这部片子很重视，今天，王青老师来电话说，经研究，这个题材已列入中央台大型系列纪录片《中国人》的选题之中。这对我们无疑是一大鼓舞。

跟踪拍摄老潘已近一年了，已经拍了20盘磁带。有时看着素材，就会想起那些与老潘在一起的日日夜夜……

王青老师在电话里提醒我们，不仅要注意挖掘人物的思想内涵，更要注重故事的可看性，30分钟的片子，需要有较大的信息量，节目成功与否，取决于对细节的拥有量和对细节的文学性处理，一定要抓到独特的语言及语言表达方式。要把人物放在当代中国的大背景下观照。

还是要深入下去，摄制组要做好长期作战的准备。因为，老潘的故事还在继续，他的性格决定了他的命运。

1998年7月16日 晴

今天拍得太艰苦了。

这一段时间，也是老潘最艰苦的阶段。稻田出现大面积虫害，施了农药却烧坏了秧苗；鱼塘边常有人偷鱼，老潘在鱼塘边搭了一间看鱼的小屋，每夜要起来几十次，他太累了，只能用酒来提神。

我们在看鱼的小屋里拍摄了老潘酒醉吐真言的一场戏，一串串肺腑之言，再一次显示了老潘是一条百折不挠、响当当的硬汉子。

在烈日下，我们扛着沉重的摄像器材，跟着老潘在发烫的田埂上走着。不一会儿，每个人的衣服都被汗水浸透了，小夏热得把双手插进秧田里，却马上叫起来，连秧田里的水也是烫的。

我们劝老潘，歇歇吧，别把身体弄垮了。

老潘说，我也想歇，可歇不下来啊！

下午3时许，终于下了一场阵雨。我们给摄像机罩上了防雨罩，拍摄了老潘冒雨开沟的镜头。一会儿工夫，我们全身被雨水湿透了，老潘有些不过意，说，真对不起你们，冬天下雪你们也来，夏天下雨你们也来陪我受罪。

这时，老潘的老伴拎着几只南瓜、香瓜过来了，说，都是地里种的，带回去尝尝吧。

这几只南瓜、香瓜真让我们感动。相处一年多了，老潘的老伴终于慢慢和我们沟通了。

望着她的背影，小谢说，其实她对老潘挺好的，虽然反对他复垦，可每天总要买些好菜给老潘补补身子，说到底，她还是担心老潘的身体啊!这就是女人!

我们坐在山坡上等天黑，今天还要拍一组老潘夜巡鱼塘的镜头。天空闷热得没有一丝风，人坐在地上，好像一点力气也没有了。

终于等来了天黑，田野上空，成群的蚊虫大兵压境，嗡嗡响成一片。我们跟着老潘，拍摄了他夜巡的镜头，录下了蛙声如鼓的同期声。

天又下雨了，真是好雨。但没想到，这场暴雨把我们返城途中的一段路冲成几个大坑，车轮陷进泥坑里，我们只得下车，几个人一起用力推车，然后搬来石块填进泥坑里，费了九牛二虎之力，才把轮胎拔出来。

回到台里一看表，已经深夜11时30分了。

1998年8月12日 晴

突如其来的噩耗，如晴天霹雳；老潘死了!

今天凌晨，人们在复垦地上发现了他的遗体，他的手里还紧紧攥着一个手电筒，而沾满黄泥的身上已经爬满了蚂蚁。

我们接到鲸塘乡广电站打来的电话，谁也不相信这是真的。可青天白日，谁能开这样大的玩笑呢!

慌慌张张去花圈店，付钱的时候，我觉得这事简直是个天大的恶作剧，怎么可能呢?

载着一个巨大的花圈，我们的车子又开进了红星村。

他还要继续复垦，
准备先垦出20多亩水面养鱼，
再养200头猪……

未进潘家，已闻哭声，嘈杂的人群挤满了潘家原本寂静的小院。

我拿着花圈，突然一步也走不动了。

生龙活虎的老潘呢?老潘，我们又来了!

老潘直挺挺地躺在临时搁起的门板上，只穿一件汗背心，身上的泥斑还未洗去，他仿佛是累极了，小憩似的……

老潘的老伴几乎是扑过来紧紧抓住我的手，她双眼哭得红肿，悲伤得讲不出一句话。

我们含着热泪献上了第一个花圈，忍着悲痛拍下了众人哭灵的场面。

窒息般地难过。我们又一次来到复垦地边，来到了老潘夜巡鱼塘、放水增氧、猝然倒下的地方。

摄像机不会流泪，它只是无声而忠实地记录着……烈日下的复垦地，仿佛也沉浸在深深的悲痛之中。

好几次，泪水模糊了视线，我的手颤抖着，连监视器也拿不动了。

一语成谶。老潘是积劳成疾而猝死在这块浸透了他血汗的土地上的。

我怎么也不会想到，老潘用他生命的句号来成为我们这部片子的句号。这个句号太沉重、太悲壮了。

1998年9月1日 晴

28盘磁带堆放在我们面前。它们记录了老潘一年半的曲折历程，他的音容笑貌……

故事的结尾无疑是悲壮的。是采用纪实的风格呢，还是进行艺术的升华?!

讨论了几次。反复地看素材，看着看着，泪水又止不住了。总觉得，老潘没有死，不会死!

片子怎么开始，什么地方是高潮，矛盾如何展开，哪些地方是兴奋点，都要有精心的布局。

下午，大家又围在一起，讨论片子结尾如何处理。

追悼会和送葬场面的同期声固然可贵，但太写实了，反而失去回味，缺乏升华。而艺术说到底是一种美。悲壮的美在于空灵；留一些空间，比一览无余的写实好。

我给央视的王青老师、王娴老师打电话，她们对我的创意给予了充分肯定。王青老师特别叮嘱，不要有框框，只要对片子有益的，怎么做都可以。在片子的后期制作上，央视的老师们花了许多心血，前前后后不知和我们通过多少次电话了。

我们决定：整个片子以纪实为主。用时间的顺序渐进作为情节发展的"链"，大量运用同期声，解说词要少而白，不作太多渲染，让丰富的画面语言直接和观众交流。片子的几处转折性的叙事，用冷静的字幕表现，可以比解说更直接地震撼人的心灵。而片尾，拟忍痛放弃许多催人泪下的守灵、葬礼场面和同期声，而选取其中最撼人心魄的画面，用蒙太奇的手法，与老潘生前的画面交织、叠化在一起。

毫无疑问，音乐应该是片尾的灵魂。它应该是荡气回肠的，却又不是故意煽情的。

再去补拍一段空旷的大地，深邃的天空镜头，它们富于象征意义。鲸塘乡政府在复垦地上为老潘立了一块功德碑，而且，老潘的儿子决定弃商从农，接过父亲的锄头，继续复垦下去。这些，是纪实地表现呢，还是采用别的手法？

还是用字幕来表现比较好。字幕有一种客观的、冷静的、不动声色的力量。如果让老潘的儿子对着镜头说，弄得不好就是豪言壮语，而黑底字幕的淡出淡入，给观众留下了无限想象的空间。

坐在剪辑台前，内心真有一种难以言表的感受。我对同事们说，老潘用他的生命给我们的片子安了一个悲壮的结尾，在我们的记者生涯中，这也许是百年一遇，好好干，别辜负了老潘，如果他九泉有知，会感到欣慰的。

附记：

记得那天，村里的父老乡亲给老潘送葬的时候，有人这样说：唉，风光是风光啊，可人没了。这风光一过，就像灯灭了一样，谁还记得他？

还有人说，都是你们电视台的人，老来给他报道，等于逼他上梁山啊，他想退也退不下来。只有死路一条。

许多个夜晚，我在灯下想一个问题。要是我们不拍这部片子，老潘的命运会不会是今天的结果？如果媒体不报道他，也许他在干不下去的时候，可以顺势而退、偃旗息鼓。

一个偌大的村庄，难道容不下一个失败的英雄？

老潘一定想到了他失败的结果是什么，所以他宁肯累死，也不能失败。

如此说来，岂不是我们害了老潘？

有一天接到央视纪录片部的通知，他们要播出《农民潘根大》，希望我和老潘的儿子潘国军一起去北京，做一档访谈节目，配合该片的播出。在旅途的交谈中，我直率地提出了这个一直困扰于心头的问题。潘国军想了想说，我父亲这个人太要强，即便你们不来报道他，他也不会回头。不瞒你说，当时他提出要复垦，我就知道迟早要出事了。

为什么呢？

不为什么。这就是他的命。

然后，我们各自叹息。

可我还是觉得，是我们的片子一直在推波助澜，把老潘送上了一条不归路。

即便是一千亩土地、一万亩土地，也不如一条人命重要。

这是15年后我的认识。

附：构想

一、定位

1、应该拍成一部以人物性格、命运双线发展的纪实片。从前期的采访看，潘根大的性格很鲜明，他很倔强、憨厚，只要是他认准了的事，他会坚决干到底，但他也有农民的精明和局限，要尽力展示他性格中闪光的部分，以及他与众不同的特点，让他的性格在命远的发展中、在矛盾的冲突中逐步凸现。

2、从主题立意上，要始终抓住农民和土地的感情、揭示人与环境的血肉联系这一脉络，潘根大为什么要复垦?他内心的真实想法是什么?他"转变"的过程如何表现?他是怎样面对种种矛盾和困难的?所有这些不能光靠记者用一问一答的采访来表现，而是要通过生活细节来体现，干巴巴的概念里绝对产生不了成功的片子，一定要抓到独特的语言及语言表达方式。

二、语言和手法

1、纪实是一种创作手法，而非目的。在本片里围绕潘根大复垦的鲜活而饱满的"现在进行时"故事正在展开，关键在于我们能够跟踪、跟踪、再跟踪。同时，要考虑如何跟踪的问题，必须注意：A必要的段落纪实要完整；B重视同期声；C注重老潘的环境，要让每个主创人员知道，从某种意义上说，环境就是人物、或人物的一部分。D注意节目的信息量。如通过老潘老伴说出"现在有的农民连责任田也不愿种了，他却去复垦荒地"，来表现当前农村土地流失的严峻现实。通过大量此类的细节来传达较多的信息量。

2、纪录片应该是一种选择的艺术，结构的艺术。老潘复垦的故事正在继续，但枝蔓较多，要选择最主要的情节，非主要人物(如他的子女们、村支书、村民等等)则一笔带过。要拍几场重头戏，抓住几对矛盾：老潘和老伴的矛盾；与村上人的矛盾，以及借不到钱、没人支持的苦恼。这样故事才有发展，故事才能好看。

3、重视电视字幕的作用。本片的解说词很少，有的地方只作简约的交待和铺垫，但有时也会出其不意地来一句令人寻味的话语。本片的几处叙事情节出现重要转折时，为了保证全片的结构流畅完整，不中断其画面的情绪和风格，拟用不动声色的字幕来完成。如：老潘死前一周的行动记录；老潘儿子继承其父的事业，等等。

三、结构处理和后期制作

1、潘根大积劳成疾，猝死在浸透了他血汗的复垦地上，给本片加了一个何其悲壮的结尾。

2、虽然我们掌握了大量有关老潘死后人们守灵、送葬的素材，但考虑到艺术效果，必须从纯粹的纪实中"撤"出来。充分运用蒙太奇手法，精心选取老潘生前勤恳劳作和死后人们致哀的画面，将它们交织在一起，进行强烈对比。同时，以虚代实，以深邃的天空，空旷的田野，苍茫的大地来完成对潘根大的生命礼赞，给人的心灵以震撼。

3、音乐是结尾的灵魂。从深沉的女声无伴奏吟哦开始，随着节奏的高亢、激昂，将本片的情绪推向高潮。本片的风格是纪实与抒情相互渗透；而结尾是深沉、悲壮的。

4、剪辑是本片的二度创作。它决定片子的结构、节奏。开始时"进戏"要快，交待人物时，注意时空转换。注意屋内与屋外、白天与黑夜、宁静与喧闹、以及季节之间的交替。

车与路

人与车

有车的男人大抵是这样的，刚开始的时候汽车是他女朋友，时间长了就成了他老婆，到后来，是他老妈子了，最后就变成他自己的一双臭袜子了。

最初去车行选车的时候，眼花缭乱那是肯定的，男人的潜意识里，多少有选美的动机，囊中银子羞涩的主儿，对那些奔驰宝马劳斯莱斯沃尔沃之类，总是投去狠狠的意淫的目光。它们的妖冶风流，像明星一样跟一般人没有一点关系。站在现实里的两条腿，总是自觉不自觉地走到那些中档车前，就再也挪不动步子了，就像一般人的老婆，肯定不是中央首长的千金，也不是亿万富翁的娇女，人们娶老婆，肯定找那种老实厚道人家的孩子，门第不一定显赫，漂亮方面，说得过去就行，但人要好，切换到选车上，肯定要选一款名声比较好的，车型比较大方，性能比较实惠，比较省油，返修率不高的车。就像老婆，身材好又不能当饭吃，关键还要会相夫教子、管家理财才好。千万不能落个药罐子，沉鱼落雁地经常抛锚，使点林妹妹的小性子，给你凤辣子的颜色看。

曾经，我非常矛盾地希望自己的那辆别克凯越飙起来比奔驰还快，而油耗则比桑塔纳还低。这就产生了许多问题。第一，我希望它比奔驰还快，可它到了180码就会心虚得飘起米，这就像我不能要求自己的没有住过皇宫的老婆在中南海开一个盛大的派蒂一样；第二，关于省油，报纸上经常介绍一些省油的方法，我有时疑心那是些个美丽的圈套，因为，如果你按照它们的办法，油可能会省些，但人会很憋气，很没劲。就像我们当年谈恋爱的时候，从来不看《恋爱指南》一样。我们生儿育女，也不会像造房子那样按图施工。第三，关于寿命，当我们坐进自己的车里，点火，打开油门，实际上，车就成了另一个自己了。它一发动起来，就变成你的性格，你风风火火，它风驰电掣，你窝囊委琐，它畏如病牛。开车的时候，人就图个舒畅，怎么可能老去想着如何延长车的寿命、如何多省一滴油呢，这简直跟我们当年喊口号说"练好铁脚板，气死帝修反"一样搞笑。车可以不如别人，但车技和车德却比我们的脸面还重要呢。

经过那几年的操练，我的别克凯越居然可以开得比奔驰还威风了。这和车质无关，与车技有关；跟车脸无关，与车德有关。我朋友的一款奔驰，老被罚款，撞瘪，看它那样子，我才知道什么叫瘪三。而我的凯越10万公里无事故被保险公司戴上了大红花。事实摆在那儿，决不是什么仇富心理作怪。这里又要说到老婆，她可以不如戴安娜漂亮，但她完全能比戴安娜贤惠、能干。当风情万种的戴妃背着老公查尔斯在地中海的沙滩上跟情人幽会时，我们的老婆却在风雪黄昏的工地上给我们送来一罐热腾腾的鸡汤。所以，车老了可以报废，老婆老了，你得多想想她年轻的时候。

附记：那辆老别克已经别了，如今老徐换了一款"丰田汉拉达"。感觉甚好。

人与路

坐过老徐的车的朋友都知道，开车技术还勉强凑合，最不济的是记性不好——出远门就迷路，哪怕是一条走过几回的路，依然记不住，总是记不住。岔路口分路口常常是我发呆的地方，北方人叫晕菜。尤其驾车进省城或上海，东西南北全乱了套，地图路标似乎都跟我有着阶级仇恨。于是每次出车都能捎回一串峰回路转柳暗花明的惊险故事。哲人说不会记路的人常常是意志薄弱的人，我没有尝过敌人的老虎凳，谁也不能证明我不会在关键时刻会把重要的情报吞进自己肚子里。但我喜欢开车是真的，在笔直或弯曲的路上飚车，的确是一种无法替代的享受。在迷了许多回路之后我居然像久病的人那样成了良医。请相信我绝对没有突击恶补了什么脑白金之类，我只是说，像我等记路不行的人也只能加强一下嘴巴系统的锻炼了，何必白花那么多心血去记那么多冤枉路呢，问路边的行人吧，他（她）随随便便那么一指，你就OK了。但问路绝对是门学问，看什么人说什么话那是有讲究的。有一次我驾车去张家港参加笔会，下了高速公路，前面齐刷刷三条大道都挺诱人，问路边一个扫马路的妇人：大婶，进城怎么走？她猛一抬头我才发现，其实她至多才是个大嫂，如果画个眉粉个脸什么的，还要再减去些岁数叫大姐呢。显然她对我的称呼是欠满意的，于是胡乱抬起一只手那么一指，害得我胡乱多走了5公里。吃了苦头之后我直后悔，为什么我不能甜甜地叫她一声美女呢。

历练了一番江湖，如今我居然被自己封为一个经验丰富的问路行家了。而且初级的理论已经具备：如果你要向一个小职员模样的人问路，你就叫他领导吧，在几秒钟内他会特别高兴；要是微微有些肚子的，你得热热地叫他老板；瘦瘦的人叫先生不会错（不过如今的教书先生肥硕者也很多了），中年妇女一律称美女，而真正年轻的小姐却决不能叫小姐，应该唤作阿妹或者小妹，因为这个年龄段的"小姐"，约定俗成是对一种地下职业的称呼了。

有几种人好歹不要向他们问路。其一，目光游移且心神不定者，这种人是专在马路边上捣浆糊的；其二，特别热情但是喝高了的哥们，你去江东他会把你送到江北；其三，职业带路者，他收费倒也罢了，一根筋地啰嗦，仿佛要把这条路的前世今生交付给你。

其实路就在嘴边，这是老祖母级的长辈们传给我们的座右铭。我坚定地相信不善记路的驾车人的嘴巴系统会特别的强，而那些善于记路的人，他们的小小得意说不定是以失去领略许多人生风景为代价的，没有那么多一惊一乍，哪来那么多况味呢？

其实路就在嘴边，
这是老祖母级的长辈们传给我们的座右铭。

在名人家做客

且说那天晚上，稀里糊涂跟着朋友去拜访一位书画名人。一路上朋友说那名人洛阳纸贵，随便涂几笔即可藏之于名山。心里听得有些七上八下。生怕那名人一时高兴起来，让我等无所回报。按门铃，等好久，小保姆引我们进门，换过鞋，在客厅里候见。灯光亮得晃眼，名人可能太忙，先让太太出来招呼。香茗刚过一巡，味道已在喉间乱窜。太太领我们先看那四面墙壁万国旗一般挂着的各种镜框。照片上人人姿态优雅，看上去都有些眼熟，随意中显出些神秘。这个是航天英雄，那位是国家政要，更有那三星上将、国际影后、梨园名伶、篮球巨星、金融大亨、气功泰斗……。名人与他们紧紧挨着，或微笑，或庄重，或亲密，或随意。照片下方注有说明文字，太太并不看，倒背如流地一幅一幅讲解过去，在我们接连的惊叹声中漾着一个得意的微笑。朋友说，你先生真不容易，简直把全世界的名人一网打尽了。太太纠正说，他自己就是个名人嘛，那些人要跟他拍照，他有什么办法？说完，太太有些委屈，好像她先生让那些名人占了很多便宜。

太太这么一强调，我便在那些显赫的人影上多瞄了几眼，或许是名人太谦虚了，他总是挨在那些名人旁边，卑恭得像一个仆从或随员。还有些照片看上去有些别扭，脸部表情与肢体语言不太协调。正纳闷着，名人出来了，眼睛果然一亮。唐装，蓄须，披肩长发、一派仙风道骨。他习惯地摆出一个拍照的姿态，太太已经取出相机，看样子是想成全我们。我慌忙解释，吾等草根，岂敢沾光，拍照就免了吧，倒是很想朝拜一下名人的书画大作。名人很随意地应允，领我们进入他的书房，抬头只见一只硕大无比的苍黑秃鹫，兀自居高临下地睨视着我们。太太说先生最擅画鹰，这只大鹰标本是在喜玛拉雅山的半山腰采集的。我们又一吓，庆幸眼福真是不浅。接下来看名人画的鹰，都是大尺幅，情绪自是酣畅，但笔墨稀松得平常，形与神都有些散。朋友比我懂画，此时讷讷地有些尴尬。名人太太捧出一大摞书刊杂志，上面都是介绍名人的专题报道，有的称其"中华第一鹰"，有的赞他是"南国神笔第一枝"。太太又取出名人的书法，金宣墨韵，都用上好的绫裱着，透现出皇家气息。但见那字，一股躁气扑面而来，细看之下，还有些习气、霸气、烟火气。古人写字，讲究静气，那是万籁俱寂之静，与生俱来之静，前无古人后无来者之静。可惜，今天的人很难静下来了。至此，名人的深浅已然见底。我与朋友交换眼色，打算撤退。可是名人的太太又抱出一堆奖状证书，这些可能是她的规定节目。名人则漫不经心地说，一不小心就得了一个国际奖，唉，做名人真累。名人太太已经一脸香汗，说做名人的夫人更累。这时小保姆进来说，来订画的客商在客厅等着呢，还有电视台的记者，15分钟以后到。于是我们赶紧告辞出来，相互一看，也都是满脸虚汗。

朋友大呼上当，什么鸟名人，真正假虎丘。又说那些照片里，起码有一半是用电脑拼接的。可气的是，居然那么多人趋之若鹜。我也跟着苦笑，说如果真的有一天，艺术界不再是适者生存，而是真正的优胜劣汰，那么，那些捣浆湖的所谓名人就没有饭吃了。

俗世情怀

长篇小说《缘去来》，写了不到9个月，但前后的时间跨度却有整整5年。

本来想写一个复仇故事。一个受了凌辱的女孩，被贬到一个荒蛮之地，她在那里经历了磨难，终于杀了回来，成为原来单位的掌门。权力在手，她很自然地报复他们，原先那些欺负她的人无一幸免，最后，物极必反，她走上了断头台。我期望通过这个故事来反映人世的艰难和人性的复杂。

书名，就叫《最后的人没有笑》。

动笔，是在2003年的春天。刚写了几章，就因为别的约稿搁下了。从那时起，我一直在写紫砂。先是写了两部长篇紫砂传记，然后是一部八集的紫砂电视文学剧本，然后是一部紫砂散文集。或许我骨子里，与紫砂壶真有一份不离不弃的情缘，壶中那一份虚静，一份从容，一份淡定，真让我得益匪浅。那几年写紫砂，写得家国与风月俱忘。几年过去了，恍惚想起，还有一部刚开了头的小说，躺在我的电脑深处，等着我去写完呢。

我再一次走进《最后的人没有笑》，已经是2007年的春天了。时隔几年，我对笔下的人物已经有些陌生，我觉得女主人公用复仇解决问题，不是一个好的办法。她其实有很多条出路，每条路都比复仇强。世界如此广阔，何必冤家路窄？她应该宽容一些，多懂得一些世道人心。人活着，最紧要的事，是学会感恩，懂得敬畏，这样，人生的路就宽了，再怎么难，也不至于寻死觅活了。真正把自己做大，不靠权力，也不靠金钱，而是靠人格力量。我很满意的是，我笔下的韦蕊，最后真的能够宽容待人了，我被她感动，不记仇的女人真不容易。

感谢生活。我发现，实际是我自己的心态，跟5年前不一样了。在滔滔的红尘乱世，文学更需要一颗广阔、仁慈的心，来守护生活中还残存的希望和梦想。文学于我，始终是一种生命倾注。如果说，《缘去来》中有我最珍视的东西，那就是常人所忽视的笨拙、诚实、感恩、坚韧。人世里有天道，普通人也有高远的心灵。宽恕的果子是长在现实的土壤里的，它需要慢慢长大，我庆幸，自己总算还保留着一颗世俗心，那些经验、材料、细节的建构都是通过它来捕捉的。在用方言支撑的日常生活里，我知道那种俗世的情怀，是对文学的最好滋养。

奋力写出的境界，总是不如构思与想象的境界。后来知道，那种境界，往往是供人遥望而不是真正抵达的。如果说，一部小说就是一个梦想。那么，这本书里的每一行字，都是那个不可企及的梦想的一部分。追梦，或许就像追赶月亮，最后收获的只是两脚露水。但是，每一个作家都在路上奋力前行，每一个人都无怨无悔。也许他们都相信，总有一天，月亮是会被追到，被揽入怀中的。

创作如此，人生又何尝不是如此呢！

阳羡赋

阳羡茗茶记

江南阳羡，山水形胜；南部灵山逶迤、幽谷清泉；承甘露之芳泽，蕴天地之精气，林木森然而香茗丛生。东汉初起，茗韵流长；唐盛于斯，即以贡茶名世。谓芳冠九州岛、天子开颜。茶圣陆羽击节称颂，煌著茶经而脍炙古今。卢仝七碗茶诗，彪炳千古。李白不朽词章，茶通性灵；东坡雅趣把壶，遂悟真谛而秉笔垂青。品文火细烟、沐春风秋露，天下圣贤无不流连忘返。明正德起，紫砂横空出世，五色土胜于金玉而发茶之真香。又金沙贡泉，清冽甘甜；宝壶紫笋，欣同知己；竹炉汤沸，雅聚一堂。世谓紫砂壶、阳羡茶、金沙泉乃饮中三绝，不可或缺。近代茶事，筚路蓝缕而屡建奇功；当今茶业，日新月异而鼎盛空前。中国名茶之乡，誉满海内；天上佳期，一揽汉风唐韵；人间玉露，荟聚活水清茗。独步千秋，万福骈臻，尚飨、尚飨！

万石赋

阳羡北隅，有万善古镇，一马平川，民风淳朴、躬耕厚德而嘉禾肥美。四时佳景，脉承一宗；谓天下粮仓，故名万石。自古草根多智、卧虎藏龙，人杰与景物兼美；地域竞秀、桑梓情深，学子以天下为任。地虽无山无石，然历代贤良崇山惜石。以石雅心，古有红楼石头记；以石壮胆，古有水浒石碣书；以石明志，古有西游石猴史，以石修慧，古有列国咏石诗。又米芾拜石，东坡爱石，石涛画石；壮哉周处，阳羡英雄，性格坚如磐石。万石人融石抱石、铄石鎏金；襟怀临风，沧海召唤，终于呼风唤雨，聚他山之石，创宏伟大业。且得石之坚韧、石之灵秀、石之神韵、石之风骨、石之温润、石之雄奇。太平盛世，卅年春秋；天地造化、日月精华；天遂人愿，岁月峥嵘；承志搏海而奇石云集、石名鹊起，乃一发而不可收，尔今终成汪洋浩大之势。覆华东之冠，汇九州岛商贾。石生石，石可基业；石变石，石可生财；石峦石，石可造景。石中自有仁智，协调各业兴旺；石中自有经纬，观照五谷丰登；石中自有韬光，意蕴政通人和；石中更有韵致，难得海晏河清。

悠悠万石，款款深情。天开吉运，清气乾坤；再聚八方之慧，造福瑞双馨；农丰物阜、柳浪闻莺；科技引领、工先超群；经通贸达、朋满五洲；家园诗画、村富民殷；万众一心、石破天惊。贯长虹之气，立砥柱中流。山水人文媲美，神工鬼斧争奇。耸翠叠嶂、孕龙栖凤；千秋大计、百业皆盛；天道酬勤、永以铭志。

周铁赋

三万六千顷浩淼太湖，西岸揽胜；二千七百年厚重文脉，蕴育名镇。远古周朝，于此设置铁官，周铁之名，发端于襟怀山水，磅礴于日月更替。恋土情深，东吴国母手植银杏，虬枝繁茂、荫庇万代。精忠岳飞屯兵，唐门恩重，古冢衣冠、美传桑梓；潮生灵韵，蒋捷赋诗讲学，竺山新月，硕儒雅聚、觅寻遗篇；书香水土、山城忆旧，瘦石挥毫，写真领袖，英姿年少誉华夏。水乡青草，冠中美忆，镶嵌锦绣文章。儒风芳菲，行知寓教西桥，昨夜星辰，桃李栋梁。两院士、四代表、六委员、十校长。文经武纬，德泽流芳。

渎边夜潮土，恩养一方百姓。人勤春早、百合含馨；朝夕躬耕、萝卜赛梨；水芹丰茂、西瓜冠蜜；菜畦烂漫、莲藕田田；樱桃正红、芭蕉常绿；河网清澈、翠柳成荫；湖光旖旎、帆影渔歌；古街古寺，返璞归真；田园诗画，新村靓姿；别墅成群、亭榭风流，黄发垂髫，安闲遐逸。最佳人居环境奖，花落湖滨，实至名归。

铁之坚毅，乃周铁之精魂；水样柔情，乃周铁之气韵；志在烟霞，乃周铁之神采；世代崇文，乃周铁之禀赋；乐善求真，乃周铁之心质，惇德尚义，乃周铁之器宇，革故鼎新，乃周铁之圭臬。此间胜景，从来春风施畅；至美至璞，于今誉满江南。

阳羡湖记

天赐富贵，地涌灵泉。阳羡湖地处苏浙皖三省交界、宜兴湖㳇境内、洑西涧中游。相传古代山村油坊兴旺、车水马龙。民风醇厚、百姓敦良。周边天目余脉，松竹辉映、茶泉竞秀；溶洞神奇、佛道相生。潺潺八十一溪，群峰汇流，聚玉沁芳。尤以绵延竹海、如诗若画著称华夏。上世纪五十年代，于此蓄水防洪，故名油车水库。后因其喀斯特地貌艰险复杂、技术物质陋乏而被迫停建。宜兴水利人卧薪尝胆、励精图治。2009年冬月，继愚公之志，续大禹之魂，聚科技英才，扬水利神威。蓄拔山扛鼎之力，五载餐风露宿，朝夕攻关夺隘。防渗漏精英引领；克岩溶群贤合力；截溢流前赴后继，保堰底众志成城。三九严寒豪情融冰雪；七月流火丹心化彤光。建成湖面3585亩，水色清心、与天俱翠。大坝宏阔巍峨，湖岸嫣红姹紫；远眺高步云衢，气势如虹似练。静闻天籁清音，凭栏碧浪祥光。库容3324万方。水源甘甜清纯，四季素练空青。防洪壁垒森严，储水造福一方。生态焕然叠彩，胜景更添妖娆。阳羡仙湖、福地流银；旷世彪炳、富国利民；云锦天章，秉笔千秋万代；百福奏鸣，永年奔涌不息。

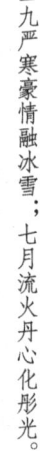

三九严寒豪情融冰雪，七月流火丹心化彤光。

地气

这里有青山。至灵至性的山，风姿依旧，几度夕阳。

这里是水乡。至善至美的水，逝者如斯，不舍昼夜。

远古洪荒、宁静丰盈。这里男耕女织、炊烟袅袅；战国春秋，这里人烟密集、制陶盛行。这里本是江南水土的经典缩影，笔墨风行，弦歌悠扬。

雁来蕈

西渚的秋天，像凡·高的一幅画。

人在西渚的山岗上走，那无数的山野气息与朵朵繁花向你扑来，如此脉脉相望，彼此心扉豁然敞开，无限情语不着一字。一路恍惚而过，微醺的感觉，秋光便这样被打开了。

你推开了一户农家的门扉，一股奇异的清香扑鼻而来，简陋的饭桌上，盛在粗瓷海碗里，堆得山尖一样，冒着袅袅热气，肥而圆，像伞一样撑开，黑亮黑亮的，是什么菜啊？

主人憨憨地只说了三个字：雁来蕈。

主人好客，你禁不住尝了一口，那是一种什么样的鲜嫩呢，鲜，是一种不容置疑的清纯可口；嫩，是一种眉舒目展的爽脆软润；一种无可名状的清香，酥酥地麻住了你的口。你恍然觉得，用味精调出的鲜，与雁来蕈相比，是何等的伪劣。等到你走遍西渚，你发现，这样的一道菜，在招待珍贵客人的饭桌上，几乎无处不在。西渚里的雁来蕈，或者雁来蕈里的西渚，你分不清它们谁是前世，谁是今生。

你知道的，秋高气爽的蓝天上，大雁们总是排成一个"人"字，无论怎么飞，都飞不散的。它们不会知道，有一种躲在隐蔽处的山珍，是用它们的名字来命名的。而雁来蕈就像一支伏兵，它们埋伏在某一棵松树的落荫部分，像躲在深闺里。有时，寻找它们的人们匆匆从它们身边走过，它们就暗笑，你听不见它们的声音，但松树听到了。后来你吃到的雁来蕈有淡淡的松针的清香，人们就说雁来蕈是松树的孩子，它靠的是山水的灵气滋养。

北雁南飞的季节总是让人感怀。秋风一紧，松针纷落；雁来蕈上市了。在西渚，一种最常见的吃法，是把它放在上好的酱油里，用文火熬；浸透了酱油的雁来蕈，让人看一眼就吊胃口；那香有些异，你能感觉到松风摇曳，有人在松下抚琴，风雅天然，真没的说。雁来蕈一般不单作菜，或许是金贵；吃面条时，撩几块搭搭（宜兴话，品味的意思），浇上一点酱汁，是雁来蕈的原味，那样一种鲜，是难以用文字表达的。郭沫若早年到过宜兴西部山乡，他口福好，宜兴的好东西都让他吃到了，雁来蕈尤其让他感到妙不可言。他的老乡苏东坡，口福不比他差，吃了雁来蕈还做诗，当然不像《赤壁赋》那么有名。他还告诫别人，透鲜的东西不可多吃，食多无味。不过，你既然到了西渚，就应该把雁来蕈吃个够。

香椿

春天让人的嘴变馋了。香椿悄悄地上了人们的饭桌。西渚多山，皆挺秀葳蕤。在高高的山上，香椿寂寞地生长，它最嫩的时候，天还凉着，山上的花还都没有开；爱吃它的人赶紧上山了。这里的人叫它"香椿头"，那是吃它的嫩头的意思；当地还有句俗话叫"吃嫩"，是指别的意思了，其实，人都有吃嫩的心理。医书说，香椿早在汉代就被国人食用，曾与荔枝一样作为贡品。它性凉，味苦平；且能清热解毒、健胃理气、润肤明目。其实人们在乎的，还是那一口鲜香。西渚人朴实勤劳，他们舍不得让香椿老在山上。当香椿的香气弥漫在饭桌上，你就知道，在高高的山坡上，留下了主人多少辛勤的脚印。

香椿分紫椿、油椿两种，紫椿质优，味微苦，温。药理上具有涩肠、止血、固精等作用。早年，西渚一带有道凉菜叫"香椿拌豆腐"，是把上好的紫椿在沸水里稍煮，以半熟为宜。然后切匀，浇上麻油，与滑嫩的小箱豆腐拌在一起，还可佐以虾皮、葱末、豆腐干丁之类；爽口而多味，口感极佳。微苦的香椿多嚼几下，就有回甘，那是一种悠长的滋味，再吃一口，满身心的春风荡漾。西渚的朋友告诉我，香椿炒鸡蛋，也是这里有名的土菜，极香，又不像野葱那样冲鼻；再浇一点麻油；色泽鲜黄翠绿，整个春天都在你嘴里了，你还不陶醉啊。这道菜里，鸡蛋是丫环，香椿才是金贵的小姐。

香椿炒竹笋，又是西渚的一道不可抗拒的土菜。那竹笋从山上挖来，架硬柴、入铁锅煮，须烈烈旺火，煮得那竹笋酥软而节骨全无，切成块；又将嫩香椿头洗净切成细末，并用精盐稍腌片刻，去掉水分待用；炒锅烧热放油，先放竹笋略加煸炒，再放香椿末、精盐、鲜汤用旺火收汁，点味精调味，用湿淀粉勾芡，淋上麻油即可起锅装盘。这道菜的味道如何，我不告诉你了，自己去西渚吃吧。

螺蛳

没有到西渚之前，我一直认为，螺蛳只有水乡才有。在西渚，吃了云湖里的螺蛳，我一时失语。螺蛳居然可以这样肥，这样鲜。

我一向认为，吃螺蛳就是吃地气。螺蛳在河泥里过日子，谁也不会羡慕它们。它一生都没有见过什么世面，老天爷就赐予它一个坚硬的外壳，是为了让它不受欺负。我想，云湖里的螺蛳之所以这般鲜美，还是因为它们吸收了山川河泽的气息。回想我们的孩提时代，小河里的水永远是那样清澈。夏天，我们和水牛一样喜欢泡在水里，和水牛不一样的是我们还喜欢摸螺蛳。那几乎不需要技术，你往河泥多的地方踩，一摸就是一把螺蛳。不到半天我们的木桶里就满了。天下没有比螺蛳更胆小的动物。你一碰它，它就缩进壳里。可它一有机会，就从壳里出来透气。我看见过螺蛳的眼睛像孩子一样顽皮，它想跟人玩，它不知道人只是为了不让它下锅的时候太脏，才把它像客人一样放在清水里养。它生命的最后几天是做贵族的，没有河泥的气息它们会有些难受，有些寂寞。最后它们就下油锅了。它们的末日是从屁股被剪掉开始的，在滚烫的油锅里它们尽情地舞蹈，黄酒、辣椒、酱油、生姜、葱花……都在成全它们变成佳肴。我无法想象，云湖里的螺蛳是怎么生存的，那样的碧水涟漪、湖光岚气，螺蛳们会不会变成半仙啊？我拿起一颗螺蛳，满心的敬畏。一吮，仿佛仙气入口，云湖就在头顶；然后，鲜味荡漾，一点点微辣，像米酒的后力。十几颗螺蛳吃下去，额头冒汗了，这时候，就是天王老子来传我，我也坚决不站起来。微辣鲜，一吮间。不经意我就吮到了西渚人的性格之美了，朴朴实实的秀美。仿佛天下至味，就微缩在一个小小的螺蛳壳里。吮螺蛳，就在那一吮一吸之间，生活就粲然变得美好了，心气高的人，让他来吮吮螺蛳吧，你不一定比别人能，经常吮吮螺蛳，心就平常了。

云湖鱼头

说云湖是仙湖，我相信的；那样的美，有时可以惊心动魄，有时又静如处子，是恬淡之美。在每一个朝霞满天的清晨，月落乌啼的夜晚，或者雪霁的黄昏，雨过天青的晌午，流动的诗情如清风，若雾岚，似裙裾，四季变幻；于是我又相信云湖里的鱼，都是诗情画意的化身。它们朝朝夕夕，悠游于仙境一般的云湖里，白云苍狗，今夕何夕，何以不为诗仙呢？

在西渚的饭桌上，云湖鱼头好比是一出好戏的高潮，是顶级大腕压轴出场。你看那硕大的砂锅端上来，如浓缩了的云湖，氤氲着一锅鲜气。那浓汤，色如乳汁，甘如天露。便是唐诗宋词，便是国色天香，这次第，也退避三舍吧。主人殷勤，侃那云湖鱼头的种种妙处，首先那砂锅，必得选用正宗的宜兴货，透气好，存得原味。水则是云湖里纯净清澈的活水，鱼选七八斤重的花鲢，从云湖里现捕活杀。除鳞去鳃，除去内脏，洗净剁下鱼头，将鱼头下锅煎黄后捞出，放入砂锅，注入云湖活泉，辅以葱结、生姜、料酒、香醋、香菜、胡椒等，撇除浮油，先以旺火烈炙，继而改以文火，煨煮数小时，如此烧制绝无土腥味，且白里透红、细嫩滑爽；肥而不腻、美妙绝伦。

喝一口鱼头汤，妙哉妙哉！遥想那云湖，朝朝暮暮风生水起，岚雾妙曼潮起潮落。顿觉浮生若梦，一夕便是百年。主人说，君若不食云湖鱼头，等于没到西渚。就像到了新加坡，不能不品尝咖喱鱼头一样。酒已酣，人犹醉，再看那砂锅里汤色依然乳白，鱼肉细嫩似豆花，山之光，水之声，月之色，花之香，诗之韵，画之魂，汇聚一锅，氤氲一阙婉转小令，无字处飘逸成仙；在味觉与思绪的深处，一直荡漾开去。

西渚·果

七月或八月，在西渚山乡腹地，骄阳炙人；一路走去，空气里却有清新的甜香，隐隐约约。有些小小村落，有名或无名，都不重要。它们就在绵延丘陵的皱褶里，与万物一起，春华而秋实。那些无法用文字表达的芬芳，常常漫过我的衣衫，让我沐浴在一种曼妙的境界。山渐深，草木泉石渐幽，空山无人，水流花开。远远望去，沉甸甸的果实缀满枝头。仿佛丹青高手，逸笔草草。夏日金色的静谧已经悄然飘远。

桃

人在日月山川里行走，不只是磨难与曲折。栉风沐雨之后，总会遇到艳阳高照、山花烂漫。三月里，去西渚，一路桃花细雨。走进那桃树林里，无数山野气息与朵朵桃花随风扑来。人与桃花两两相对，脉脉相望，无限情语不着一字，天地间风光从此便永驻心间。春风桃花里的西渚难得地这般多情，它的每一个村落都缀满了桃花的笑脸。有时你在村外的土路上走着，不远处是蜿蜒的山溪，清亮的溪流，浮着桃花叶瓣，执拗地陪着你，不紧不慢地流淌。忽然就起了风，纷纷扬扬的桃花瓣，雨一般飘过来，那粉红的花雨里还夹杂着山妹子爽朗的笑声，你抬起头，寻找那张笑脸，她就在桃树的背后笑着，似乎对着你，其实根本不是对着你笑。再看时，那笑靥一闪，让天光都黯淡下去。仿佛那桃林里，到处都是笑脸。走着走着，脚底下都是灿烂阳光，猛然感到，这日子真是奢侈。

七月流火的季节，西渚的友人捎来一篓桃子。满满的一篓山野清香。想起三月，想起山谷里飞扬的桃风，飘拂的桃雨，舒曼的桃云。友人说西渚的桃子有一个美号："大红袍"。它饱满、丰盈，白里透红。轻轻叩齿，鲜甜的汁便溢出来，呿一口，果然是鲜红，一如西渚夏日晚霞之绚烂。汁如泉涌，又如甘霖一般清甜。其肉质脆爽，软润，清纯。与无锡的水蜜桃比，它的体态不那么肥硕，嚼起来却有一种筋道，不单是清甜，还有韧劲；那是山川的气韵，是一方水土的结晶。捧着一颗西渚的桃子，心里早已蜜成一团。遥想那白云苍狗，追忆那淳朴乡情，隐隐觉得山歌在耳，余音悠悠，衷曲难忘。

翠冠梨

唐代有个名叫殷璠的文人，写过一首咏梨花的诗，读来难忘。"云满衣裳月满身，轻盈归步过流尘。五更无限流连意，常恐风花又一春。"那殷先生，想必是把梨花比拟成一位体态轻盈的美女，着一身缟素，在皎洁的月光下，踏着白絮般的梨花，款款而行。

梨花似静女。古往今来，咏梨的诗词何止成千上万。梨在北方，貌如佳人。它跨过长江，水土不一样，果实也变了种。早先，宜兴丘陵山区也出梨。果体黧黑，表皮粗糙；如壮硕而粗笨的樵夫。口感木木，寡淡而无味。于是这里的人称其为"木梨"。

西渚山里，新近出一种翠冠梨。甜，脆，口感清洌。想必是一个全新的品种。那里的山泉甘甜清洌，土地则肥爽透气，空气清新。滋梨在手，沉甸甸，轻盈盈，恍然在握，甘甜在心。想象那枝头上的每一个梨果，都在日夜期待着秋天的来临，因为那是它们生命中最完美的一段路程，成熟、幸福和快乐才是它生命的终结。而采摘过后的果园，像一个刚生过孩子的少妇，宁静、幸福而慵懒。你随便推开一户山里人家，主人会端出一大盆梨请你品尝。不过，如此美妙的翠冠梨，似应在月下品赏，邀三五知己，赏梨作诗，正所谓：满院轻素媚秋光，透骨浓熏百花香。消得太真吹玉笛，聚贤西渚月如霜。

板栗

秋天，行走在西渚的板栗园里，树冠丰满，树荫绵长，令人感到一种质朴而安静的气息。安静在这里是一种力量，像坚实的栗果，它让人听到来自大山深处的深沉与共鸣。

"板栗成熟了，栗色的果实从球刺里爆裂开来，一阵风过，板栗就掉下来了。在树下寻找板栗，一颗一颗的惊喜。"

这是一位朋友写板栗的文字。很多时候，我被这样明润而清澈的文字感动。在西渚，我穿行于一片一片的板栗林，重温那些文字，有一种漫过心灵的温暖。

板栗长在西渚的深山里，沐浴山风，浸润于山村的炊烟朝露之中。西渚山明水丽，板栗种植历史悠久，其中以果红板栗品质最好，其果皮呈赤褐色，光泽油亮，粒大饱满，肉色嫩黄，糯性强，不沾内皮。可生食，极甜脆，若熟食，则粉甜清香。古代名医孙思邈曾说："栗，肾之果也，肾疾宜食之。"李时珍则在《本草纲目》中记载："栗果（仁），栗扶……都能入药，治多种疾病。栗果能补肾、益气、原肠胃，治疗筋骨断碎，化淤血，消肿痛。"

在西渚，板栗炖草鸡是道家常菜。只是那草鸡，草得金贵，你尝一口汤就知道，其色泽，颤人地金黄。那板栗，粉而绵，却又不失筋骨风度。一种本分的香，有草木气息，在舌尖回荡。

葡萄

我曾经陶醉于西渚的无边绿色。一点点、一丛丛、一树树、一排排，铺天盖地，顷刻便衍生成一片绿色的湖泊。忽然有些凉爽的风拂面而过。风里隐含着一丝水的湿润，舌尖也沾上了甘甜的气息，远远地有芳香的果味淡淡飘来，仙乐似的稍纵即逝。丝毯一般的绿墙，屏风似的挡了去路，穿行于那绿色团团簇簇之中，人便感到自己也变绿了，成为一张小小的绿叶。再往前，绿色已凝固成一片屋顶，架起一座绿色的长廊，九曲回旋，一道道重重叠叠没有穷尽；脚下的光影是墨绿的，踩着绿色的波浪在走；头顶的天空是翠绿的，披着绿色的云在飞———西渚也有绿色的云么？这令我想起吐鲁番的葡萄沟。那是一座真正由葡萄构筑的绿色宫殿，绿荫下随意散落着一张张圆桌长椅，摆满了美酒佳肴。宫殿的墙是柔韧而密实的葡萄叶做的，却有大理石般的质感；宫殿的穹顶上缀满了珠珠串串的无核绿小葡萄，像夜空闪烁的星星，但它们亲切平易，唾手可得，不似星星那么遥不可及。你若向着宫殿的任意一个方向伸出手去，除了葡萄以外，指尖不会再碰到别的；你闭上眼睛，那绿宝石的荧荧亮光依然穿透黑暗，为你导引西域之路。

可是这里毕竟不是吐鲁番，而是江南一隅的西渚。味觉告诉我，这里的葡萄，几可与吐鲁番的葡萄媲美。紫玛瑙，绿翡翠，黑珍珠。那究竟是葡萄，还是玉石深处潜藏的一汪水胆呢？度过了炎热干旱的盛夏，它们如今已经真正熟透，身体中饱含的新鲜汁水，即将把它稀薄而透明的皮肤胀裂，只须轻轻一碰，它内心喷薄欲出的激情就要爆发出来。那激情是清澈而又黏稠的，能把人的心粘留在一个名叫西渚的地方。它几乎不是被你送入口中的，而是像一勺琼浆玉液，轻轻地滑过咽喉，你甚至不忍用牙齿伤害它，只用舌头迎接它，它便像雪花似的融化了。那分明已不是叫做葡萄的平常水果，它是一个个透明的水球，一粒粒晶莹的水珠，披一层白银似的霜花，珠珠串串，凝固着悬挂着，随时都会坠落下来。

都说云湖的水好。清澈、甜美。原来西渚的葡萄，是用云湖水做的呵。

奢侈

天籁

记不得是哪一年了，反正是闲着。我，一个辍学而闲散的忧郁少年，去了舅舅下放的乡村。

是播种的季节，每天，我和舅舅一起下田拔秧、插秧，看秧苗一天天蹿长。累，但无比快乐。傍晚的时候，行走在田埂上，被一片似有若无的声音所吸引。说不出那是什么声音，但它们确实无处不在。早春的时候，那种声音如箫如诉、绵绵长长；到了盛夏，仿佛置身于十面埋伏，沸腾的蛙声让人莫名地兴奋；秋天，田野上空弥漫着一股沉醉般的气浪，所有的声音都沉甸甸的。少年的心，被一种温泉一样的力量所洗熨。少年想写下点什么，老是停电的乡村，一灯如豆，那些蘸饱了灯油气息的涂鸦文字，记录了一个未谙世事的小子的奇思异想。就这样，由春及夏，少年与季节一起成长，在秋天，收割、脱粒、去糠、筛晒，看稻谷变成米粒，在河边淘洗，用金黄干燥的稻草，在土灶的铁锅里煮熟。呵呵，米饭真香，而锅巴比米饭更香。

少年认识了牛，那么会干活的老牛，喘那么大的气，内心一定有万般苦楚吧。但老牛每天还是那么卖力地耕田。还有兔子，饲养它的人们总是拿一把剪刀，把它们的毛剪下来。拿到收购站去卖。有时候它们的毛还薄薄的，那把剪刀就急不可待地下去了，说，孩子要交学费呢。兔子拼命蹬腿、嗷嗷叫的样子，非常让人挠心。

终于懂得，吃一碗饭真不容易。觉得那些普通的稻米无比珍贵。觉得那些种稻米的农民真伟大。觉得他们年复一年、日复一日地这样忙碌，真辛苦啊。但他们笑起来那样开心，少年怎么也不懂。少年的心里空落落的。有一天他把想法说出来，谁听了都哈哈大笑。

再后来，少年长大了，他走过了许多地方。他一直认为，那一段乡村生活，是他一生中的奢侈。

乡村手艺考

许多手艺消失了，连同它们蹒跚的背影。

一个乡场，有多少手艺人？

木匠、铁匠、铜匠、箍桶匠、竹匠、剃头匠、泥水匠、裁缝、锅碗匠、油漆匠、染匠、铅皮匠、补鞋匠，等等等等。

这些匠人，在乡场被尊为师傅。次一档的，则被贬为"佬"。

如：换糖佬。（以一种自制的麦芽糖换取鸡黄皮、牙膏壳、肉骨头、破套鞋、以及废铜烂铁之类的沿街走巷的营生）

牵猪郎佬。（牵一头强壮的公猪沿村走巷给母猪交配的营生）

弹棉花佬。（通常在秋冬季节用农民收获的棉花弹制棉被的营生）

吹喇叭佬。（通常在办丧事时出现的民间鼓乐手）

出把戏佬。（乡村魔术兼脱口秀的艺人，也有一定的武艺功夫，往往在节目中兜售些伤药、膏药之类）

还有做豆腐佬、爆炒米佬、杀猪佬、放牛佬、杀黄鳝佬、捉鱼佬、接生佬、孵小鸡佬、捉鱼佬、撑船佬、修钢笔佬、做秤佬、画照片佬、烧窑佬、贩牛佬、修钟表佬、修脚佬、穿棕绷佬、织布佬、卖木梳佬、修伞佬、磨剪刀佬、算命佬，等等等等。

这些手艺，维持着一个乡场的日常生活，也昭示着一种民间生活的质量。有些古老的手艺，它们既是物质的，更是精神的，是一种本土、民族心理的缓缓打开，也是村风民俗的标本体现。平时它们就隐蔽在日常生活的皱褶里，像空气一样，你几乎感觉不到它们的存在，那些生活的皱褶、肌理、表情，正因有了它们，才具有柔韧的本质。

那些手艺，有一天你需要它们了，它们立马就出现在你的面前。

奢侈。奢侈。

可是我们今天不太容易见到它们了。去乡村，我们还能偶尔见到它们的一袭背影，但它们的步履已经非常蹒跚。固然，文明社会的进步必将淘洗它所不屑的对象与人事，但是，一个社会没有了手艺，生活的精细何从谈起？工业文明带给我们的"幸福生活"就像一把双面刃，在种种便捷、舒适的享受渐渐麻痹了感受自然的心智的时候，我们是否能感到，一种华丽的贫困，正在悄悄向我们包围？

父母的医道

没有星辰的长长的寒夜，父母还没有回来。他们总是这样。在通向山镇医院的路上我和二弟小妹牵着手，无数次地引颈观望。等待的时刻像无限拉长的橡皮筋。山风刮起的黄尘舔食着我们的肌肤。医院门前浅浅的池塘上空有一些蜻蜓在寂寞地飞舞。父母——他们还在医院后楼那间简陋的手术室里忙碌。有血和药水的气味传来，接着是一阵细碎的脚步。一条垂危的生命在晨曦到来之前得到了复活。不远的单家村方向传来几声狗吠，有人在放鞭炮，零落而寂寞；可能是某个出院病人的家属在庆贺吧。我们的一夜没睡的父母终于回来了。他们脸色苍白，眼圈是黑的。这样熟悉的场景在我们的日常生活里被无数次重复。劳累了一天的父亲总是把他的药箱背回家中。这样我家狭小的客厅常常坐满了附近一带的患者。在这里他们就像在自己家里那样随便。父母对他们的病人总是那么和气，给他们让座，泡茶；牙疼的病人可以毫无顾忌地对着正在吃饭的父亲张大他们出了问题的嘴巴；有一次，我们刚刚开始吃饭，一个熟悉的街坊来了，他把一条正在溃烂的大腿伸在我们面前，除了父亲以外的所有家庭成员的那顿午饭都倒了胃口。父亲则放下饭碗，对那条烂腿进行了十分仔细的察看。一有病人他的眼里就什么都不存在了。饭也可以不吃。又有一次，东岭山区送来一个溺水昏迷的儿童。他的母亲在一旁嚎叫，父亲对这个肚子鼓起来像一座小山一样的孩子进行了人工呼吸，半个小时过去了，大汗淋漓的父亲像从河里爬起来似的；孩子依然没有呼吸。后来父亲扳开了他的嘴，自己上前吮吸着他口腔里的积水。吸出一口，再吐出一口，如此往复多次，围观的人们都感动得落泪了。终于这个孩子哇的一声哭了出来。又是一条幼小的生命，在父亲手中得到了复活。孩子的母亲跪在父亲面前，要把她的儿子过寄给他当干儿子。父亲笑着谢绝说如果救活一个病人就要认一个亲戚，那到处都有我的亲戚了。父亲还把一个矿工的断指接植起来，并让它几个月后伸展自如；有关父亲妙手回春的故事在湖汊的街巷和山村被演义地广为流传。而我的母亲无疑是他最默契的助手。她熟悉手术室的一切器械，在进行手术的时候，她能在父亲的手刚伸出的时候准确地递上需要的器械，"她打针一点也不疼，像针没有扎进去一样"——这是众多的病人对她最朴素最基本的评价。父母无疑成了这里的公众人物，上街买东西的时候，无论走到何处，他们都会受到人们由衷的尊敬。凡是需要排队的地方，譬如肉铺、油条店、粮店——只要父母的身影出现，人们一定会坚持让他们先买。母亲则经常能买到布店里的营业员为她留下的价格便宜的零头布。一些粗犷的山里汉子成了我家的常客，他们大抵是各个山村医疗点的"赤脚医生"，有的则是父亲门下的学徒。他们豪爽，酒量惊人，都会打猎并且枪法绝顶。有时他们会带一些打下的野鸡野兔来慰劳父亲。父亲总是拿出一瓶难得的好酒，兴致很高地陪他们喝。同时向他们介绍一些中草药知识。于是他们慢慢知道，就在他们祖辈居住的山上，到处都有治疗常见病的中草药。父亲难得的假日总是在山上度过，他几乎走遍了湖汊周围所有的山山水水，在不长的时间里他掌握了100多种中草药的临床使用。一种由他和同事们研制的治咳嗽很灵的中药制剂至今还在山镇医院广为使用。没有人能够统计出他在湖汊的20余年里抢救了多少条生命，治好了多少疑难杂症。若干年后他和母亲都老了，他们退休后就悄悄离开了那里，就像他们当初悄悄地到来一样。在50里外的县城他们过着退休老人的平静生活。在他们居住的那条僻静的小巷里，没有人知道他们是行医40多年的医生，那些惊心动魄的救护故事，已经被漫长的岁月所稀释。

挑水记

山洪是个粗暴而无礼的朋友。它几乎每年都要对群山下的这座万人山镇——我的家乡，进行一次惊险的骚扰。有记载的1480年，特大的山洪暴发冲毁了大量民房，有1000多人丧失生命。1826年暴发的山洪把一块1000多斤重的巨石从山顶冲至山下，一直冲到山镇的小街上。这块"天石"在民国18年被肢解成若干块用来造桥，福祉于民。这里的四街八巷每年都习惯于承受山洪的洗礼；所有的山墙上都记录着洪水光顾的印痕。但更多的时候这里是一座缺水的边城。而且，这里的人大都对饮水的质量有一种近于洁癖的追求。居民们从来不吃画溪河里的水，即便是在清晨，浑浊的画溪河水经过一夜的沉淀变得近于清澈——他们挑着空桶从桥上走过，目光和脚步从来没有半点迟疑。他们走过它，走过镇边的一片叫马桶潭的水域。以我们今天的标准，马桶潭的水质应属上乘。但山镇人还是不吃那里的水，也许他们固执地认为，太近的地方不会有好水，也许是它的名字太难听——我只看到妇女们在那里刷马桶。如果谁偷懒，挑了马桶潭的水，是要遭到街坊们的唾骂的。在他们看来，吃哪里挑回的水，是一户人家生活质量的重要标志。即便你天天吃肉，但你吃的是混水，那就活得没档次；人们还是会看不起你。我一直无法搞懂，一些熟悉的街坊可以一个星期不换衣服，半个月不洗澡，而在饮水上却是如此的挑剔。

挑水的人们走出镇子足足两里地，终于到了一个名叫三板桥的地方。三板桥畔有一个脸盆大的泉水洞，这里的泉水不仅清醇，而且甘甜。若干个泉眼在光滑的鹅卵石间汩汩地冒着气泡。它的上方是一片几十亩地的竹林。谁也说不清楚，这个泉水洞为什么任凭人们日夜取水一年四季从不干枯。1971年深秋的某一天，12岁的我怯生生地加入到了这支挑水的队伍。在出发的时候隔壁史家婆婆告诉我，必须在木桶里放一把用来舀水的铜勺。泉水是一勺一勺舀进桶里的。挑水在这里，是一个男人起码的能力，肩不能挑的男人在这里永远也抬不起头。这里10岁以上的男孩就开始挑水了，大人们通常会给他们定做一对小木桶，挑不动也得训练，这叫"压死担"。这里的男人肩膀上都长着两块特别发达的肌肉，都是从小练的。我第一次走在挑水的行列里时，大约是12周岁。之前，关于要不要让我加入挑水的行列，在我家的餐桌上已是一个久争不休的话题。父亲的观点是，挑水是一个男子汉必修的功课，儿子已经12岁了，应该让他的肩膀经受锻炼了。而母亲和外婆则认为，孩子还太嫩，尤其是那么瘦弱。那对水桶会把他压垮的。

最终还是父亲胜利了。像一个刚出征的新兵，我虽然步履踉跄，肩上酸痛得咬紧牙关，但上路的时候确有一种做了大人的感觉。问题在于，我家的木桶一大一小，把它们系在一支扁担的两头，显得很不协调。当它们分别盛满了水后，挑起来更是让一支嫩竹扁担失去平衡，无疑它将考验着一个12岁少年的柔弱肩膀。那时我的最大愿望，就是得到一副对称而不是一大一小的水桶。挑水队伍里少年踉跄的样子或许有失雅观，但人们赞许的目光分明让我受到一种鼓励。谁都可以讥讽一个不肯挑水的懒汉，但对于一个刚上路的新手，大家则不约而同地保留着鼓励的宽容。少年的肩膀持久扎辣地疼，内心却涌动着一份可以触摸的坚定。

行进途中挑水的人们是不歇担的。吃力的时候，他们娴熟地把扁担从右肩换到左肩。两头的水桶在换肩的旋转中居然滴水不漏。不会换肩的少年肩膀生痛，内心祈求能休息一下，哪怕是一秒钟。若果此时在路边歇担，肯定会被大家取笑，而且被队伍遗弃。少年强忍疼痛的时候，突然会心生烦恨，为什么我要生为男人？如果一个男人生下来就要担当重负，那我宁愿做一个弱小女子。后来少年被这个想法吓坏了，臭骂自己无耻且无能。这个肮脏的念头时不时爬出来挑战少年的毅力，一直到少年终于学会了在行进中把扁担换肩。那种从容的旋转，以及换肩后的舒展、惬意，和扁担柔韧的吱呀声搅拌在一起。成为少年迈步前行的一份动力。

记忆里的泉水洞前总是排着长长的队伍，人们习惯了耐心地等待，这里什么都金贵，就时间不金贵。大家这时会寻一些开心的话题，讲一些孩子们半懂不懂的荤话，或者唱歌，唱那种革命的昂扬的歌曲，以消磨等待的时光。不愿等待的人会走得更远——五里地外有一个晶宫潭，水比这里的更为清甜，而且不用排队。更多的时候我宁愿去晶宫潭挑水。虽然路远，但一路上景致迷人。有一条蜿蜒穿过竹园的小径，两边是密密的竹林，上空是窄窄的蓝天。脚下的草丛里会突然窜出一条蛇，引得我们一顿追打；而竹林里的画眉鸟叫得竹叶哗哗地掉。走出竹林就到了一片金灿灿的油菜地，一万只以上的蜜蜂在迎风起舞；它们嗡嗡的轰响就像一支庞大的乐队；空气里有一种撩拨人的气息在流动；最勤快的人走到这里也会变得慵懒。山坡上长满了蕨类、羊齿和野菊花；一头黄牛的背影正在向更远处的村庄移动……我的嫩肩膀很快就肿了起来，满满的水桶由于我的脚步不再平衡而开始倾斜，好心的同路人吆喝我停下来，这样走下去不到半路水就会溅光的。他们在我的水桶里放了几根竹枝，说这样水就不会溅出来了。后来我在物理课上学到了一种原理叫"减小共振幅度"，印证的就是这个道理。

挑水的队伍永远都是浩浩荡荡。从晶宫潭挑回一担水大约需要两个小时，一个大男人半天时间就只能挑2担水。从来没有人抱怨，你想吃好水就得付出代价。由于我小小的年纪就坚持去晶宫潭挑水，我便经常得到街坊邻舍们由衷的表扬；他们相信我稚嫩的肩膀不久就会长出两块发达的肌肉。但几乎每次挑着沉沉的水桶走进街巷的时候，我的肩膀都痛得钻心。但我总是竭力做出轻松的样子，实际上已经吃不消了，嘴里还哼着一支什么歌。其实有经验的人一看我软得不行的两腿，就知道我已经力不胜支。临到家时我踉跄的脚步总是显得轻盈，在父母和外婆怜惜的目光里我已经迅速长大。

一直到后来我奉召进城，挑水的重担又落到年逾半百的父亲肩上。之后许多个梦境里，父亲挑水的样子总是和我一样踉跄。作为一个缺乏体力锻炼的乡村医生，远途挑水绝非他的强项，但生活总要继续，是山镇上的男人，就得接受挑水的洗礼。每逢下雨的天气，我总是担心父亲挑水的路途会不会打滑。后来山镇上通了自来水，类似的梦境依然在我乡愁的脑海里浮现。

旧事记

一个书名与十年光阴

今天的人们说到《名人笔下的宜兴》，都知道那是两卷厚厚的大书。

在旧作《嬗变之年》一文里，曾经提到该书搜集编辑的有关情景，但最重要的细节，并无展开。

时光退回到10余年前，它还只是一个在喝茶时聊出来的标题。

与陈国强先生喝茶，总能碰撞出火花——一个酷爱文化的市公安局长，在2003年春天的一个星期日，给一个时任电视台副台长的徐某人打电话，说有重要的事情商量。他们坐下后并没有商量如何办好当时两家合办的《宜兴警方》之类的栏目，而是想要编辑一部大书，把古往今来为宜兴留下不朽诗文书画的文人墨客的大作雅集一炉，而书名，就叫《名人笔下的宜兴》。

10年后陈国强坚持说这个题目是他第一个提出来的。较真，一个老警察一辈子难改的较真。终于想起来，当时陈某人说到得意时眉飞色舞的形态。虽然我们的面前只有一杯清茶，但仿佛一部厚重的大书正在向我们走来，像一个穿越时空的故人，带着朝花夕拾的书卷气。记得当时我飞快地写下了一些当代著名作家的名字：王蒙、陈建功、贾平凹、王安忆、范小青、苏童、叶兆言……这些当红作家决不可放过，一定要请他们来宜兴做客，并写下对宜兴的赞美。而陈国强则在他宽敞的办公室里走来走去，掰着手指，列数着哪些古今书画大家在宜兴留下的难能宝贵的笔墨，还有哪些一线的书画家应该尽快将他们收入囊中。其双眼炯炯的神态仿佛发现了基度山伯爵的宝藏。

第一个问题是，谁来题写书名呢？

当然是沈鹏了！陈国强不假思索说道。仿佛沈鹏是他村上的老娘舅。

当时沈鹏正担任中国书法家协会主席。其书法名望如日中天。只是，谁能请动沈鹏的大驾呢？

陈某人诡异地一笑，称他自有办法。黑猫警长。这是我们私底下给他起的绰号。任何时候，黑猫警长的能量是不容怀疑的。果然，不到一个月，还是在黑猫警长的办公室，一幅由沈鹏题写的书法映入眼帘。这幅字写在一张16开的宣纸上，虽然尺幅很小，自是饱满华滋、大雅不俗。

从这一天起，这张16开的宣纸，在往后的十余年间，竟是一面让许多人魂牵梦萦、奋力追随的旗帜。光荣与梦想，青灯与黄卷，征尘与汗水，迷茫与困顿，在这七个字的旗帜面前，全将化为不竭的动力。

故人说十年面壁图破壁，难酬蹈海亦英雄。正是我等同人之心境。

当七个字的书名终于变成两卷巨构的时候，时光已然掠过了十年。

10年后的一个冬日，接到一个久违的朋友打来的电话，说当年他曾受陈国强之托，多次上门磨破了嘴皮，自掏腰包，才请动沈鹏先生题写了"名人笔下的宜兴"七个大字。而他自己一直在北京谋事，至今未见过该书。问：书一定很厚吧？

古道热肠！此公姓毛名羽南，宜兴新建人，长期在北京发展，能文善画，据说如今也是艺界名士。如此说来，毛羽南为了这部书，也堪称有功之臣。

"没事没事，大家都是为了宜兴！"羽南在电话里谦和地说。

其实，这素朴的乡音道出了大家的心声。一直为《名人笔下的宜兴》谋划出力的陈国强先生，后来因工作需要调至无锡。按照约定俗成的规则，在该书第二卷出版的时候，编委名单上已没有他的名字。不光陈国强如此，先后为该书第一卷出力的王敏辉、许兴城、欧方明、钱亚明等诸位仁兄，在第二卷的编委名单里均已见不到他们的大名。这绝不表明，他们没有关注过第二卷的搜集编纂。如果要把关心支持过该书出版的朋友的名字全部列出，那将是一份长长的挂一漏万的名单。

特别要提到王俊华先生，当他一口承诺全力资助出版该书第一卷时，并不知道书会做成什么样子，之所以一口承诺，全然出于对我的信任。

这一份默契的力量从何而来？

在这里，"宜兴"二字不是作为地理概念出现的。她是地气、人缘，是母语、故乡。是一根长长的文化脐带，将我们从四面八方盘绕在一起。生为宜兴人我们是多么自豪，为了宜兴出力流汗我们是多么心甘情愿。在"宜兴"这两个大字面前，宜兴人会把一切功名利禄都视作过眼云烟。

三请王蒙

一年半后，书稿第一卷编纂完毕。其间艰辛苦楚，按下不赘。

拟请王蒙写序。

中国的文化名人太多，但像王蒙这样既是国内外闻名的作家，又当过国家文化部长，学问精深，影响巨大，朝野皆能认可的文化巨匠，实在是凤毛麟角。

2005年的王蒙正忙着在国内外飞来飞去。媒体上经常报道他一会儿在某城签书，一会儿在某地演讲，一会儿又在某国访问。请动这样一位文坛泰斗写序，当非易事。

突破是从他的公子王山开始的。尹瘦石公子尹汉胤是我多年兄长，他与王山是同事好友。朋友之链的良性互动，让2005年的盛夏记录了王山登陆宜兴的故事。一场台风过后，宜兴非常闷热。汉胤和王山来了。王山与我同庚，两人一见如故，迅即称兄道弟。竹海，溶洞，紫砂，茶园。虽然洗了三天"桑拿"，所到之处王山兴致甚高，对宜兴的交通仕宿条件他问得非常仔细。当时宜兴还没有五星级酒店，通往某些景区的道路坑坑洼洼、飞沙走石。我心里隐隐担忧，他这次来宜兴，实际是为老爷子来踩点的。

王山的结论是，宜兴的交通、住宿条件虽然一般，但如此优美的真山真水和深厚的历史文脉一定能让乃父心仪折拜。特别是宜兴有紫砂，天下哪个文人不喜欢素面素心的紫砂壶呢？他担心的是老爷子太忙，活动多，文债更是堆积如山。一时半会抽不出时间来作宜兴游。

不作宜兴游，何作宜兴序？

我把一摞足足一尺多高的书稿放到王山面前，说：拜托了山哥！这可是宜兴人民的心愿啊！

王山说，书稿还是你们给他吧，这样显得郑重些。

虽然王山离开宜兴的时候一口答应回去尽量说服老爷子，但我感到此事若不步步跟进肯定还会泡汤。于是一周之后，我与蔡力武（昵称野猪，该书副主编）趁热打铁地去了北京。行前王山告知，乃父将于周末从重庆读书节飞回北京，我们被告知约见的时间是周日上午十点。

住进了中国作协招待所。是汉胤兄安排的。便宜，200元一宿，中国作协会员凭会员证可以减半收费。于是我们的房间只收区区100元。这在皇城根下是不可想象的。只是当时的中国作协招待所尚未改造，空调老旧，装修寒碜。卫生间里老是在发出一阵阵难闻的臭气。汉胤有些于心不忍，说附近有家宾馆，也贵不了多少，条件可比这里好多了。我说不必了，对付着住吧。反正也苦惯了，浮生贫寒，驿路漫长。奢侈何曾与我们有缘？

半夜里突然接到王山电话。顿时生起不祥预感。果然，王山说老爷子的班机因天气原因严重滞留，一直拖到深夜11点才从重庆起飞，老爷子着了凉，突发高烧，下机后没有回家直接去了北京协和医院。

那明天的见面还有可能吗？

王山的回答充满了不确定性：谁知道呢，等消息吧。

顿时觉得房间里空前闷热，破空调的肆意奏鸣有如轰炸机在俯冲投弹，哪里还有半点睡意？与野猪设想着种种可能，辗转难眠。终于等到天亮，野猪下楼去买来两根硕大的油条和一份《北京晨报》，摊开报纸，咬着油条，就着一壶刚烧的开水，这就是我们的早餐。

上午10点半。王山电话来了。老爷子重感冒，肺部有些感染，高烧稍退但医嘱隔离静养，不能见客。

虽然这个结果在意料之中，但从王山略带歉意的嘴里说出来，还是让我们颇受打击。怎么办？是在这里等下去，还是暂告段落打道回府下次再来？王山开始动员我们回去，说书稿留下，他会在老爷子身体恢复后找机会递上去。

一起留下的还有20多本王蒙著作。都是宜兴热爱王蒙作品的朋友委托我们请王蒙签名的。王山有些感动，说，徐兄放心，在下一定尽力把这事办成！

临走时，汉胤来了，说住宿费就别付了，我跟领导说你们是来改稿的，免了。

虽然省下的钱并不多，但这也是汉胤兄的一份支持啊。

回宜兴后一连多日等不到消息。忍不住又拨王山电话。声音遥远，颤颤巍巍。说人在甘肃出差哪。书稿已经给了老爷子了，而且，老爷子还很认真地看了一部分呢。老爷子居然震撼了，说竟然一个小小的县份，会有李白、李商隐、杜牧、王安石、柳宗元、欧阳修等历代大家为之击节称颂。殊属难得。有生之年一定要像古代先贤那样去宜兴朝拜，沿着先贤的线路去沐浴古风，感受古脉今晖。

"不是为了安慰我，添油加醋的吧？"我半信半疑地激他一下。

"怎么可能呢！"口气仿佛受了莫大委屈。

"这般好消息，何不早点告诉我啊！"我大声嚷嚷。

"怕徐兄激动啊，毕竟老爷子还没有具体安排。"王山在电话的那一头嘿嘿地笑了。

和野猪再次飞往北京，已经是这年的秋天了。在北京图书馆我们发现了一些名家写宜兴的线索，如石涛的《张公洞长歌》、郭沫若的《到宜兴去》、钱卓伦的《辛亥宜兴光复纪略》等。这一次我们想碰碰运气，行前没有给王山打电话，此前一天的报纸说王蒙在北京参加了某新锐作家的作品研讨会，老爷子在北京。这一点肯定无疑。

可我们判断错了。事实是，王蒙已于我们飞抵北京的那一日，随全国政协代表团访问印度等国。而且王山和汉胤也不在北京。虽然我们在北京还有其他的朋友，但浑身上下已然被一种严重的挫败感所攫住。

抄录京华日记一则：

9月15日，暴雨。降温。王蒙去印度了。又扑空。空前的沮丧。下午和野猪冒雨去北图。各自查找资料。居然查到了台湾余光中的一首诗《宜兴茶壶》，甚激动。同时查到的还有几幅明代名家画宜兴的画。真是踏破铁鞋无觅处，得来全不费工夫。傍晚雨渐大，冷。衣服带少了。和野猪一路北行，去西单书店。晚8点了，肚子还是空的。浑身被冷雨淋湿。找了一家小酒店，要了几个菜，一瓶啤酒。北京人的盘子大，几个菜就放满了一桌子。野猪狼吞虎咽，我故作大惊曰：力武啊，革命还没有成功，你我就这么海吃啊！野猪呛了一口，彼此哈哈大笑。

今天再读这段日记，觉得特别温暖。说实话我们当时一点也没有觉得苦。总是被一种无形的力量支撑着、砥砺着。好比是一次遥远而漫长的行军，对它的艰难程度，我们有足够的心理准备。

2005年10月17日，第三次赴京拜见王蒙。这一次王山做了精心安排。野猪有别的任务，我一人独自前往。那天抵京已是万家灯火。步出北京机场，发现巨大的街头电子荧屏上一行醒目的大字：文学巨匠巴金逝世。愕然止步，叹息。马上敏感地意识到，原本明天约好的与王蒙见面的时间有可能被改变。果不其然，王山的电话来了，因为明天一早王蒙要去中国现代文学馆参加吊唁巴金活动，原本安排在家中见面的计划拟取消。

心一下子沉了下去。

王山说别急，只要老爷子人在北京，一切都好办，时间上再作协调吧。

半夜里又来电话，见面改在中国现代文学馆进行。

终于松了一口大气。京华的夜，总是让人无眠。

终于见到了王蒙。

早年我是那么迷恋他的作品。像《风筝飘带》、《夜的眼》、《春之声》、《相见时难》等小说，许多精彩段落我都可以完整地背诵，更不用说像《组织部新来的年轻人》、《青春万岁》这样的传世名作了。可以毫不夸张地说，我们这一代文学青年是读着王蒙的作品成长的。

时在2005年10月18日上午十时许。那天王蒙身着深色立领中山装，胸佩白花。神色肃穆而步履稳健。全然不像一位七十岁的老人。在吊唁完巴金后，在现代文学馆门厅一角的沙发上，与我进行了简短的交谈。他说已经把那么一大摞书稿翻完了，有这么多古今名人雅集宜兴，且留下如此浩瀚的不朽华章，在文化史上堪称奇迹。他很惊讶我们的劳动会这么持续而细致。而做这样一件事，对宜兴肯定是大有益处的。然后他说，宜兴的确让人敬畏，给这样一部大书作序，感觉是件很有分量的事。他问我书什么时候出？我说，万事俱备，只欠东风。您的大序一到，书立马可出。他沉吟了片刻，说我再看看，把时间安排一下，尽快吧。

这样的答复，已然超出了我的心理预期。面对这样一位和蔼可亲的长者、举世闻名的文坛泰斗，除了重复地感谢，再无他言。

临别时，与王蒙先生在现代文学馆的院子里合影。当他知道我和王山是同龄人，笑着说，王山经常说到你，他可是你们宜兴的特使啊。

我向王山表示感谢。王山说老爷子对你印象很好，说江南人就是这样，诚恳，话不多，但会用劲，又懂得分寸。

过后不久的一个懒洋洋的中午，王山突然来电说，收邮件吧。我说什么意思啊？王山故意打个哈欠，用一种漫不经心的口气说，序啊，你不是做梦都想着那个序吗，收吧，老爷子写好了。

这一份惊喜的突然降临，让我手足无措了好几分钟。原本以为，王蒙应该先来宜兴采风，然后再抽空写序。真不敢想象这个周期有多长。没想到老爷子一下子就把序言写好了。赶紧打开邮箱，一团清朗的气场扑面而来：

关于宜兴

王 蒙

我出生在北平（北京），也是在北方长大，生活、工作的，我很喜欢北方，北方的山水，风土人情对我来说都是异常亲切的，辽阔浑厚，苍苍茫茫，与我血脉相连。以后，逐渐去了南方，去了世界的各个角落，给我留下美好记忆的地方确实太多了。但祖国的江浙，在我的心中始终有一种异样的感觉，好像是一种隔阂中的亲切，好像是新得到的美丽与聪明。而这些感觉当中就包含着宜兴。

最早知道宜兴，还是由紫砂茶壶始，48年前，新婚的我有意在街上购得一把南瓜状的紫砂茶壶，浅色，壶盖做成南瓜叶形，甚感其玲珑与雅致。但终究还是弄丢了，还是破损毁坏了，我实在已记不得了。反正那是一个常常打破你最最钟爱的一切的年代。

打那以后，知道了有一个美丽的地方位于苏浙皖三省交界地带，那里有山岭，有平原，有湖泊，有河网，有圩区，有溶洞，有竹海，有茶园，那个地方名叫宜兴。

……

好文！大气磅礴，字字珠玑。

谢谢您！敬爱的王蒙老师！

谢谢您，够哥们的王山兄！

作家众生相

每次打开厚厚两大卷《名人笔下的宜兴》，看到一串串熟悉的当代著名作家的名字，眼前便会浮起一张张亲切的脸庞，他们在宜兴短暂采风时留下的音容笑貌，犹在眼前。

2004年秋天，陈建功应邀带着一批作家来了。其中有玛拉沁夫、吴泰昌、陈世旭、熊召政、范小青、苏童、叶兆言、储福金、赵瑜、尹汉胤等。限于当时的条件，这些蜚声文坛的著名作家住进了丁山上海饭店。其时，该饭店正经历着改制的阵痛，员工人心浮动，住宿条件及服务质量实在差强人意。范小青跟我很熟，悄悄把我拉到一边说她房间里的椅子坐下去有吱吱扭扭的声音，床

那里有山岭，
有平原，
有湖泊，
有河网，
有圩区，
有溶洞，
有竹海，
有茶园，
那个地方名叫宜兴。

单发黄，像是没有换过。更严重的是陈建功的秘书告诉我，建功主席床上的被子明显破了，叫了服务员来换，半天不见人影。建功和玛拉沁夫是副部级待遇，坐飞机都是头等舱。虽然他们嘴上不说什么，但我内心感到十二万分的歉意。和赞助方商量，再换饭店已不可能，只能跟饭店领导交涉，让他们尽量用周到的服务来弥补条件的简陋了。

结果是作家们在该饭店的第一个夜晚基本上都没有睡觉。他们一致认为，房间里的床单和被子都令人可疑地没有更换，因为它们一律地发黄发黑。苏童房间里的卫生间马桶一直在漏水，几次问叶兆言是否外面下雨了？是夜，作家们自动地凑起了几副牌局，一边聊天一边打牌来打发这个美好的陶都之夜。不过他们之间谁也没有抱怨，一是作家们天南地北难得相聚，浓浓的情义早把所有的不快都冲淡了；二是他们走南闯北见得多了，知道主办方组织一次笔会并不容易。且说苏童和叶兆言，他们在饭店附近溜达的时候闻到一股异香，像是从山野飘来的清甜茶香。他们循着茶香拐进了一条深巷，一路寻踪，在巷子的尽头处他们居然叩开一户低低的门扉，一圈茶客正围坐着品茗聊天。他们喝的正是野山红茶！两人说明来意，主人起先还不肯卖，见客人态度诚恳而坚决，才勉强割爱。意外的惊喜让他们掏空口袋，满载而归。那天夜里作家们基本上被野山红茶陶醉了，叶兆言说宜兴红茶香得稳重、实在，味道特别纯正。他搞不懂，为什么宜兴人对寻上门的商机毫不在乎呢？有感于此，他很快写出一篇《宜兴红茶》。陈世旭自江西茶乡来，他说井冈山有那么多的竹子，为什么搞不出一个像你们这样的竹海呢？他喝了宜兴红茶，也不住赞叹。唯有玛拉沁夫不怎么动心，老爷子爱喝高度白酒，那一年他已经70多岁，依然体魄肥壮、声如洪钟。烈酒能饮1斤以上。这位23岁即以一首《敖包相会》蜚声文坛的蒙古族老作家，不但擅酒，且喜跳舞，其舞风豪迈奔放，所向披靡。听说他书法也不错，趁他一曲舞罢兴致正浓，便邀他写下"天子未尝阳羡茶，百草不敢先开花"的诗句。起先他不知诗句出处，直言：徐风你口气也太大了吧。后来我把卢仝的《七碗茶歌》背给他听，他才信服。于是蘸饱浓墨，将这两句脍炙人口的佳句一挥而就。

　　那一次作家笔会的高潮是在紫砂工艺厂。文人与大师雅集，其亲密无间的场面让人激动。熊召政与吕尧臣，陈世旭与徐汉棠，苏童与鲍志强，范小青与汪寅仙，叶兆言与季益顺，储福金与顾绍培……纷纷结对交谈，切磋技艺、互道衷肠。擅丹青的尹汉胤、陈世旭、熊召政等纷纷在壶上挥毫。正所谓壶中沸水滚，茶里言语香；知音千杯少，佳话天下扬。

　　从2004年起，来宜兴采风的作家足足可以编成一个庞大的团队。其中不少人与紫砂结下了不解之缘。王蒙来宜兴作访时曾经发下宏愿，将来要在宜兴拜师傅学做紫砂壶，他与鲍志强、沈汉生、季益顺等大师笔墨唱和，在紫砂壶上题写了"大匠天真"、"一壶九鼎"等佳句。作家毕淑敏在宜兴采风时专门选了一个紫砂杯，题写了"和平之旅"四个拙朴大字，准备放在环球旅行时的游轮上用。散文家韩小蕙为了给父母做寿，在一对壶上写了"慈恩永寿"，以表孝心。茅盾文学奖得主、作家熊召政的书法在紫砂壶上大放异彩，深获沈汉生等陶刻大师好评。他还专门写了一篇《紫砂赋》，表达他对紫砂的敬畏之情。

作家赵本夫醉心于搜集紫砂老壶,其眼光堪称老到;作家潘向黎每天起来即用紫砂壶泡茶,称清晨一定要喝上三杯清茶,才能真正醒来。她给宜兴接连写了三篇文章,其中一篇写宜兴茶,两篇则写紫砂壶。其虔敬与专业程度,令人敬重。茅盾文学奖得主、作家刘醒龙对紫砂壶也很膜拜,一直答应给宜兴写一篇紫砂文字。几次催他,说不敢应付,一定要调整到最佳状态才写,否则便是亵渎了紫砂的神圣。

若干年后回忆起这些往事,感慨之余,写下这样一些文字:

紫砂壶之朴拙自然;合于文人本性。一个小小的壶坯上,既可以题写壶铭,以抒发自己的人生感怀;又可以纂刻花虫鸟草,以寄托行云流水的性情。人生感怀寄寓其中,枕石醉陶已经足够,仕林官场已经忘情。若果既能诗书立世,又能游戏人生,在一把紫砂壶上寻找入世与出世的平衡点,那岂不妙哉!天下哪一种陶瓷器皿能与之比肩呢?

如今,《名人笔下的宜兴》第三卷的编纂又已开始。我们又出发了。作为一个宜兴人,能为自己最心爱的家乡编一部这样的书,值了。

相信这是团队每一个人最素朴的心声。

吃茶的心情

一

平生不嗜烟酒，偏好吃茶。早年，随父母从水乡迁徙到一个小小山镇，茶洲就在郊外，四季飘着清香。早春时节，总是跟着巷子里的老人小孩去山上采茶，蒙蒙的细雨仿佛甘露，毛茸茸泛白的芽尖还没来得及变绿，就被轻轻地掐下，轻轻地在手心里搓揉；渴了，用竹筒舀来微温的泉水，放上几芽比米粒稍大的芽尖。仿佛灵物，芽尖从从容容在泉水里荡着小舟，不经意中，一点一点化开来，又像宣纸上一点丹青，细细地洇出那么一小片，一小片；淡淡的清苦中，一缕若无似有的甘甜，咂不尽的余味，一直留存于心底。

有一次跟小伙伴们一直跑到悬脚岭，之后便糊里糊涂爬上了顾渚山。未曾开蒙的我并不知道，顾渚山对于中国茶道的意义。只记得，山很高很高，泉水好甜好甜。站在峰顶，可以清清楚楚地看到太湖；还有就是，从顾渚山采的野山茶特别经泡，汤色浓油赤酱，香味特别久远。后来知道，那是天光地气的力量，一切皆不动声色。茶，何等的妙物精灵！其鲜嫩、亮丽，直可以把人的青春比下去，而多喝了这样的茶水，仿佛清空，不仅肚肠干净了，俗身也一片轻飏；心，就像蓝天一样高远。

二

长大了，读了些书，慢慢知道吃茶的学问和奥妙之深，并不是略翻些书就能够窥其全貌，对茶，须得用深情，才可以真正懂得它的好处。我们的祖先在吃茶方面所表现出的洒脱与疏放，悠闲与风雅，更是令吾等汗颜莫及。宜兴自古山山有溪、岩岩有潭；雨水充足、气候温润。大溪小泉潺潺奔流，水色澄洌如晶似玉。早在三国东吴时代，"国山苑茶"即着称于江南。到了唐代，阳羡茶已蜚声南北，成为孝敬皇上的贡品。一时名流云集、群贤毕至。阳羡茶生于南部之灵山妙峰，承甘露之芳泽，蕴天地之精气，固为人间饮品之上等。而青翠的山野间，散漫优游的布衣人，汲南涧之水，烹北园之茶；活火、清泉、鲜茶，煮出的岂止是绝妙的茶?那样的含英咀华，识度闲放，真可谓忘情于珍猎之抱，畅志于清旷之乡，特别是仕途困顿或倦于俗累的人，更能在这清凉致静中求得恬淡平和的心境。

我们的祖先很早便从饮茶中发现了跟他们心态相一致的品性。比如，茶的淡雅幽远，甚合于他们迎风踏月、抚山弄水的意趣；茶的苦中蕴甘，则适于他们节衣简食、甘苦共济的信念。久而久之，吃茶不仅是一种雅事、而且是一门专门的学问。唐人陆羽，不愿进入仕途，也不肯皈依佛门。古代的社会比我们今天宽容多了。想那陆羽一无基业俸禄，二无手艺田产、甚至连寺院香火钱也没有一文。他所有的，是一般人所没有的强大的内心。毕生隐居乡间，闭门读书。但学历和职称之类，是全然没有的。但他只要有茶，心情就不会坏。一个连固定住所也没有的人，照样可以按照自己的活法，杖击林木、手抚活泉；逍遥地独行于山野。估计他朋友颇多，游历四方，察访茶情，全靠友人支撑。又披览众籍，钩沉寻迹，以烹茶清谈为乐，古风悠然而逸情高卓，在宜兴与长兴交界的顾渚山间写下三卷《茶经》，以为平生快事，也为后人留下了不朽的篇章。时至于今，翻开《茶经》，我们仍能透过字里行间，感受到那种文火细烟、小鼎长泉，意幽禅窗、神栖物外的意境。

三

"日常是灰败，茶是鲜明照眼。人生是干枯，茶如秋水盈涧。"（作家潘向黎语）这一脉悠悠清茗，似延续不断的香火，无论在繁华的闹市，还是在偏僻的乡村，淡淡一壶清茶，袅袅几缕清香，在布衣百姓的心目中，有着不可替代的乐趣。

说茶，不能不说说壶。一把新出窑的紫砂壶要变到沧桑满怀，需要多少茶？当年徐悲鸿随身用的一把紫砂老壶，被新来的女佣洗去了壶中厚厚的茶垢，悲鸿叹曰：十万茶山，毁于一旦。

紫砂壶上有土气与火气，那是要靠茶来摆平的。所谓养壶，主打的角色是茶。离开了茶，那壶就断不了还是跟它的前世一样灰头土脸。紫砂壶的"开光"与茶的真香，以及饮茶者的心情，从来就这样不离不弃。让一把好茶叶泡出好味道，就如一个好女人该嫁什么男人一样。若把茶比作女人，那么壶就是男人了。好女遇到孬男，无异于一支鲜花插到牛粪里。而一个好男人老是躺在一个坏女人怀里，终究会变成混蛋一个。茶与壶，就是这般相互滋养、相互托付；好茶的真味，必得用好壶来发扬光大。可不是么，壶中沸水滚，茶里言语香。朋友知己，偶聚一起，衣洁袖净，把壶品茗，自是别有一番滋味在心头。茶香，壶靓，心情自然疏放。品啜之余，又骋以清谈，什么家国天下、匹夫之责，什么仕途经济、青史留名，都是可以暂且置之脑后的。如果说，古人吃茶十分计较环境，如在室门内，则需凉台静屋、明窗曲几之类，而在野外，又需择林竹之荫、泉石之问。吾等现代人，身心俱被局促，或囿陋室之窘，或迫光阴之紧，条件难如古人。君不见，乡下老茶馆里的大叔大伯，蛛网就在头顶，苍蝇横冲直撞，嘈杂之声更是不绝于耳。老茶客们仍然手执一壶，心安神定，一个个都那么静若处子，沉浸在一种宁静、祥和的气氛之中，令人好不钦羡。

依愚所见，吃茶尤适于三五知己、朋友围坐。古人讲究缓烹慢煎，吾等只须一壶开水、半把茶叶，将茶泡开，细品悠啜。逢上得意事，清茶能浇却骄纵，而平添一份虚静；倘是心头失落、身处困顿，手捧一壶，则一脉热线贯穿心底，虚空之身顿时便有了依托，无论窗外日丽天高，还是楚天密雨，心里都会忘却人生的种种烦恼，生起一种悄然的快意。

生命苦短，不可无茶；驿路漫长，不可无茶；世道纷扰，不可无茶；醒神益思，不可无茶。无论在天涯海角，茶的清灵与玄幽会伴随着我们的风雨旅程，而最终成为我们灵魂的一部分。

说不尽的茶，饮不完的茶；有空，就让我们捧起茶壶，举起茶杯吧。

水与舟

盛开在灵魂的穿心莲

早先读潘向黎作品，总是惊异于寻常的汉字一旦集合到她笔下，便一个个悄悄地脱胎换骨，变得华美与典雅。仿佛翡翠生于深谷，一旦开光，便冷艳照人。又似一俗人，不期闯进雅室，世俗之心，于清净雅洁的氛围里，一点点高贵起来。潘向黎惜墨如金，她总是一字一钉地书写对生活的真知灼见，而不屑写卑微的俗世故事，所谓的柴米油盐、家长里短。像有的作家，仿佛一写"底层"，胸前就挂了勋章，连牙上也镶了金箔。其实就是比别人多用了些锅碗瓢盆、引车卖浆、地域方言的道具。还有一些别人津津乐道的阵地，她都放弃了，譬如官场时政、市井风月等等，都让别人去写吧。她总是说写什么从来是不重要的，怎么写才是紧要的。她就写青灯下的一盏茶，写映照在茶里的一些灵魂，写它们的独语、叹息、冲突与浮沉。她与它们风雨比肩、抱团取暖。《穿心莲》，就是这样的一部长篇，与潘向黎之前的中短篇想比，一脉相承的是几乎每一个句子里都浸透了的素洁与雅致，还有睿智、字字如钉的不妥协，是风骨层面上的东西。仿佛玫瑰般的笑容，但露出的是一口洁白整齐的钢牙。

进入潘向黎的小说，首先感到的是她对情节的放弃和对氛围、气息的专心营造。你无法在《穿心莲》里寻找到一个好看的故事，你也很难看到明显的情节推进。但是，当你认真读下去的时候，就发现一根若有似无的线，在帮你把一串串散落的珍珠穿起来，一本书，就是一串璀璨的项链。她坦诚地告诉你，她无意讲述故事，而是专注于剖析灵魂与心性。《穿心莲》说的是一个情感专栏女作家，专为迷失在爱情和婚姻里的人们答疑解难而为读者熟知，而她自己却因过去惨痛的情感经历早已不相信爱情，和现任男友过着不咸不淡的同居生活。然而，一天，一个向她发出求救信息的女读者，完全不接受她"女人要自强"的理论，留下遗言"离开他，我不想继续活了"，殉情而死。这让她重新审视人类情感的深不可测，并真正直面自己的内心呼求……如果按一般传统写法，这个小说应该写30万字。但潘向黎只用了不到20万字，一支文字的精兵，围绕着一个母题日夜兼程：女人真正想要的是什么？这个话题似乎在丁玲的《莎菲女士的日记》里，就有类似的追问。然而，潘向黎的立意与视角比较独特，她借主人公申兰之口，说出了当今知识女性的宣言："没有自由的爱，没有爱的自由，我都不要！"在一个疯狂追逐功利的欲望世界，这样锋利的语言也许极容易被贴上"女权主义者"的标签。或许会有男士出来辩解，说男人忙于创造财富，忙于他没有时间去爱。在他们看来，为爱活着，是女人的专利。如果男人把爱情放在第一位，那么世界肯定比今天乱套。问题在于，怎样界定爱情的本质？男人的爱在现实生活中又是如何被消解的？潘向黎以她一向的勇气梳理着这些常人语焉不详的问题。她通过深蓝和漆玄青的相爱历程，向我们描述了一场悄无声息的爱情战争。生活中有没有漆玄青这样的男人并不重要，重要的是潘向黎把他活生生地写出来了。这是对当代文学人物画廊的一大贡献。

潘向黎写都市生活，信手拈来且随心所欲，看似漫不经意的闲笔，比如日常生活里的吃穿用，比如写茶、咖啡，写环境、餐饮，甚至灯光、植物、空气，在她手下皆是营造氛围的妙笔。她写亲情，写父女生离死别，那种刻骨的凄美让人震撼。在小说中她还多次运用书信、札记、散文、寓言等文体，交替表现人物的内心世界，由此也打通了诸多文体有可能隔膜的一切环节，为她而用，使整部小说充满张力。

人类永远要靠自己来拯救自己。潘向黎最可贵之处，就在于她的坚持——一种从未失去的对生活、爱情观的信仰。正如潘向黎借小说女主人公深蓝所说的："对于一般人来说知道自己要什么最重要，不然永远与幸福无缘。"这也应了费尔巴哈说的话："爱就是要成为一个人。这个人不在世俗中卑躬屈膝，摸爬滚打，而是仰望神圣，与俗世保持着超越性的距离，使被生活揉皱了的灵魂得以诗意地栖居。"

仁者寿 丹青仙

老爷子八十了。

有一天，在一个画展上巧遇，握手，寒暄。顺便说了一句：过几天我去看您啊！

一忙，忘记了。过了些日子，接到一封信，说："那天说的几天，真的好长好长。"

冷幽默。好让人惭愧！有一天，索性把他接了来。在我办公室，沏了好茶，相对而坐。老爷子嘿嘿一笑，说："吹牛吧，我喜欢听你胡吹。"我就随口说了一个正在写着的小说构思。故事还没说完，老爷子打断我，说："太激烈了，我不喜欢。"

那么，老爷子喜欢什么呢？

平淡一点的，像萝卜、青菜，有一点小浪花，小情感，小感悟，就是伤感，也是小小的，不那么伤人的。

想起了老爷子的一幅画，上题：食有淡饭，饮有清泉，无灾无病，便是神仙。

可是，如果大家都这样，那酒店不得关了一大半？谁来拉动经济啊？

再说一个来听听。老爷子说。你看他快八十了，还端坐如一面钟。

又说了一个。像忐忑的小学生，等着老师的朱批。

不要那么多的传奇好吗？老爷子还是摇头。唐末那些事儿，多用传奇表现。世上传奇，几乎被唐人宋人写尽了。到了元代，流行的便是曲赋了。你就是写得再传奇，写得过古人么？写也是狗尾续貂。

我知道老爷子当面从不奉承人。背地里却常说，徐某人的文章如何如何不错。

于是用激将法，最好让老爷子跳起来。

一滴晶莹的露珠

一片飘零的枫叶

一朵待放的花蕾

一株雨中的残荷

　　茶杯里的小情感、小风波，太局促了吧？那些个小摆设，案头清供固然不错，可是，能真实反映社会吗？

　　老爷子不买账：文章为什么一定要写得浓油赤酱？哪来那么多的恩怨？我看这世界蛮好，有诗情，也有画意，就是一碗咸菜，也有好多生活乐趣啊。

　　也许，我和老爷子都没有错，一加一，才能等于二。

　　那天，我们聊得天南地北。很晚了，想请他吃个饭。他眨巴着眼睛，一如既往地说："吃饭不好玩！"

　　老爷子抬腿就走了。我看见他纵身一跃，恍惚间，就走进他的青花瓶里去了。那里想必很好玩。看见了吗？那松风、霁月、牧童、归舟、游鱼，还有那虬枝老梅，百岁寿星也绽着童颜呢；旁边是一窝打盹的母鸡。乡村草垛、路边茶亭，都是他喜欢的。

　　好玩就好。老爷子嘟哝着说。

　　跟着老爷子，不知不觉，也走进他的青花意境里了。

　　好多啊。一眼看去，纷繁壮丽。

　　这一折，端的是明月如霜，好风如水；再看那曲港鱼跃、圆荷泻露，燕子楼空、佳人何在？老爷子好性情，在他眼里，大自然的一切都天然和谐，无往而不美。无论四时更迭、草木枯荣，日月星辰、晨昏昼夜，美神长驻而游走于千山万壑，上天，如走云飞霞；入地，则如清泉奔流，无不竭尽她的全力。

　　又一折款款打开，灵动、雅致，像雪化一样纷然飘落。从千年古柏到小草闲花；四时之美，包孕春之明媚，夏之葱茏，秋之萧疏，冬之寂静。英雄一举一动，美人一颦一笑，都让老爷子心动。说什么笔走龙蛇，那不过是小技。眼不见绢素，手不知笔墨，天然之生机，大造之氤氲，放笔如在眼前，下笔即在腕底。一滴晶莹的露珠，一片飘零的枫叶，一朵待放的花蕾，一株雨中的残荷，都可以被老爷子收入心怀。天与地，情与爱，无私无偏的怀抱，向人们推出的，乃是不可穷尽的美奂。

　　再一折，看分明：人生劳苦，几度逍遥？听梵音，风过耳，静夜高天月一轮。老爷子向往的，不是大奔、豪宅，不是功名、利禄；他画一幅老者垂钓，题的是年老无大志。你细细端详，老者脚下那一潭水，特别清澈。水清无鱼，老者非是钓鱼，乃是养志。胸藏丘壑文章，方可气吐烟云万千。云水三千是志，野鹤闲草是志，枯藤上突然冒出两朵小花，也是志。

想观月的时候，偏偏下雨了。人生总是阴差阳错。既不能观月，听雨又何妨？老爷子一生的心态从来如此。何为贵？何为贱？青菜豆腐肯定最贵，金玉满堂肯定最贱。有一次去见他，正在作画。建议他的画不要卖得那么贱。他笔一甩，谁贱？谁不贱？你看那满大街的工人农民，拉一天板车，挣几个钱？我说那不同，这里是艺术。他哼一声，什么艺术？你让那工人农民几十年由国家养着，让他专门写字画画，肯定比我们好！

倔强如铜豌豆。关汉卿笔下的那种，端的是蒸不熟，煮不烂。你看他画的公鸡，无论蹲、跳、立、卧、醒、睡、鸣、戏，虽然各呈姿态，但普遍地倔犟。莫非都是为他自己写照啊？据说他70多岁还敢吃冷肉包子，嚼硬蚕豆。我的天！

近几年，身体欠佳，老爷子常常想到归宿了。回首平生皆无憾，天生地造一布衣。生而有乐，视死如眠。世界是沧海，人则是沧海之一滴。长眠无非是大睡。如此想去，人则永生。"我老了吗？"他自问。快八十的时候，他在一个青花瓶上写道：退回七十三，我是六龄童。果然看到，一条老迈的鱼，眨着孩童的眼睛，在水里撒欢。伏枥骥虽老，何曾顾虚名？旅途风声似琴鸣，歌一路，随人听不听。这是一个八旬老人对这个世界吐露的心声。

他真的不老。这样的时刻，真愿意变成一条鱼，跟着他，去寻访大千世界。

每日里，他心静，静心。听那天穹浩荡的协奏，笔底才滋生感悟，从自然大道取之不尽、用之不竭的源泉中汲取灵感，在森严的艺术法度中不受牢笼拘束，最后回归自然、回归和谐，这才是他毕生的大求。

有一天，想到了一句话：天籁妙曼。恨自己字不好，否则可以恭楷抄了，送给老爷子，贺他的八十华诞。

这句话，从老庄处借得。在庄子看来，美总是存在于天籁、地籁、人籁之间。"籁"是一种声音，一种气息，一种氛围。一种没有经过人工雕琢的、天然纯朴的存在。清风徐来的水面，暴雨狂嚣的峭崖，摇曳风情的枝头，万里皎洁的月夜，都可能有"籁"的存在。但是，并不是每个人都能感受到"籁"的声息。我读老爷子书画，数十年了，无论卷帙、青花，无论文字、色彩，总有一种强烈感受：他一定是听到了那宇宙间最美妙和谐的"籁"的交响了，在他的作品里徜徉，此起彼伏，自是"籁"声一片。

我平静，我欣慰，我快乐。
都冬天了，还有点春天的感觉。
人生的岁尾，
不要想得太多太多。

这是他的诗，他的心声。
仁者寿，丹青仙。

附：在张志安先生逝世一周年纪念会上的感言（节选）

今天，我们又来了，像以前经常举行的聚会一样。以前这样的时刻，有一个老人，会安静地站在我们身旁。他和我们一起欣赏书画，一起聊天。他没有声音，总是恬淡地笑。但是今天，我们抬起头，只能看到他的依稀背影。那是张志安老师，想起他，我们会感慨、唏嘘不已。生前他曾经说过，人死如灯灭，走了就走了。想来，张志安老师离开我们已经一年。江南文化界失去了一位德高望重的师长，宜兴书画界失去一位德艺双馨的老艺术家。但是，时间的流逝并不能消褪一位艺术家的持久魅力，当我们说起他的名字，走近他的作品，阅读他的文字，他的音容笑貌、他的高风亮节，依然那么鲜活地呈现在我们面前。他几十年如一日的淳朴风范、正直品格，依然影响着我们，感化着我们。他的优秀作品，依然散发着艺术的馨香。

想必，在天国，他依然挥毫不辍。我们想看他的新作，就去看西天的云彩。

愿他安息。

清风柳韵

记忆中的一束光，从古老的木窗格外直射进来，保持着一种阳刚的力度。我们戏说那是万历三十二年初冬的阳光，它一如既往地照在我们慵懒而休闲的脸上。背景暗着，似潜伏了400年剥蚀风尘，我们却有些像道具般地亮出，每个人的脸上，有一种浮雕的质感。然后，我们当中的一个人，好像是华依柳吧，她站起来，把它定格成一张照片。我们在照片上非常放松，彼此说着一些与万家忧乐无关的话题。华士清先生弥勒佛一样笑着，一点也不像万历三十二年的东林党人那样愤世嫉俗。没错，我们坐在400年后的东林书院，不可能再有顾宪成们在这里聚众讲学、议论朝政了。风声雨声依然有的，读书声却已经消遁。不过，喧嚣的无锡城里居然还保留了这么一块僻静之地，殊属不易。石坊，小桥，仪门，甬道……历史意义上的东林书院已经淡出，胜景意义上的东林书院则寸土寸金。朋友们在乎并且羡慕的是，华士清与华依柳这一对父女画家，竟然占得如此仙修之一隅，净几明窗，好香苦茗；忙时泼墨耕耘，闲来与高衲谈禅。花间明月、松下凉风，每每在士清先生的画卷上呼之欲出。道上红尘、江中白浪，往往在士清先生的笔下婉约如诉；豆棚菜圃、暖日高阳，恰恰在士清先生的意境里神理俱足、苍润明快。

印象里隐约还有一幅画，不是士清先生画的，但画中人是士清父女。他们背后还有一棵古树，参天浓荫，乃江南人儒秦古柳，那是依柳的外祖父，近代江南书画大家。古柳依柳，清士如流。如此深厚的家学渊源，如天机独赐，难得士清父女福分高远。想那愚钝人用功，有如摇船拉纤，苦干一夜到天明，方知缆绳还未解。士清父女艺根虽出古柳，画风却已扶摇千万里。故士清作品一如其人，有冷峻之风骨，可谓清瘦挺拔；又有雄秀圆润之面貌，深蕴沉稳苍茫之气韵。凡天上明月、水底波澜；更空山深壑、杏花疏雨，均被其信手拈来，妙化丹青而称誉艺坛。

以我窃见，士清一生最成功的作品，还是爱女依柳。这是个有些特别的艺术女孩，穿行于都市的时尚与浮华，没有一点脂粉气。思想则在黑白的国度独自潜游。夜空，黎明，光与影的位移；四季，朝夕的大地；那是多么博大的存在！依柳居然敢用黑白二色来表现，她坚信它们的美。用水墨，得到的不仅仅是木刻的效果。黑寂的璀璨，密林的沉郁，黄昏的幽秘以及广袤无涯的星空，都在依柳的笔底得到了独特的再现。那是一种古典与现代兼具的"城事"语言，你走进去，有气韵的绵延与缱绻，有点线面的随性与纠缠，有视觉效果的魔幻，有诗一般的精粹与造化。依柳在诗一般的年龄用色彩表现文字无法抵达的彼岸——杨柳崖，芦苇汀，水流花开。让我们相信，诗意的生活是可能的，生活的诗意则要我们用心去寻找。我们和心里的那个境界总是咫尺天涯，但依柳用她的画笔坚持说不。

有一次，士清父女来宜兴小聚。我与士清皆不善饮，用低度绍兴花雕，小口慢啜。道别的时候，只见那依柳莲步轻盈，兴冲冲走在前面，士清先生则步履稳健，悠悠笃笃在她背后，俨然一柄保护伞。我觉得那也是一幅画，用宣纸和时间来眺望，两个艺术的探求者，用充盈丰沛的色彩语言，穿透心智，解析现世，编织着华氏春秋的浮世绘。

秘籍与绝技

　　早先，我印象里的陶艺人，大都有个特点，手部语言往往比口头表达语言丰富。他们对这个世界的看法，大抵是用手去表述的。在宜兴这样书画通吃的地方，他们却避开了宣纸和笔墨的诱惑，气场大，目光坚决，超级地自信。因为他们有一双比命金贵的手，还因为他们手里有一把土。用这把土，与水木火金一起，穿行江湖庙堂，阐释大千世界，同时养家活口、立业传代。说到底宜兴是陶都，陶土塑高人，一辈复一辈，苍天大地造化使然。

　　紫砂土出于黄龙山；因了紫砂，那山如今稀罕得紧。附近有座均山，今天的人知道的似乎不多。均山出陶土，世称均陶。东汉时便有烧造，明代起更是高步云衢。辈分之大，当让紫砂膜拜。均陶形制端重、浑朴妍整。历朝有故事，有名作；一把薪火，熊熊传到于今。其"指胎"、"均釉"、"堆花"，蓬勃民间，傲立于世，其间秘籍，世人难解；天工绝技，更是蹊径难觅。

　　均山下，水长流。方卫明大师来了。故人说，点土成均，须滴水穿石之功；悠悠43载，漫漫窑场岁月，方卫明跌打滚爬，也该修炼得功德圆满了。但他不喜欢"圆满"二字。因为人生从不圆满，道路原本曲折。想从前，师傅葛敖松，窑场汉子，性情耿直，技艺绝顶。有人说，卫明性格，与师傅一样。至于技艺，那是靠心悟、靠手做，靠光阴熬出来的，即便师傅肯教你，那也没用。因为，你跟师傅做得一模一样，别人还是不认你，只认师傅，因为你没有自己的面貌、个性、气息。即便让你进门了，那把椅子也不是你的，因为你道行还不够。道行是什么，是三九天屋檐下的冰凌，是三伏天窑肚里的汗水，是几十年如一日的躬耕，是一颗矢志不渝的心昼夜不歇的修炼。

　　一日，与卫明大师交谈。问：一件均陶佳作的成功，有几多要素？答曰：恒心、悟性、秘籍、绝技，缺一不可。又问：秘籍与绝技从何而来？卫明大师笑而不答。顺手送上一本他的书，说，全在里面。

这本书，薄薄几十页，来回翻几遍，若有所悟。从均陶而言，原料配制、手工成型、大拇指堆贴，制釉工艺，成品烧成，一件作品的成功至少有五道工序。别人一辈子就做一行，厉害些的，做两行吧。等于抢别人饭吃了。但在方卫明大师眼里，那五行从来是贯穿于一体的，譬如一个人的筋与骨，血与肉，灵与欲，一旦剥离，便如行尸走肉。不懂原料配制，何以通晓泥性？何以掌控手工成型？而大拇指堆贴，在于指发变幻，方寸波澜起、龙凤得重生。其搓、揿、撩、贴、撕、抹、叠，手法种种，出神入化，如书画之妙法，如丹青之墨晕。实乃均陶硬功一绝。至于制釉，尤如探山识璞、入川觅珠；十万大山访遍，青衫白头已老，个中秘籍魔方，点点皆从心来。说那古人釉色，或天青，或云豆，或淡青，或甜白。"灰中见蓝晕，艳若蝴蝶花"，系古人对一种灰蓝釉色的赞美。于是，漫长岁月里，那些久经流传的蓝均、红均、绿均，早已成为均陶釉色的圭帛。

栏杆拍遍，几重惊叹。

但凡方卫明作品，从原料配制到烧成出窑，全系一人独立完成。就原料而言，太湖边的土，含水分多，草性重；丘陵地带的土，含木质多，木性沉。而陶器的本质是质朴。所谓的亮丽、媚秀、妍艳，皆是均陶的死敌。方卫明几十年卧薪尝胆，发明了一种"土釉"，色如青铜、古气氤氲，仿佛几千年前的幽暗之光扑面而来，又如精灵，牵引着人们的目光，越过时光的烟尘，去叩开一座座洪荒时代厚重、至尊、神秘的大门。土釉，其实是方卫明的一种谦词，有专家称其为"铜均"，是因为它散发着远古的殷商遗韵，似乎把青铜器的质感还原到率真的原始状态，实则是均釉的又一次嬗变，抵达一种"质本洁来还洁去"的回归境界。我更愿意把它说成是"方均"，因为它不仅仅是一种秘不可宣的均釉，更是一个艺人荟集天光地气、修炼经年的造化结晶。而方卫明拇指工艺的形、气、神，则通过大开大合，变形夸张的手法，打破了民间艺术领域拘泥、守旧、僵化的教条，以丰富的肌理变化，寻求窑变的神采飞扬，以书法、绘画的理念、形态，结合雕塑与镶片成型，以自成风格的堆贴花写意技法，填补了均陶亚光、厚层釉的空白，独创了一种方氏均陶语言，表达着对俗世生活的感恩，对大千世界的挚爱，也是对均陶传统技艺的反哺与延伸。

花草树木、山石土屋、飞禽走兽、渔樵耕读，这些洋溢着民俗风情、祈福纳祥意趣的书香画韵，被融入了方氏审美理念，《海纳百川》的豁达雄浑、大气磅礴，《森林》的葳蕤茂盛、万象更新，《山中乐》的民间谐趣、明润清澈，《一团和气》的天衣飞扬、满壁风动，《马上发》的口彩吉兆、缘浓情畅。这些脍炙人口的作品配上方氏特色的题诗，活色生香，意味深长。皆是方卫明艺德与睿智的闪光，亦是心路历程的写照。

许多年来方卫明心无旁骛、闻鸡起舞。他喜与文人结交，琴瑟唱和、游目骋怀；与高校结盟，纬武经文、艺域宏阔。可谓谈笑鸿儒、来往贤达。在一把陶土里构建自己的艺术乾坤，方卫明用了将近半个世纪。文山艺海，闲庭信步；躬耕陶苑、著书立说。岁月静好，霁月光风，相信他将会带给我们更多的惊喜。

莽原上的篝火

1985年春夏或更早的时候，我和新婚的妻子得到一份珍贵的礼物，一幅水墨淋漓的骏马图。画面上奔跑的群马如波涛般汹涌，掀起的旋风呼啸而来猎猎作响。画家朱沛然是妻子大学同学的丈夫，从那时起我便记住了这个名字。之后的数十年间，虽然我们多次搬家，但这幅画一直被我们珍藏而成为一段友情的见证。不过，对于朱沛然的认识，我们却因未曾谋面而一直局限在这幅画上。我们并不知道，与画家夫妇的相见，要一直等到将近30年后的一个寒冽冬日。

我们见到的朱沛然已然是个蔼然长者了。在北京，西城区白云观一路之隔的院子里，喧嚣闹市背后的一个两居室，对于画家来说显得局促的屋子，住着徐州籍的画家朱沛然夫妇。说它局促，是因为它甚至还难以展开一幅巨画。但朱沛然就在这里从容作画，屋小并无妨，只须胸襟大。朱沛然和夫人刘清迎费力地把一幅巨画在我们面前慢慢打开。初见不免一怔，顿时觉得天地俱阔，无边秋色滚滚而来。枯藤，古树，瘦马，跋涉者在天涯。那盈盈秋气不只溢于纸，而且充斥于整座屋子了。于是我们在这里饱读天籁：闻西域胡笳，观高昌遗韵，赏皑皑雪原，思楼兰军魂。熙熙攘攘北京城的千万盏灯火里，有谁知道朱沛然的这一盏灯下竟漫卷着如此苍凉的边陲西风，映照着如此雄浑壮阔的长河落日。

致敬，京城的艺术小屋！

当年白居易由彭城负笈京门，"长安米珠薪桂，居之不易"到"居之易矣"，顾况之言秒越千年，刘禹锡"何陋之有"然其说。且说早年朱沛然画马，尤其崇拜徐悲鸿。悲鸿夫人廖静文看了他的画赞不绝口，说，沛然啊，已经画到这个程度了，怎么还不来北京呢！朱沛然就携着妻儿北上了。北京的风沙或许与徐州颇为相像，徐悲鸿先生曾说，"芒砀丰沛之间，古多奇士，其卓荦英绝者，恒命世而王，冠冕宇内，挥斥八荒。"走出徐州故里领骚画坛的大家、巨匠有如：王子云、王兆民、李可染、朱德群等，但北京博大的艺术氛围却是沛公故里所不能比拟的。北京的艺术圈大蠹林立、大腕通天；朱沛然却沉浸于艺术研讨与艺术展览，流连佳作，淡泊平静，一心丹青。北京给了朱沛然底气，也给了朱沛然闹中取静的定力。半生坎坷的朱沛然定居北京后，开始向他心目中的那个崇高艺境发力冲刺。毫无疑问，北京是朱沛然的福地，是他一生最重要的艺术驿站。

读朱沛然的西部画作，我想到了两个字：行走。

一部中国的山水画史，乃是文人墨客用生命感知山川水脉，以双脚丈量崎岖尘世的历史。我们打开一幅传统的山水画卷，那些山峦层叠、石纹繁复，草木茂盛、栈道高人，无疑是古人精神趋向的象征。达则兼济天下，穷则独善其身。如果抛开笔墨技法，剩下的必然是人格、性情层面上的东西。艺术其实是小道，历史上被人称为"雕虫小技"，有的画匠毕生就靠一部芥子园画谱吃饭，那些积木堆砌般的山水，终究是没有生命的。艺术家如果没有对大自然的真切亲近，没有时代、环境的支撑，没有特殊的人格力量，光靠技法是无法成功的。汉唐有汉唐的大气宏伟，才有汉唐深沉雄大的艺术。有人说徐青藤是一股酒气，说郑板桥是一片云烟，那其实是对画家最传神贴切的写照。观朱沛然的西部风情画系列，让我们看到的是什么呢？一个执拗而坚韧的背影，一串深深的坚实脚印，一颗永远充满激情的心。苏东坡有云："诗不能尽，溢而为书，变而为画。"如果我们跟着画家从《高昌古城》出发，会发觉他是要给我们营造一个高峻孤独、诗情洋溢、让人难以揣度的神圣境界。无论是清亮、深碧的高山湖泊，还是神秘的古堡飞雪；无论是旷远的可可西里的精灵，还是远古的河西屯戍遗迹的夕烟，无论是险峻的死亡之海的诱惑，还是熊熊如燃的火焰山下的清泉，都是画家直抒胸臆的审美表达，是用生命的激情挥写的诗篇。显然朱沛然擅长表现苍凉雄浑的博大意境，仿佛那些山峦、雪峰、驿道、沼泽皆可融入人的胸怀，在画面的深处，一抹不经意的亮色，似一股暖流淌过人的心田。无论如何朱沛然笔下的跋涉者是不会迷路的，远山在呼唤，神灵在庇佑。那夜奔的骆驼，义无反顾地奔向山雨欲来的河谷平川，那是画家梦境般的精神家园。暮色苍茫的牧归时刻，牧人们赶着牛羊和骆驼涌向湖泊，羊群的咩叫，牦牛和骆驼的嘶鸣使沉静的高山湖泊立刻喧嚣起来，洁净的湖水，渗透了日月星辰的光泽，隐藏了亿万斯年的时间含量，丰富的画面语言告诉我们，即便是在"天尽头"的西部大漠，牧人刀客、僧道隐士与高山湖泊相伴，依然可以天人共生，达到天人合一的境界。

朱沛然擅作大画，亦偶作尺幅，以彰收放。想其作画时必是胸胆开张、吞吐块垒，于磅礴大气中见精微，于蓬勃生机中见率真。尝见先生解衣盘礴，意冥而化，忽振笔奋毫，类狂飙哮天。如鲁阳挥戈，似闪电雷鸣。心与道俱，天机自得。《古堡飞雪 高原残雪》、《美丽的那拉提空中草原》、《汗血名马出西戎》，无不是这样的佳作巨构。绝妙的风情里，曲终人不见；浩淼的山水间，陌上数峰青。平川与谷地间，朱沛然铁笔扫处，群马奔腾。马驮着希望，驮着精神，驮着时空。或纵横恣意、毫飞墨喷；或呼啸绝尘、气吞山河。"驾长车踏破贺兰山缺"是岳飞的气概，气如中天，惊天动地。"一马离了西凉川"乃京剧《武家坡》里的唱词，只一句，便唱尽了西凉四百八十站的透心苍凉。朱沛然懂马、爱马、知马，当年曾写下《马年说马》的长诗，堪称骏马知音。他力求画出马的神韵，一种凛然峻拔的风骨。且看一匹焦墨"黑旋风"，威风凛凛，纵横万里，似鹏徙南冥，水击三千。集阳刚人气和磅礴大气于一身。仿佛积聚了朱沛然一生的心力。堪称中国旋风，彰显中国精神，尤见中国气派。同时也是他自己内心的写照：风度，气质，品格。豪迈之中自有一股英爽之气。

冥想。思禅。静修。朱沛然的画卷显然留给了人们更多怀想的空间。设想一个跋涉的士人的胸胆，总是会有强大的精神支撑。而飘然荡世与悠远哲思，会让一个有独立人格的画家尽情地绽放他的笔墨。庄子曰："藐姑射之山，有神人居焉。肌肤若冰雪，绰约若处子。不食五谷，吸风饮露。乘云气，御飞龙，而游乎四海之外。"从这几句话里，我们读到了柔静高深与物我相忘。春山如笑，夏山如怒，秋山如妆，冬山如眠。若说写山水之神，是朱沛然毕生的追求。那么，他笔下的山水与云海、春风与秋雨，当是滋润生命的乐园。由此，我更愿意把他的作品比作莽原上深沉的篝火，是天涯旅人孜孜以求的休憩之地。看滔滔江河日下，观俗世人心不古。怀想庄子及其思想，联想到当今物欲横流的时代，禅悟修行的文人之所以选择虚静与避世，是为了清洁的精神不受污染。朱沛然饱读诗书，国学功底深厚，经历了人生的大起大落，终获生命的大彻大悟。他清介绝俗、浩然养素，刚毅木讷、人淡如菊。其西部系列作品，当是生命与艺术的一次巨大绽放，而我坚信，在往后的年华里，朱沛然老树新花、吐纳疏放，必定谱写出更加绚烂的华章。

草木本心

曾经，一个落魄的书生，在经历了人生的许多磨难之后，以两鬓染霜的天命之年，踉踉跄跄投入了江南宜兴的温暖怀抱。故事在宜兴最西北的乡村深处，一个名叫西村的地方慢慢打开。长天碧蓝，陌上青青。文脉厚重之地的淳朴民风，持久地滋润着一颗饱受创伤的心灵。想来，稻饭羹鱼的生活自有一份操劳与艰辛，人们看到书生手里还有一支画笔。虽然大家并不知道他早先是个画家，但这里的人们对舞文弄墨之人皆有一份天然的尊重。最初，他的作品悄悄出现在寒伧农居、喜庆新房，成为乡村会馆、茶楼酒肆的花闹点缀。人们平淡的生活需要这样的祝福和寄托。无论是松竹梅、福禄寿，还是一路连科、三羊开泰，以及那些报喜的鹊梅，贺岁的八仙，无疑都是父老乡亲心头最贴切的抚慰和念想。

于是，村间小路、寻常巷陌，人们记住了他的名字：梁文尧。

20多年后，当我们知道梁文尧这个名字时，他已年逾七旬。梁先生自诩"出土文物"，他轻松恬淡地驮着一批作品来到画坛，没有抱怨，没有吆喝。那些苦心孤诣、经年研磨的画卷渐次打开，不经意中人们看到了一个传奇。那些暮云春树、朝花夕雨，那些紫藤黄花，白莲墨菊，饱含着两个字：温暖。仿佛苦难于梁先生，只是沧海一粟般的云烟，梁先生画葡萄，透露了一点点心机：酸甜自知。早年窘迫潦倒，堪称罄竹难书。但梁先生更多地奉上的是人间春色，葳蕤百卉。相见如故的芭蕉翠鸟，雅心如诉的莲藕荷花；凌虚高洁的雪竹松柏，馥郁芬芳的牡丹兰草。很多年他一直给穷人画画，知道尘世艰难、人生不易。他希望人们看了他的画，能够开心一点。读他的画，感觉他一点也不世故，像个大孩子，清澈澄明。他把自己的心安顿在笔墨里，把大雅安放在大俗里。清瘦出朝烟，草根依然香。想象那些蘸饱苦水的岁月，梁先生唯求一份天真、蓄养一团清气。心之蓓蕾，灿然花开。许多年他为生计而混迹于匠间，却只存匠心、绝无匠气。朱门柴扉，星斗草虫，梁先生位卑心耿而冷暖自知。充盈的地气伴随梁先生心灯通明一路走来，人们以为他无师自通，其实梁先生早年师承海派大师王个簃，路正师严、耳提面命，多年来他已把恩师的教诲化为自己的笔墨。梁先生的画还有一个特点，那就是挺拔坚韧。他笔下一支芦苇、一根青藤也是有担当的，一种峭拔的凛然，一份脱俗的坚贞，分明是士子高风、君子懿德的精神写照。他向往那种高人雅士隐居的处所，白发浩歌，天地正气，堪与大川为友、高阜比邻，万般豪气与性情皆来笔底。

无疑梁先生在晚年遇到了一个好时代。他的画正在更大的范围里被更多的人所喜欢。专家评论他的作品有非常独特的风格和面貌，关于功力、技艺、品位、境界，人们给了他很高的评价。再读梁先生作品我忽发奇想，要是我们今天还不认识梁先生，或者说，梁先生至今还在那寂寞的西村小道上踯躅，他的作品要等到100年后才能被人们所发现、所承认，那梁先生会怎么样呢？我想他一定会像潮涨潮落一样坦然自若。因为，梁先生从心底崇尚那种芝兰生于深林，不以无人而不芳，君子修道立德，不为困苦而改节的隐士境界。

现在梁先生慢慢地什么都有了，这是他的造化。近些年他的笔墨一直在感恩。相信这样的一份虔诚，会伴随他的作品长盛不衰。鼓青琴，倾绿蚁，扁舟自得逍遥志。梁先生真的一点也不老，人们常说传统一万岁，创新一万零一岁，梁先生一直把传统和创新抓在手里，祝愿他的作品会活得更久。

元韵风骨

　　天地大美，自古如斯。那天章云锦、霞光白鹤，山间明月，水上清风……何处不是无言之大美？

　　元康先生从艺30余载，自幼得益于张渚山镇之厚重苍郁之气。涉百川于艺途，立万象于胸怀；无论关山迢递、风雨飘摇，始终耿心未泯、手不释笔。早年为韩天衡先生入室弟子，研习书法篆刻而体韵道举。刀客觅路，出秦入汉如风行水上；书生情怀，内敛儒雅如飘逸君子。其篆书学毛公鼎、秦诏版诸家，得其心法，融会贯通；草书则有范成大、祝允明笔意，既出于绳墨之外而不为法度所窘；篆刻陶印则直逼战国秦汉，得古玺风范，又取法武威、居延，求印化之效果，且古中见新。尤虫草篆，古朴而抱拙，天然可掬。其线条对比强烈，蕴知白守黑之理。老子曰：大直若屈，大巧若拙。元康先生学养深厚、遍览古今而诗文斐然。且以文心融入书画，触处生春、意趣深博。花虫写意从八大而来，兼有文长气度，多用减法，每洒笔墨，复能变雄浑为潇洒，化刚猛为和柔，熔磅礴为淡逸，而又不失其本，故其豪迈之中自有一种英爽之气，刚直之中别有一番空灵之韵，画中一草一木，清逸天真、恬淡素朴，直逼无我之境。

　　上世纪90年代初，元康先生举家乔迁丁蜀。躬耕于黄龙山畔，徜徉于画溪两岸。攻传统、研古今，得神韵、创新意。龙脉地气、酣畅淋漓。金石丹青、心任天造；壶中乾坤、刂笔春秋。寒松肌骨、闲鹤心情。又师从陶刻大师毛国强先生，伯乐良骥而相得益彰。自与紫砂结缘，如蛟龙得海、灵性互补。古今砂壶生命，全在文韬点化。曼生十八式继往开来，文人气象充沛淋漓；元康法古贤之风，陶刻取篆刻刀法，求金石韵味，刀笔云游，如冲天之鹤，自在恣肆。可谓同道归心，五湖皆友。

　　当今之艺术家，于浮躁时代坚守沉寂与涵养，堪比笔墨功夫之重。儒家说文以载道、有补于世；道家说怡情悦性、自我陶冶。老庄则主张素朴玄化、知白守黑，反对错金镂彩、绚丽灿烂。中国之文人墨客，生来即浸泡于酱缸，朝生暮死，凤凰涅槃。摩诘有诗：行到水穷处，坐看云起时。元康先生正值英年，世事沧桑、心怀笃定；胸中海岳、吞吐八极。其艺术意象渐趋疏朗蕴藉，如默默流淌之河流，随和而坚定，平静而湍急，他知道自己从哪里来，应该往哪里去，毫无疑问，那正是沧海恢宏、氤氲浩大之远方。

腕下春秋

对于中国古代文人来说，写一手好字是最起码的教养。在那个把笔挥毫的农耕社会，不说王羲之、柳公权这样的传世大家，就是芸芸众生中的戍边士卒、寺院僧侣、稼穑耕夫，他们随意写下的地契、借条、信札、药方，其疏放自如的生命气息，每每让今天的人们感叹不已。那种忘情于朝市之上、甘心于林泉之下，以耕钓为生、琴书为业，不知钟鼎为何物、冠冕为何制，却从来不忘把笔抒怀的书卷精神，早已成为遥远的绝响。

王敏辉先生是那种从来不想刻意成为书法家的人。自幼喜爱书法乃天性使然，早年临北碑，取其古意，尤重民间墓志铭之率真意趣，研习其精髓，妙然心得，于规则与不规则间汲取天露地气。后临颜真卿、褚遂良，用笔不拘擒纵，性情流露笔端。又博览诸家碑帖，神交古人、以手写心，技近乎道。可谓望秋云、神飞扬；临春风、思浩荡。于经年走笔中逐渐形成敦厚、素淡、拙朴之书风。

岁月不居、时节如流；敏辉先生公务之余墨趣不辍、云淡天高；凡诗文典籍、学问文章亦饱读广采、从善若流。又承阳羡山水之灵韵，澄怀观道、品鉴赏玩，意驰草木。自诩墨戏清玩，从无功名之累。笔下乾坤，清朗羽仙。人格书道，守之以一，养之以和。其形、神、气、韵、法，质沿古意而自成一家，如一脉清流娓娓写来，悠然女闲跃然纸上，天地我意、诗心清音；雅致而柔和，云卷而云舒。

书法之法，无非技乎；才分、气质、情怀、格调则须修心养性而蓄之。敏辉先生以文心作书，淡泊作墨，若君子藏器、静穆恬远；心境澄明，挥毫之间如入宁静家园，风声雨声，穿珠贯玉。其书风不流于狂、不失于怪；其气格不落于俗、不耽于野，如此境界，何不卓然成家乎？

天地我意，诗心清音；雅致而柔和，云卷而云舒。

法度与性情

　　大约20多年前，有一个山区小镇的文学青年，经常穿过巷子去一位他尊敬的中学语文老师那里讨教问题。秉烛夜谈，在他们是常有的事。他注意到隔壁的灯总是亮到很晚，灯下，一个黧黑的少年在临帖写字。那份认真与笃定，与山镇之夜的宁静安谧非常协调。他知道那是老师的侄子，说起那份童子功，老师的语气里总是掩不住一份赞许。后来，文学青年离开了山镇，到县城谋生。又后来，当年那位灯下临帖的少年，居然和他成为了一个单位的同事。

　　是的，书法家何勇就在我办公室的隔壁。朝夕相处是我们的一种缘分。每当共同回忆起那个曾经哺育我们的山镇，我们的内心总是会泛起由衷的感恩。那个三省交界的美丽山镇，苍苍群山、青青翠竹；郁郁茶园、潺潺溪水，给了我们成长以太多的滋养。诚然，当年的文学青年已经不再年轻，而何勇则风华正茂。他这几年风生水起、渐入佳境，屡屡斩获书法大奖。许多专业的书家对他的字给出了相当不错的评价。书法的精髓到底是什么？按理这不应该是一个问题。私下里我一直以为，与其说它是一种技术性很强的艺术，还不如更多地说是一种特定的精神指向。是文人必定会写字，会写字却不一定是文人。我知道这是一句容易惹祸、会得罪人的话。据说书法界一向轻慢文人字，因为文人的字虽然性情充盈，但与专业的书家相比，毕竟少了许多写字的规矩，所谓没有规矩不成方圆。书法既然称"法"，就有它的法度。但是说实话，我们看某些书法展，看到的也就是一些僵硬的规矩和法度，一些机械的来路和出处。除了这些还有别的吗？没有了。颜真卿是伟大的书法家，在众多文人眼里，他最好的作品应该是《祭侄稿》这样的文字。我们知道《祭侄稿》是颜真卿不胜悲恸时所作，血泪喷涌之际，顾不及平日书家的规矩了，于是方圆变幻、虚白琳琅，由此他的字变成了文人的情感倾诉。难道这不是文人字吗？有着一等法度的大书家，动了一等的真性情，这样的字，难道不是世界上最美的字吗？只是，这样的字谁也学不来的，因为这字里有多少天分，多少才情，多少悲欣，多少荣辱，临摹之辈充其量以蠡测海，何能得其精魂呢？

曾经，我向何勇请教，在一幅书法里，性情重要还是法度重要？他的回答非常坚定：要法度，更要性情。在他看来，少年时苦练颜勤礼碑，心摹手追于古人的法帖之中，是完全必要的，文有文风，书有书风，精巧流美的背面，何以同时达到宽宏正大呢？米芾、怀素、赵孟頫、二王、苏轼，这些巨匠级别的堂奥，必须通过日复一日、年复一年的临习，才能获得管窥、接近的可能。在刻苦临书的道路上，多年来何勇一直没有转身。值得庆幸的是，何勇的书风一直保持着质朴清丽的秉性，这与他澎湃内心的慎密、柔软和质朴大有关系。古人说书者，抒也。何勇的字，贵有情绪的起伏，见山是山，见水是水；始终贯穿着一股浩然清气。其作品以行草书取胜，格局自然多变、气息纯净高古。尤其小字精到且不失大气，堪称奔放奇肆、雄厚圆融；大字则遒劲简约而随意自然，雍容华贵而富于书卷气。所谓魏晋风度，在何勇笔下有若风行雨散，润色开花。宁静时缓缓道来，激越时呼风唤雨。而生活中的何勇不擅言辞，疏于社交，为人耿直狷介，这些性格上的特点或许会妨碍他在官场的发展，却毫无疑问地成就他作为一个心无旁骛的书家必备的优势。

有人向大书家王遽常请教书法之道，王遽常说了四个字：沉着痛快。按理，书法能抵达沉着的境界已属不易，而要登临"痛快"，就更不易了。字写得不轻飘，非常难得；因为字的不轻飘，来源于书家心绪的不轻飘；而心绪的不轻飘，乃因其心绪依附于书家本身气质，由多番历练而来。字写得沉着，还只是"沉着"的境界，而书法的精彩，在于沉着之后的痛快。在书法这个境界里，能有多少人能写到痛快的境地？可以肯定的是，绝不是那些笔笔有来历的书匠，而是在漫长的修炼中积蓄自己性情、学养、技术的富于文人气息的书家。记得何勇来文联报到的第一天，我对他说过一句话：欢迎你归队。因为我相信，像何勇这样的人一定是为艺术而生的，近30年的程程追赶，他知道自己从哪里来，要往哪里去；他知道该珍惜什么，该放弃什么。他的斋号叫"简静居"，相信在那简而静逸的雅居里，他会传递给我们更好更多的书香墨韵。

修净土者，自净其心。

刘三馆

　　终于，我得到一个用文字为刘明画一幅素描的机会。我想起二十多年前，我刚从一个山区小镇调到县文化馆时，刘明送给我的一幅鲁迅素描，画面上的鲁迅目光温和，头发不再似刺猬那般锋芒毕露，颧骨被颊上隐约的丰腴包围起来，显得有些富态；唇上那一部著名的墨胡，被刘明的2B铅笔处理得有点像圣诞老人。总之，很长时间里，我破旧居室的墙上挂着一个和蔼的好好先生，而不是一个愤世嫉俗的斗士，那就是刘明版的鲁迅。我认为，这幅素描基本上代表了刘明对世界的看法。他之所以敢在鲁迅的容颜上加上自己的想法，绝不是对老人家的不恭，而是希望他温和一些，宽容一些，同时他舍不得老人家这么瘦，他要给老人家加点肉感。如果可能，他可以把自己的肉割下来给老人家。从这幅素描出发，刘明的为人与画风已经有了一个鲜明的基调：大俗大爱，从无清高，满世界都是风和日丽，活下来的都是好人。如果上帝发给他一把刀，他会用来削水果，削了半天都是给别人吃的；刀的另一面，本可以防身，刘明怕它伤人，早就把刀刃磨平了。姜太公钓鱼，钩子是直的，那是一种境界。经历了许多风雨的刘明信奉一句名言：仁者无敌。

　　从一个底层的美术青年成长为悲鸿故乡的美术馆长，刘明用了20年。领导信任，将悲鸿、瘦石两馆又归其麾下。于是"刘三馆"的美名不胫而走，江南书画界无人不晓。刘三馆的小碎步永远急急匆匆，没有星期日，只有星期七。宜兴这个书画码头虽小，但吃水很深。天下的丹青豪杰，谁都想来悲鸿故里沾点仙气，刘三馆的热情诚恳也声名远播。据说办展览比娶媳妇还忙，定吉日，送请柬，做广告，布展品，请嘉宾……还要安排食宿、迎来送往，甚至还要指挥礼仪小姐等等。有时候请了张三却来了李四，或者张三李四都没来，王五麻子却来了，刘三馆一点也不急，他会飞快地写个纸条交给主持书画展的领导，求他务必宣读王五麻子的大名。他眼睛尖，有时会突然发现书画展进行时中的问题，比如，德高望重的某老，突然出现在观众队伍里而没有被人发现，刘三馆扑上去了。嘘寒问暖，补戴红花，好言安抚一箩筐；比如，书画展还有半小时就要开始，刘三馆突然在广告牌上发现错了一个关键的字，补救工作在刘三馆指挥下在开始前一分钟搞定；刘三馆事必躬亲，常常搞得蓬头垢面。喘不过气的时候，偶尔也会对着自己的团队发火，但对前来办展的书画家绝对安排周到。红地毯和鲜花应有尽有，粉丝的捧场接二连三，还有白花花进项的银子。书画家们满意地离开宜兴的时候，对这一方神奇的土地、和这里的人，都会生起一种敬意。口口相传，他们会把这种敬意带到天下。书画之乡，不是吹出来的，8年时间，近300个展览，这是什么概念？红肥绿瘦的亦园里，三天两头红地毯、鼓乐鸣鞭，周周都有看点，老百姓个个成了艺术的美食家了。刘三馆如今华发早生，血压偏高，但从来无怨无悔。我曾经开玩笑说，三馆就像一个糊灯笼的，别人的灯笼都一盏盏亮了，他自己的灯笼不但暗着，有的地方还被别人踹破了。刘三馆无所谓，他为别人的开心而忙，在别人的风景里忙得开心，这就够了。有人说，美术馆才是他的大作品，我听了恍然大悟。

有的文人墨客拿起笔，就说自己在雕龙，别的事，俗而烦，都是雕虫。一味雕虫，壮夫不为；天天雕龙，未免太累。刘明是一个善于忙里偷空、龙虫并雕的人。他的书画，在我这个外行人眼里，就是他性格的善根里开出的花。他的艺术水准已经登上什么山的什么峰，自有方家评说。但我喜欢刘明的画，一是趣，二是俗。刘明的鱼虾妙趣横生，有白石遗风；花鸟则大俗大雅。像张爱玲的文字，是骨头里的俗，是血脉里的雅。刘明的山水有苍茫气，有残唐诗境；词人半肩行李，收拾秋水春云。无论杨柳梧桐、翠华春秋，都若苍云吐哺，俗骨聚仙。

修净土者，自净其心，方寸居然莲界。刘明的花圃里众香扑鼻，他朋友多，口碑好，有人说，他的口碑并不比别人的奖杯含金量低。奖杯和口碑，哪个更重要，更有价值？各人自有见解。但我知道，刘明是把后者视如生命的人，让别人去藏之名山吧，他就做一个能为大家做事的人。敬师长，帮朋友，急公好义，拼命三郎。海棠无香，一样可以开到荼蘼。

（偶翻旧屉，发现此文。如今刘三馆已升格为刘五馆了。满头华发，面有倦容，而脚下依然生风，信心依然满满。闲人说，五馆六馆，无非坛坛罐罐。刘五馆口中叫苦，步履略有迟钝。曰：正在努力变成刘无馆。闲人说：刘无馆兑现之日，刘丹青起飞之时。不禁用川腔为刘五馆吆喝一声：要——得！辛卯岁末又记）

寒香

水

古人云：花看水影，竹看月影，美人看帘影。

吾观伟革之花鸟，但见满幅气象，俗骨俱仙。一脉神奇之水，或清澈，或婉柔，或恬静，或沉潜，荡漾于画面，周游于肌骨。水化墨韵处，风光淡爽；墨变精灵处，水月清空。仿佛翠笛一声、素鸥欲舞；满纸气韵、氤氲万千。伟革笔下之水，源自苍山名川，久经寒窗造化，乃化为沧浪之水、性情之水，亦是魂魄之水。凡作画，起笔酣畅，落笔淋漓而墨韵滋润。仿佛青山在门、白云当户，明月到窗、凉风拂座。那水墨如翅、遨游八极，磅礴作势、疾风扫叶。人间至味、万古庄周，尽收眼底。

水，墨韵，知白守黑，伟革画之精魂也。

气

伟革豫人，北人南相。早年修炼，凡道上红尘、江中白浪，皆揽入怀中。良师曰：修净土者，自净其心，方寸居然莲界；学坐禅者，达禅之理，大地尽作蒲团。伟革某年某月登临阳羡，得荆溪地气，才情滋养、风华满腹。又饱读诗书，广纳知友。且寒窗苦练，江河墨干。古阳羡山川明秀、四季分明，又悲鸿故里，冠中家乡，百里书画，繁华似锦。伟革沉潜于兹，敞开胸怀，于春雨中得静气，于夏雷中得豪气，于秋霜中得清气，于冬雪中得灵气。气厚则养神，气醇则养心，气清则极目万里而吞吐大荒。山之光、水之声、月之色、花之香，文人之韵致，美人之姿态，皆入其画中。

品

窃以为，水墨花卉，数百年来之最高境界还是朱耷。而伟革画意，颇多八大意味。早年八大有题荷诗云：欲雨巫山翠盖斜，片云卷去昆明黑。乃借墨荷一吐胸中块垒。伟革虽无八大山人之亡国痛楚，却有一种与生俱来之苍凉气质。江山如醒、人生若梦，伟革秉承乃师何水法简约大气之画风，一路写荷点梅、寒树暖阳，尽得荷灵、梅趣于万千。或月下清荷，或雨中潇荷；或疾风寒香，或肃冬劲梅。皆得荷梅仙意。可谓枕青山、卧水涯，于卑微中见高洁；映日连天、浩浩荡荡，纵使寒流滚滚、群荷枯残，亦有携手赴难之默契。

又见伟革画树写藤，笔意柔婉而遒劲。或千回百曲，或绝处逢生，或恩爱缠绵，或冥中玄妙。写藤乃写势，画树则见力道，大自然之蓬勃生命跃然纸上。

伟革写石，以线取势，以墨取峻。干湿浓淡、相依相宜。石上寒鸦、林间草鸥，或昂首独立，啸傲秋意；或谛听春讯，蓄势待发。皆性灵也！

伟革画果，寥寥几笔而骨力天成。若非感恩生活之果，何以如此饱蘸深情？那硕果团团、嫣红姹紫，显隐天光地气、崇敬上苍恩泽。又杏花疏雨、菜根清馨；梅竹松菊、励志寓情。杨柳清风，草木本心；故园秋声、寥廓紫云；双鸥相偶、山色湖光。或得唐人诗意、闲情清旷；或觅宋词真趣、野性萧疏。与高衲谈禅、心对碧海；摹达摩面壁，万缘皆尽。

逸

伟革之江湖，非江非湖，乃一团清气之场也。

伟革艺途迢迢，须养一胸逸气，相伴上路。逸者，清朗致远也。古往今来，书画道中，熟者俗也。霸气者，气短也；火气者，气浊也；躁气者，气琐也，气亵者，气猥也，凡此种种，皆为书画之大敌。然当今书画之界，熙熙攘攘鱼龙混杂。伟革当求松风水月之境界、仙露明珠之意蕴。自古逸者之风，从来山高水长。先贤有云：清衿凝远，卷松江万顷之秋；妙笔纵横，纵昆仑一峰之秀。

志于道、据于德、依于仁、游于艺。伟革心怀仁者书风、逸者画风，一枝一叶见沧海。天涯无尽，好自为之。

地气和自觉

大概是在2000年前后，刘晖的散文在宜兴受到一些人的关注。最早我是在《扬子晚报》和《新华日报》上看她的文字，觉得非常不错，就像在花径散步，随意折下一些带露水的小花小草，平淡之中别有韵致，文中一些优美灵巧或机警深刻的句子，显示出作者不太刻意的经营。刘晖手快，频繁地在报纸上发表散文，似乎专为特定的副刊而写。当时我有一点担心，对报纸副刊，业余作者都有一种难以割舍的情愫，但任何副刊在题材或体量上，都是有特定要求的，过分地迎合，就变成一种自我限制。我觉得，像刘晖这样算是"天生会写"的作者，对文字有强烈兴趣和较高悟性，受过良好教育，如果对写作有清醒的自我定位和明确的自我期许，也就是说多一分自觉，她的作品应该会有更大的格局和气象。

后来我在宜兴作协的聚会和出游中见过刘晖，不多的几次。那时才知道她不是宜兴人，是宜兴人家的媳妇——她南大毕业，在南京谋事，跟一位宜兴人结婚，所以来到宜兴。她当时在银行做储蓄员。联系她的经历、身份和处境，我觉得她的沉默内向，她散文写作中那些让人不安的因素，都有了合理的解释。当年我并没有预测她将来的写作，因为宜兴这个地方文气重，好像人人都喜欢吟几句诗，写几笔书法，但日子太好过了，更多的人只是玩玩而已，并不愿意为了进入"专业"的层面而去受苦受累。而刘晖的文字，在我这个地道宜兴人看来，却远远不是业余玩玩的性质。

后来刘晖调到无锡去了。她回宜兴的机会不多。但留心宜兴的报刊，还是能不断见到她笔下的风景。在离开宜兴十年之后，她拿出了这本《钟情》。

《钟情》是刘晖第一本散文集。她说这是她对宜兴生活的小结，是给宜兴的一份感恩之礼。本书第一辑"紫砂浸染的岁月"中，文章有长有短，题材风格多样，显示出她对文字的驾驭能力，也反映出她当时找不到自己的定位，所以几十篇文章没有和谐统一的基调和底色。本辑中几篇写紫砂的文字，连同第四辑"亲近大师"中的紫砂大师小传，倒是优美细腻，颇有见地，对紫砂的理解和感悟达到一定深度。这表明刘晖和宜兴确实有点缘分。但作为外来者，作为一位身份处境发生极大改变的女性，她在宜兴的六年里经常处于不安之中，无法进行从容的写作，也是事实。如今，她让这些风格不同的文字比邻而居、和谐共处，可以理解为她已经超越了那个生涩的、不安的阶段，以更平和的心态看待自己在宜兴的日子。也就是说，当年她在宜兴的土地上行走，却对地气缺乏感应；现在，她已经明白宜兴对她在精神方面的滋养是潜移默化的，无法忽视，无法从血脉中割舍，终究为她增添了内涵和底气。所以，她在离开宜兴之后，将宜兴对她的影响进一步深化、内化，带着宜兴文化中的某些基因，进行更深刻、更幽微，也更阔大、更辽远的写作。刘晖目前携带的宜兴文化基因，有些是她特意复制的，有些是在宜兴的生活环境和文化环境的刺激下由隐性转为显性的。文化基因的复制和转化，其过程十分微妙复杂，而结果让人欣喜。《钟情》第二辑"念故乡"的文字有点忧伤，表明她在自己的家乡也常常处于飘浮状态。这种与现实生活相对隔绝的状态，似乎成了一个思想者固有的气质。该书第三辑"书香伴我"，主要是她的读书随笔。那样的写作，对作者的鉴赏力、理解力、阅读量和思维的条理性要求比较高，需要作者对一本书进行深刻而独到的理解，见别人所未见，需要作者对各种知识和材料进行梳理编织、合纵连横，也需要作者感情的灌注和个性风格的展示。这些因素，刘晖都不缺乏。同时，读书随笔的写作对实际的生活阅历没有特别高的要求，所以更适合当时抚养幼子、工作单调、只能将点滴空闲时间寄情于书海的刘晖。由此可知，她在宜兴生活时，对于宜兴的地气不够贴近。《怀中的孩子手中的书》据说是她生子之后不久写的，表达了她一贯的对精神生活的注重；《书在手里，我在街上》则一望而知写于近年，比当年在宜兴时写的文字更自由，更开阔，更大气。

2009年，刘晖觉得散文写作不能表达她想表达的东西了，于是开始写小说。她的小说也有几篇发表在宜兴文联的刊物《艺界》上。她用小说对身体的病态或亚健康状态，以及生存的边缘状态进行描摹和分析，行文冷静节制，于不动声色中偶露锋芒，有着内在的逻辑和深切的悲悯，显现出哲学系毕业生的思维品质和人文情怀。我向来主张文学作品要表达积极的东西，为时下纷繁的社会、多忧的人生提供方向和引领。这是文学的野心，其实也是本分，是文学存在的价值所在。刘晖在小说中反复刻画的病态、亚健康状态和边缘状态，我不能否认其真实，因为这是人心和人性的一个层面。只是，在剖析和理解之后，我们考虑的应该是如何超越那个层面。

从职业的角度说，刘晖的写作一直是"业余"的。她确乎从来不在文坛游弋。但评论家汪政先生对作家的专业和业余的区别有一个精辟的观点——他认为，专业和业余的区别，不在于一个写作者是否以写作谋生，而是看他的写作水平，看他是否有自觉的写作意识和反思精神。说一个人的写作还处在业余阶段，不是说他没有写出好的作品，好作品是有的，但那是他"碰到"的，是偶然的。业余阶段的写作最大的特点就是不稳定，深一脚浅一脚的，读者对他没有把握。专业的恰恰相反，就是稳定，他可能好作品也不多，但绝对没有差作品，都是水平线以上的。而且，他知道自己的问题在哪里，他会反思，有理想，有标准，有判断。也就是说，"自觉"是一个写作者达到"专业"的重要标志，即在全面了解自己的基础上，顺应自己的倾向，有意识地整合自身各种能力和资源，找准立场定位，用自己的方式尽力表达那些在灵魂中孕育的、躁动的、呼之欲出的东西。从这一意义上说，刘晖的写作已经在不断的自我否定中告别了业余。当她把有关宜兴的文字结集之时，我希望她已经获得了自觉——自我觉察，自我觉醒，自我觉悟。只有这样，写作才会不期待灵感，不仰赖天赋，不祈求妙手偶得，更不会游戏文字、浪费才华，而是获得天启，具有使命感，与生命相统一，具有稳定的特质和开阔的气象。

　　有些人能够很容易地接通地气，让源源不断的地气滋养其写作，这是幸运的。有些人则由于生性敏感，灵魂中背负的东西太多，很难调整自己的频率与其环境达成和谐，从而在一地扎根。好在，宜兴是一个奇妙的地方，在这里接通地气并不难——即使是刘晖这样来了又走的人，也不能不像树一样向这片土地长出根须来。只要方向正确，有足够的信心和耐心，那根须总能找到地层深处的水源，以此滋养更繁茂的生命与创作之树。

我的南书房（代后记）

徐 风

　　一个写作者无论他擅长什么，散文随笔是绕不过的一种体裁。这些年当我在写长篇的时候，老是会怀念散文，老是有一些叫做散文的东西从我眼前匆匆走过。就像你站在岸边钓鱼，附近的水面上老是有鱼鳞的闪光在你眼前晃来晃去。有时候你会情不自禁地扔下鱼竿，跃入水中。最后你湿漉漉地空手回到岸边，显然你没有抓到鱼，但是，在水里扑腾的感觉非常过瘾。这有点像散文——至少是我的散文。老实说这本集子里的散文大都是在写长篇的间隙里完成的。写长篇让我有一种当长工的感觉，而写散文则把我切换到当家作主的状态。因为，写散文不能虚构，自己得站出来，这不仅仅是一种游戏规则，事实上散文的情感也无法虚构。想把自己的心掏出来的人最好选择散文。同时散文是一面镜子，一个人站在镜子前，面对的是最真实的自己。就我而言，只有在写散文的时候，自己才不那么俗。只有在写散文的时候，灵魂才称得出重量。在日常生活里，我根本上就是一俗人，一样爱睡懒觉，一样爱看俗气的肥皂剧，一样奔赴无聊的饭局，一样为了生活干许多干了就忘了的俗事。有朋友问，作为作家，平时你很注意观察生活吗？想了一想，回答：好像没有。我不能撒谎，平时上街或散步，徐某人真的并不在刻意观察生活。但是，全心感受生活——那倒真真切切。有时，并不是作为一个作家，而是作为一个年纪不轻的男人。脑子里老是有一些俗气的想法。比如，看到一个饭店环境不错，又便宜，就想着什么时候和家人、朋友来撮一顿，而不会去想着这可以做一个小说的环境，更不会去想着用什么美妙句子来勾画这个环境；看到一群中老年人在跳街舞，那种麦克风不好的流行音乐，散发着一种俗气的温暖，脚步也会不由自主跟着节奏起伏摆动，内心一点愤世嫉俗的感觉也没有。然后，在回家的路边，遇到一车滞销的西瓜，正在跳楼地销售，居然非常鲜甜。一种捡了便宜的俗世的快乐，居然充斥于浑身每个毛孔。乡下的不太走动的老亲戚突然送来孩子结婚的喜帖，我们会至诚地送份子，挤出时间跑到大老远的乡下，开开心心吃一顿，满满地带走平头百姓那种温暖的乐子。

终于坐到了电脑前。面对新设置的页面，面对新写下的标题，人突然就真正安静下来，一种期待，或者诉求，在空白的页面上慢慢凸现。水流云在，月到风来……日常生活的雾霾纷然吹散。一条清澈的溪流，从心灵的深处汩汩流淌。那些储存的画面与信息，经过审美的过滤，顿时变成珍珠般的温泉。有时，思绪飞快，如风；如暴雨中的屋檐水，如注；慌乱中用一只脸盆，接水；一刹那又满了。我珍视这样的散文写作，觉得只有在写散文的时候，人才能获得片刻的神圣。 突然悟到，人应该蓄养一颗高贵的心，但双脚还是应该深深扎进在俗世的沃土里。那些市井俚俗、凡人琐事，都是恩养我们写作的肥料。事实上，从容操纵老百姓日常生活的，并不是什么党纪国法，而是延续千年的民间规范。而在用方言支撑的庸常日子里，作家不应是雅人，而应该是个俗人，对世态人情有多少洞明，决定着一个作家能走多远。一个百无一用的书生，最终通过写作，获得一片立锥之地，我一直看作是生活对自己的馈赠。别人有数钱的快乐，徐某人有码字的愉悦。近30年，断断续续，400万字流泻到纸上，是我的吗？有时我会这样发问，减去这400万字，我又是谁？想到这里，我对写作真的有一种膜拜的感恩。

一个人的枕边书往往可以链接到他的气质素养。明代陈继儒的《小窗幽记》，张岱的《陶庵梦忆》，清代沈复的《浮生六记》等，这几本书一直让我偏爱而常在枕边翻阅，几年前，恰巧在书店买到一个把这三本书合订在一起的版本，爱不释手，连出差也带在身边。一打开书，仿佛三位先贤清风般的絮语便扑面而来。多读了这般隽永清澈的文字，内心便会坚决抗拒那些平庸猥琐的文字。同时，先贤们的境界给我的写作设置了一个高度，让我知道，什么是干净、美妙的文字，什么是语言的高境，什么是悠然闲雅的气度。一个人写散文，其实就是写他的积累，写他的素养，写他的元气，写他的底气与地气。在古代，写作的是文人，而不是今天意义上的作家。所谓文人，就应该是艺术上的通家，古代又把文人叫做读书人，因为，学问是读出来的，读书之外，琴棋书画、清茗幽韵、花木雅趣、博物经笥，理应四通八达。所以他们随意写下的文字里，有着对世道人情、融会贯通的识见与韵味。如果只谋一艺，那充其量只是"技"，而不是艺术家。今天的我们，连一"技"都不能尽意，能达到古人的境界吗？

到朋友家造访，总喜欢看看人家的书房，眼睛一扫，这个人的文化层次有多高，基本了然。对一个作家来说，除了自己家里的书斋，他还应该有一个更大的书房，那就是生他养他的故地，那里的山川、峡谷、河流、村庄、古道、寺庙、牛羊、稼穑，都是书房里取之不竭、用之不完的经典大书。于我而言，江南便是我的一间大书房，它的斑斓丰沛，它的清丽委婉，一直以来滋养着我，哺育着我，只是那些在高处的大书，尽管我踮起足尖，还够不着它们。还有更多的好书，在风景的深处，等待我去探寻。我时常在我的大书房里获得写作的真谛，源头活水、脚步生风。飘渺的灵感如珍珠，我的"珍珠"就散落在寻常的巷陌、作坊、茶馆、田野。我努力捡起它们，用一根线栓起来。与如诗如画的书房风景相比，那些"珍珠"总是显得黯然无光，唯一可以告慰的是，它们都浸透了一个平常书生的血脉与深情。对于某些未经打磨的文字的粗粝、开掘不深的思想的狭窄，我至诚地祈求读者诸君的宽容，那种种的局限、缺陷于我，非常真实。常常感叹自己学识的浅陋，永远学不到博尔赫斯精神力量的博大、感知事物的敏锐；学不到福克纳只写"邮票大"的故乡，却写出了一个世界级的文学殿堂的伟岸。但我从来不妄自菲薄，如果说，造化决定我能走多少远，那么，一生拥有那么大的书房，能在那么大的书房里遨游盘桓，滋补心灵，当是人生一大快事。能用笔墨为家乡写出一点真诚的文字，更是此生无憾。

感谢世界知识出版社接纳了我的这部散文随笔集。感谢闵永年社长、胡孝文主任，感谢裴焕良先生、董亚平女士、周莱女士、周朝女士对本书的出版给

予的真诚帮助与支持。感谢范培松教授以极大的心血写下的《徐风散文艺术
论》，作为本书的代跋。谢谢你们!

2014年1月1日 深夜

徐风散文艺术论（代跋）

范培松

在当今散文园地上，徐风的紫砂散文一枝独秀。

对徐风的散文定位很难，行业散文？风土散文？艺术品味散文？似乎都不恰当。笔者倾向把它定位紫砂散文较为准确。

徐风是紫砂壶产地宜兴人，从小泡在紫砂壶中长大的。如果用文体来比喻紫砂壶，紫砂壶是散文，不是小说。原先徐风写小说，散文是"副产品"。相比之下，我还是更喜欢他的紫砂散文。紫砂，神器也，喜欢者众，收藏者众，泛泛论者众，但识者知者寡。因为壶的气韵里深藏的艺术密码，鲜有人研究，也鲜有人破解。徐风站出来了，他的紫砂散文从写壶到写人，《一壶乾坤》，《读壶记》和《花非花》，写尽壶的风流。

一

徐风的紫砂散文有他的独特的理想追求。

或许是自觉，或许是无意，徐风的紫砂散文是在构建一个属于他的真正权威的紫砂艺术王国。

长期以来，徐风以自己的眼光和智慧，选择那些名垂青史的紫砂艺术大家，作为他的书写对象。他虽然不做壶，但是他生在宜兴、长在宜兴，和壶相伴，与壶相知，有识壶的胆略，有精到的鉴别能力。因此，他写的那些紫砂艺人，几乎全部是功名榜上名家名壶。如《花非花》为蒋蓉大师立传。又如在《一壶乾坤》中写了近30位紫砂艺人，清一色的是巍巍紫砂艺术的巨人，几乎就是一部紫砂艺术史。或许有人会对他不写紫砂草根而非议，但是我们要看到徐风的良苦用心。因为紫砂功名榜上名家和名壶太多了，而这些名家名壶被历史冷落，乃至埋没得太久了，有谁知？天赐文化市场经济发展的良机，徐风登台了，对于他来说，这也是艰难的探索，一切几乎从头开始。他以考古学家的毅力，用饱满的激情，生动的气韵，对紫砂艺术名家名壶的风采进行艺术描绘，使他的紫砂散文成为文坛上的一朵奇葩。

散文贵"气"，徐风的紫砂散文重"气"。孟子云：我"善养吾浩然之气"。气要"养"。 古人在这一点上有分歧，曹丕说，"气之清浊有体，不可力强而致"，似乎认为"气"是先天的，不需要"养"。不过，我还是赞同苏辙的观点："气可以养而致"。徐风有个得天独厚的条件，他生活在紫砂艺术世界里，恰恰在紫砂艺术世界里，有个非常重要的审美原理，那就是紫砂壶贵在"养"，壶靠养得"气"。他也善养壶，他正是通过养壶，用"气"贯通了和散文的生命的连接。他清醒地认识到，紫砂艺术的聚焦点就是"气"。他也透彻地看到，散文和紫砂在"气"上是如此天然地妙合。因此，他是善养紫砂艺术浩然之气作文。"养"不是简单移植，也不是复制，而是艺术创造，新出版的《读壶记》里把他养的紫砂艺术的浩然之气作了生动的发挥和创造。文章选择了50多个角度，对壶进行解读。这50多个角度汇集的就是壶"气"。因为这壶"气"是徐风养壶所得，所以他自己内心所养的"气"，在描绘壶气中得到了尽情的释放，请看他在《壶心》中写徐达明的《宋韵壶》：

……宋韵壶表现人物丰秾，肌胜于骨的仪态，那长长的壶柄，仿佛天衣风动，似有羽翼飞升的感觉。调素琴，阅金经，那高古的神韵被紫檀与紫砂完美地演绎，真可谓一壶在手，荣辱皆忘，因而古风浩荡，援琴而歌。

《宋韵壶》的那根夺目的长长的紫檀壶柄和壶身的"气"被徐风的"气"演绎得出神入化，情满气盛，浑然一体。徐风正是在倾心展示名家名壶的"气"中，铸造了他的散文的气韵，在养紫砂艺术浩然之气中，铺设了他的散文气脉。壶气和文气相依，壶气和文气合一，使他散文创作有底气，并自然地融铸成他的散文的气韵和气场。这就成了他的散文创作的策略和思维定势。这也是他对自己所处的人文环境和自己的创作优势的清醒认识的必然。

"气"是只能意会不可言传，但我还是力图对徐风的紫砂散文的"气韵"作一描述。

徐风的紫砂散文重"化"善"化"。因为他的散文是壶气和文气相依，他就清楚地意识到，必须要"化"。壶气和文气相融的"化"，必须通过他的人的"气"对接，融化，达到诗化。在这一点上，徐风非常清楚这样的危险，如果不化不融，那么就可能重复许多行业中常常写"器"的散文的毛病，成为无"气"的"器"的说明书。以《一壶乾坤》为例，要写30个紫砂艺术大师，对他们的经历和成就介绍，这实在是个枯燥的工程。可是当我们翻开这本散文集，扑面而来的是紫砂艺术世界的诗情画意。徐风以他的人气，采用了两个艺术手段来"化"，一是带着感情叙述，让每个紫砂艺术大师的经历处处带电；第二是随时点染，这种点染，既可以在节奏上使叙述避免单调和平板，另一方面通过点染，化实为虚，气韵生动。如《惠孟臣：平静如水》，一开始就带着诗化的语言，描述惠孟臣的艰难生活，共两个镜头，吹着牧笛牧牛和壶烧坏痛哭，几笔写了惠孟臣的有些浪漫的艰难的现实生活，尔后，就重笔写他的艺术探索和成就，几乎每一部分都要点染，这些点染，看似随意，实质非常精心，如当写到，三百年后，人们不断从古墓里发现惠孟臣的壶，写到这里，文章点染道：

是的，此去泉台，同道无多，惟孟臣一壶，可解真愁矣。当孟臣壶气定神闲地穿越时空来到我们面前的时候，突然觉得，人生短暂得就像一声唱叹一样。

从古墓里不断发现惠孟臣的壶的事实，被作者那么一点，喷射出无数的诗意霞光，激发读者的无穷的想象，顿时使实"化"虚。这里特别指出，从实化虚，靠的是作者的人生底气来点染，把壶气和文气相融。我一直认为，散文创作好比用米酿酒，现在散文创作的通病是从实到实，就事论事，米依然是米。

徐风的紫砂散文为我们提供了两条经验，一是叙述诗化，二是点染，就能化实为虚，变成美酒，避免犯古人批评的"无气则积字焉而已"毛病。（姚鼐：《答翁学士书》）

在气韵上，徐风还有一招，是用画外之音，以节外生枝的延伸术，强化气韵。在《一壶乾坤》中的《黄玉麟：千秋玉壶》文章的最后，批评黄玉麟晚年作品的衰败，拖出这样一段文字：

……一个人到了晚年，精气神不行了，就应该隐歇归山，不要再有什么动静，更不要对晚辈指手画脚了，艺人如此，政客亦如此。可惜许多人做不到。老得一塌糊涂了，还在那里折腾。不过，像黄玉麟这样杰出的艺人，最后其实还是迫于稻粱谋。当生命的烛火飘摇欲灭的时候，那些已经不能代表他水准的壶，真不应该成为他生命的最后注脚。

这里，显然超越了壶艺，对人生对政客进行无情指点。本来以黄玉麟晚年作品的衰败结尾会使文气弱化，想不到经作者来那么一下，用对指点人生节外生枝的延伸，顿时气韵生动，余音袅袅。

二

徐风左手写小说，右手写散文，和那些诗人写的散文完全是两种味道两种风景。我在研究中外散文中，发现诗人写散文重"境"，小说家写散文重"人"。徐风的紫砂散文重"人"，这是他为行业散文创作提供的一条宝贵经验。行业中常常要写"器"，器是人创造的。许多写"器"的散文，只见"器"，不见人，这样的文失"魂"。徐风的紫砂散文以"人"为本，诚然他的创作的情感逻辑的起点是"壶"，但是他由壶及"人"，更进一步说，最终的兴奋点是"人"——制壶者，因为"壶"是人的艺术世界和精神世界的结晶。所以在他的笔下，壶中见"人"，"人"千变万化，文也由此生动，多姿多彩。

　　散文并不以表现"人"为主。我一直顽固地认为，散文是必须以写文化人性为最高目的和理想。而紫砂艺术里深藏的密码正是文化人性。我推崇徐风的散文重要的原因，他在展示艺术大师的精神世界时，始终把目光定格在文化人性上，并且有一种难得的自觉。这种自觉是建筑在他的艰苦的研究基础上的。他几乎对紫砂艺术世界里的古今所有的大师的文化人性进行了认真的透视，这种透视既要有内行的科学，又要有文学的审美的感应。他把自己对紫砂艺术研究所得的文化人性的感悟融铸到他的散文中，产生一种恒定的人性美。如《一壶乾坤》中的《徐友泉：大匠天真》写到徐友泉的紫砂艺术时，展示的是他的灵魂深处的文化理想——盼望自己的壶能和他的老师时大彬的壶那样进宫，被宫廷招安。当他的老师时大彬发现自己的徒弟有这样的理想时，文中有这样一段对话，写时大彬这样告诫自己的弟子：

　　……世上名利之事，万应看开。你看，我的壶不是进宫了吗？又如何？无非多赚了几两银子。浪得虚名，若鸭背之水，珠，一颗也留不住的。如果一心想着进宫，为了进宫而制壶，那壶的气格必然就猥琐。心不静，壶安能虚静？

　　文化人性常常在"名利"上纠结。寥寥数语，彰显了时大彬的文化人性的追求和脱俗的胸怀，格调。诚然这一番话虽然打动了徐友泉，但是没有根本解决问题，他还是把"进宫"作为一个神圣的理想，徐风在赏鉴徐友泉壶时，他察觉到了徐友泉的"进宫"的纠结，于是有这样的神来之笔：

　　……（徐壶）环柄之上镌有龙头吉纹，表现出明代士大夫怀旧嗜古的书斋情怀，在器型上又尽显王者气象，不管是有意还是无意，徐友泉的作品在仿宫廷酒器玉器方面着实下了一番功夫。进宫，其实还一直是他心头一个神圣的理想。

徐风识壶，妙在从文化人性上直抵徐友泉的灵魂深处，正是从"环柄之上镌有"的"龙头吉纹"窥视到他的文化人性中的暗恋名利的密码，这样把徐友泉的独特的文化人性的乾坤显露出来。这正是徐风散文的智慧，他把视点放在每个紫砂艺术大师的文化人性的独特性上，也就是竭尽全力捕捉紫砂艺术大师的文化人性之间的"异"，而后用加倍力量写他们的"异"，以此取得了紫砂艺术的话语权。我特别欣赏为紫砂艺术大师蒋蓉立传的长篇散文《花非花》中的一段描写，上个世纪40年代，紫砂艺术大师顾景舟以提出"合作"为由，加盟蒋蓉开的宏生陶器店，却遭到了蒋的拒绝。徐风为此事，和蒋蓉有一场这样的采访对话：

问：当时你为什么要拒绝他呢？

答：因为我当时我觉得，他说的"合作"，不仅是指生意，还有别的意思。

问：别的什么意思？是否指感情上的？

答：是的。

问：那你为什么不喜欢他？

答：我也不知道。反正，当时我心中的人，不是他这样的，感情的事不能勉强。

问：当时那个年代，媒妁之言，父母之命。许多人不就是在一起凑合着过日子的吗？

答：别人可能是这样，我不这样。

问：别人说，如果你们能够结合，就是一门两泰斗。紫砂界的风光就都被你们占了。这一点你想过吗？

答：其实，他和我的观念是不一致的。他看不起我做的花壶，我也不喜欢他的傲气，两个性格不合的人在一起，是不会幸福的。

问：当时你那么拒绝他，他是不是有点难堪？

答：其实我们都没有直说，他是个很清高的人，说不合作，那就算了。

问：现在回顾这件事，你觉得当时做得对吗？

答：没有什么对不对，我只是怎么想，就怎么说。

文化人性的最生动的表现就在对待爱情上，因为在爱情上最能擦出火花。两位紫砂艺术大家在人生长河中，突然在爱情上遭遇了，对峙了。那是"傲"的文化对峙。顾景舟这位傲者从未向女人求过爱，他用"合作"作为求爱的替代词，向他心动的女人折腰，对于他来说，是需要多大的勇气，当然，"合作"的替代词里还是洗脱不掉那微微的傲气。另一方的蒋蓉的拒绝，是"傲"的清醒，她完全清楚两人在艺术上的傲的不可调和，个中也透露出她的女性的精明。正是抓住了两个同是紫砂艺术的大家的文化人性的异来写，这样赋于了文化人性的"神"，所以两人皆生动。

文化人性的美不仅在于它的独特和异，徐风通过他的创作实践，深深认识到，文化人性的美和生命，在于揭示文化人性的深处的人文关怀和爱，这是一种永恒的美。徐风的紫砂散文在写作姿态上，自觉地站在人文关怀立场上，书写那些紫砂艺术家们的灵魂。它集中地表现在《花非花》中，我们强烈地感受到作者对蒋蓉一生的坎坷的经历充满了同情，笔墨非常温馨，尤其对蒋蓉的个人情感，作者不虚美，字里行间，同情，惋惜，是一种至诚的关怀和理解。同样，在《一壶乾坤》中对顾景舟的描写上，顾景舟一辈子研究供春壶，每当要有成果面世时，总有人以"顾全大局"劝阻，接着有这样一段震撼的文字：

紫砂艺人潘持平曾撰文记述了顾景舟临终前与他的一段谈话：

一九九六年五月二十九日下午，在宜兴人民医院的病房里，顾老叫我记录他口授的关于供春壶的鉴别。此时顾老头脑虽然清晰，但吐字已不清楚，且言不达意。历时二小时，方知其所述之意。顾老说，他一生看过十三把供春壶，每个藏家都说是供春做的，只因壶盖损坏，由黄玉麟配盖，这也未免太巧合了吧。顾老说，那十三把壶，其实都是黄玉麟做的。其中的十二把，他都对藏家说了实话，只有对上海松江徐姓老人所持之供春壶，顾老违心地说是真的。我问顾老，为什么对他要说违心话？顾老说，徐姓老人年逾古稀，视此壶为珍宝，且又有心脏病，我怕闯大祸，故违心说是真的。

顾景舟一生与壶相依为命，他在紫砂艺术界可以笑傲江湖，视紫砂艺术为生命，敢于对世存的十三把供春壶伪作中的十二把宣判是伪作，这是他对紫砂艺术的无畏的捍卫，但是现在面对的这把供春壶伪作的"徐姓老人年逾古稀，视此壶为珍宝，且又有心脏病"，是一条生命，在艺术和生命的选择中间，他向生命妥协了。"违心"正是顾景舟内心深处的文化人性的善的极致的闪现。

文化人性贵在格调。徐风的散文重视自己的格调。他在创作中，因为写壶，他自觉地注意自己的散文不要沾染商业铜臭气。同时，他也不想让自己的作品为了迎合某些人群的口味，随意演绎。保持一直纯粹的格调。这在《花非花》中表现得最为突出。《花非花》中有很大一部分篇幅是写顾景舟和蒋蓉的情感纠葛，倘若让有些人来处理，添油加酱，再放一点花边新闻，完全可以把它搞成畅销书。但是，徐风拒绝了这一切，从求爱，到拒绝，以及后来漫长的恩恩怨怨的抒写，把这两位紫砂艺术大家在情感上的认真、执拗和品位表现得非常有格调，在叹息之余，不禁向他们脱帽致敬。

徐风是幸运的，他得题材之优势，得壶家之名声，得山水之灵气，用它的诗化之笔墨，创作了紫砂散文，构筑了独一无二的紫砂艺术王国。他理所当然地成了当代紫砂文学的领军人物。

（原载《东吴学术》2013年第2期）

范培松，当代著名散文批评家，苏州大学教授、博士生导师。著有《范培松文集》8卷等。